A CIDADE, O INQUISIDOR E OS ORDINÁRIOS

Esta obra foi selecionada pela Bolsa Funarte de Criação Literária

CARLOS DE BRITO E MELLO

A cidade, o inquisidor e os ordinários

Copyright © 2013 by Carlos de Brito e Mello

Grafia atualizada segundo o Acordo Ortográfico da Língua Portuguesa de 1990, que entrou em vigor no Brasil em 2009.

Capa
Kiko Farkas e Mateus Valadares/ Máquina Estúdio

Imagem de capa
Walmir Monteiro/ SambaPhoto

Preparação
Márcia Copola

Revisão
Thaís Totino Richter
Huendel Viana

Os personagens e as situações desta obra são reais apenas no universo da ficção; não se referem a pessoas e fatos concretos, e não emitem opinião sobre eles.

Dados Internacionais de Catalogação na Publicação (CIP)
(Câmara Brasileira do Livro, SP, Brasil)

Mello, Carlos de Brito e
    A cidade, o inquisidor e os ordinários / Carlos de Brito e Mello.
— 1ª ed. — São Paulo : Companhia das Letras, 2013.

    ISBN 978-85-359-2316-2

    1. Ficção brasileira I. Título.

13-07868	
	CDD-869.93

Índice para catálogo sistemático:
1. Ficção : Literatura brasileira 869.93

[2013]
Todos os direitos desta edição reservados à
EDITORA SCHWARCZ S.A.
Rua Bandeira Paulista, 702, cj. 32
04532-002 — São Paulo — SP
Telefone: (11) 3707-3500
Fax: (11) 3707-3501
www.companhiadasletras.com.br
www.blogdacompanhia.com.br

Para a minha mãe, para o meu pai

Os atos imorais, contrários aos costumes humanos, devem ser evitados por causa desses mesmos costumes, variáveis conforme os tempos, a fim de que não seja violado pelo capricho de quem quer que seja, cidadão ou estrangeiro, o pacto estabelecido pelo costume ou pela lei de uma cidade ou de uma nação.

Santo Agostinho

E fique sabendo: quem não se arrisca não pode berrar. Citação. Leve um homem e um boi ao matadouro. O que berrar mais na hora do perigo é o homem, nem que seja o boi.

Torquato Neto

Meu veredicto poderia se resumir tão somente a isto: é um homem; está condenado.

O Decoroso

Cabe distinguir, entre os tantos que compõem o elenco ordinário desta narrativa, os personagens abaixo, cujos atributos e destino começamos agora a conhecer:

O DECOROSO
O APREGOADOR
O OLHEIRENTO

A IMPOSTORA
O BEM COMPOSTO
A AMADA

A QUITUTEIRA
AS VIZINHAS
OS ANDARILHOS

O VERSIFICADOR
O PRESTÁVEL
O CANDIDATO

ESPOSO E FILHOS DA AMADA
OS PASSANTES
UM BOBO

Prólogo

O APREGOADOR

Por este édito de fé dos bobos, todos os homens que dormem e acordam nesta vizinhança estão convocados a examinar, com severidade, seu caráter, seus modos e suas ações. Aqui e ali, a norma foi ferida, mas o pecado de apenas um é suficiente para emporcalhar nossa praça civilizada e comum. A cidade constitui o tablado onde se realizam a investigação, a sentença e a purgação dos crimes que, incidindo sobre a saúde de corpos e almas, têm conduzido indivíduos citadinos de bons a ruins, e de ruins a piores.

Não se apressem os pecadores, entretanto, em vir para as ruas com galhos secos e querosene para fabricar a sua própria fogueira punitiva. Vocês serão visitados em casa e aí mesmo sofrerão. Este édito vale para todos, ordinários que somos e sujeitos que estamos a todas as modalidades de lei, sobretudo aquela que, mais justa do que as demais, poderá, a qualquer momento, nos acusar: a lei do decoro.

Preocupemo-nos com a correção dos nossos destinos e evitemos o enxovalhamento que poderia fazer de todos nós homens bobos. Contra a bobeira, vige esta inquisição.

PARTE I

1.

Quando o decoro se confronta com a bobeira

O DECOROSO

Vejamos este homem; este, somente este; este, e não outro homem; depois, com censura, desprezo e ditame, veremos todos os homens.

Assim ele se apresenta: sem elmo, pois os dois grandes bernes que hospeda entre os cabelos impedem, como iniciantes chifres de um bezerrão mal mochado, que equilibre capacetes ou chapéus sobre a cabeça; sem gládio, espada, lança ou outro armamento, já que a artrose lhe degenerou as munhecas, que nada podem suster nem empunhar; sem montaria, devido à dilatação das veias hemorroidárias, e uma sela na qual pudesse sentar-se lhe machucaria o cu.

Assim o homem se apresenta também porque, nos dias atuais e nesta cidade de horizonte duvidoso, não existem mais elmos nem armas, e os corcéis das antigas armadas foram substituídos por pangarés atrelados a carroças para carregar entulho procedente de obras da prefeitura. Falta-nos muito, sobra-nos pouco: sem tropa a marchar, reino a defender, rei a obedecer e rainha a saudar, restaram-nos, com desnecessária e ruinosa fartura, os bobos carecidos de corte. Bons tempos deviam ser aqueles; estes são infames.

Maus dias. Mau lugar. Maus homens.

Com tão poucos recursos, nenhuma guerra que renovasse nossos ânimos ou que nos partisse definitivamente ao meio, livrando pelo menos este solo da nossa coxeadura, poderá suceder-se. E esta asfaltada comarca sovina, nem enriquecida pela vitória nem arrasada pela derrota, continuará a ser tão somente o que é, e essa fatalidade eu acho que deveríamos todos rejeitar.

Mesmo que fôssemos mais apetrechados e ricos, coisa que não somos, eu não saberia dizer com certeza se, noutras estâncias, encontraríamos infantarias inimigas dispostas ao combate, com combatentes mais nobres do que os nossos, que, já sabemos, por nenhum sangue nem saque combaterão. Não saberia dizer nem mesmo se, além do loteado perímetro onde moramos, existem comarcas semelhantes, com seus próprios prédios, ruas, automóveis e povo, e se nelas moram homens mais íntegros. Decerto, se existirem, eles avançam apenas até a ordinarice, como os nossos, quando não descem a coisa pior, também como os nossos.

Assim é que todos nós, homens sem glória e sem ventura, tornamo-nos suscetíveis à bobeira, como se fôssemos portadores de uma lenta mas provável doença cujo vírus, em forma de sina, se incubasse em nosso caráter; ou então que à bobeira nos descobríssemos, fatalmente, tendentes, como perpetradores de um crime que nos fosse previsto cometer, a partir de alguma hora da vida e, daí por diante, diariamente. Convivendo com tão violentas ameaças, não se pode desenvolver nenhuma porção de civilização com saúde e inocência.

Devemos ter para nós, no entanto, para que não sejamos todos enxotados deste assoalho de comunidade pela mesma vassourada, que o escopo dos homens ordinários varia dos esforçados e razoáveis aos torpes e lamentáveis. Pertenço aos primeiros; os bobos, aos últimos.

Embora eu também seja um homem ordinário, não me igualo ao meu escarrapachado colega, se é que posso considerá--lo colega. Pois, ainda que eu não seja exatamente uma pessoa boa, é diante do pior que me encontro, e, quando comparado ao pior, o mediano passa por bom, assim como o remediado aparenta sanidade ao doente, e o arrependido ostenta correção aos olhos do prevaricador. Então, fico sendo eu o bom, o são e o correto. Para o interior das espeluncas de gente nojenta, vim para ser o seu valor, o seu remédio e a sua lei.

2.

Em que se preparam os dois fiéis servidores da inquisição

O APREGOADOR

Vai começar de novo.

O OLHEIRENTO

Estou de olho.

O APREGOADOR

E de ouvido, espero eu.

O OLHEIRENTO

E de ouvido, claro. De olho e ouvido. Sempre. Quer uma prova? No apartamento ao lado de onde se encontra o sr. Decoroso, por exemplo, está vendo televisão o vizinho, com seu restinho de tosse tuberculosa e as pernas esticadas no sofá, enquanto o rabo do gato estimado lhe escorrega de uma das mãos, sem que se possa retê-lo. Quer outra prova?

O APREGOADOR

Não precisa. E a rede de pesca?

O OLHEIRENTO

Não sai da minha mão. Na celeste lagoa que fica acima das nossas cabeças, Deus é um bagre acoutado, sujo de satélites em vez de lama. Sua couraça alva e os barbilhões supranaturais podem despontar de uma nuvem a qualquer momento. Mas e você? Não vai apregoar?

O APREGOADOR

Estou me preparando. Hum, hum. Limpando a garganta. Fazendo exercícios de vocalização. As bruscas mudanças de tempo não fazem bem para a minha voz.

O OLHEIRENTO

Não saímos mais do alto deste prédio, vivendo ao relento para servir o nosso inquisidor. Sol, chuva e vento são nosso lustre e abajures, nossas torneiras e chuveiro, nosso ventilador sempre ligado. E, quanto à apregoação, apresse-se.

O APREGOADOR

Pare de me apressar e preste atenção no que acontece no apartamento onde está o sr. Decoroso.

3.

Em que o sr. Decoroso afirma a sua lei

O DECOROSO

Eu esperava que o homem na minha frente, inapto para lidar com qualquer empresa diária, como o trabalho, a amizade e o pagamento dos carnês, e visivelmente aplicado em sua própria degradação, fosse capaz, num só, brusco e último gesto, de renunciar integralmente a toda e qualquer empresa, diária ou qualquer outra, incluindo respirar e percutir o coração. Afinal, a morte não nos ameaça. Pelo contrário, ela enfeita e robustece a cultura com variados e valorosos rituais. A morte nos garante que não envelheçamos a esmo, e que comemoremos cada aniversário cônscios de que, nalgum momento do futuro, todas as acumuladas velinhas dos nossos bolos serão retiradas de lá de cima, meladas de glacê, impiedosamente, num só lance. Viver é que é um grande problema.

Com esse objetivo, ainda ontem de manhã eu trouxe para este homem e deixei sobre sua mesa de cabeceira um copo de água contaminada com cólera. À tarde, voltei à sua casa, retirei a água do copo intocado e o enchi de soda cáustica líquida. Antes de anoitecer, em nova visita, deixei no lugar da soda rejeitada uma faca de cozinha que eu mesmo afiara, contrariando meu próprio desgosto com o derramamento de sangue que o seu uso pelo homem ocasionaria. De noite, troquei a inútil faca por um revólver, que permanece na mesma posição em que o deixei e com o mesmo número de balas em seu frio e imóvel interior.

Não quer morrer, então não morra!

Decidir matar-se exige um pouco de lucidez e ímpeto, coisa que este homem não tem. Quem dera se o seu conteúdo anímico coubesse no maquinismo de um revólver, e então o descarregássemos num lote estéril de terra, onde ele se infiltraria e sumiria com a velocidade do tiro. Porém, como ocorre com todos nós, neste homem corpo e alma são uma única, indissociável e suja coisa, e não podem ser manejados em separado, como faríamos com a bala e a pólvora.

Eis-me, então, recolhendo com a mão aprumada o revólver. Se um homem se tornasse tão bobo a ponto de se apagarem de seu corpo e dos seus modos os traços de homem que um dia foi, eu ficaria mais tranquilo. Mas resta ainda suficiente hominalidade na bobeira: um bobo forma um espelho afrontoso e execrável a ser consertado, a ser limpo, a ser justiçado.

Dei-lhe muitas oportunidades para que, valendo-se de seus próprios modos, ele se retirasse dessa farsa medonha que se tornou sua vida. Mas o juízo de gente assim é um juízo corrompido. Aqueles que, como eu, ainda têm saúde devem emprestar raciocínio aos que não a têm. A civilização não se desenvolveu à toa. A civilização tem seus propósitos. Ela nos oferece cada vez mais recursos como a penicilina e a moralidade, a escova de dentes e a culpa, e não acho que devamos rejeitá-los. Para este homem serei tudo isso e o que mais precisar para que ele se endireite, se corrija, se limpe, se cure. Matando-se, ele decidiria consigo a sua sorte e o seu azar; vivendo, perdeu-os para mim. Tenho lei própria: a minha lei.

Perto daqui, num prédio vizinho, aquele que tudo diz e aquele que tudo vê e ouve acompanham os acontecimentos deste quarto imundo de apartamento de centro de cidade. Serão ambos faces de Deus? De jeito nenhum. Deus não mais vê, nem ouve, nem diz. Meu apostolado ordinário e eu compomos os rostos somente de nós mesmos e constituímos um consórcio sem milagres, orientado pela repressão da bobeira, que procura sobreviver a este desastre de termos nos tornado todos homens tão abaixo do que deveríamos ser, homens tão abaixo do que deveríamos ter, homens tão abaixo de homens.

4.

Quando se apregoa a erradicação do mal

O OLHEIRENTO

O sr. Decoroso está em pé, diante da cama do réu; aponta-lhe o dedo; xinga-o; ameaça-o.

O APREGOADOR

Se é como está o Decoroso, então é mesmo hora de apregoar. Lá vai... Muita atenção. Só mais um instante. Espere um pouco... e pare de balançar a corda!

O OLHEIRENTO

Não sou eu quem balança a corda. Acho que você deve ter engordado. Não engordou? Engordou, sim. A corda está pendendo mais para o seu lado. É bom emagrecer um pouco. Não podemos nos desequilibrar. Desse jeito...

O APREGOADOR

Desse jeito o quê?

O OLHEIRENTO

Nunca seremos modernos.

O APREGOADOR

Modernos? Modernos? Que conversa é essa? O que é que ser moderno tem a ver com a minha gordura?

O OLHEIRENTO

Não sei... É... Tenho a impressão de que... É só uma impressão. Não cai bem... Entende? A modernidade com a gordura. Modernidade tem a ver com... esbeltez.

O APREGOADOR

O que não cai bem é esse assunto bem na hora da minha apregoação. A modernidade fica para depois. Dá licença um minutinho?

O OLHEIRENTO

Licença? Eu não tenho para onde ir, nem você. Dividimos a mesma corda, o mesmo prédio, a mesma haste, a mesma altura.

Mas vamos! Está mesmo na hora de a inquisição regrar um desregrado. Ficarei calado. Apregoe!

O APREGOADOR

Muita atenção, citadinos! Quem fala aqui é o Apregoador, e eu falo em nome do decoro! Fiz da corda na qual me sustento o púlpito de onde a verdade se anuncia. Escutam-me bem? Se apregoo do alto deste prédio, ao lado do meu irmão Olheirento, é porque quero que me escutem. O que vou lhes dizer é de seu interesse e poderá, futuramente, ser também a sua salvação.

Vocês sabem que temos montanhas descascadas em nosso entorno? Ruas malcuidadas, calçadas com buracos? Rios tampados pelo pavimento das ruas? Uma lagoa poluída? Fachadas decadentes de prédios? Poucas árvores, todas velhas? Pombos, cães e outros bichos que servem de almoço à piolhada? Sabem ou não sabem? Basta olharem ao redor para ver, amplamente, a nossa miséria.

Agora, passemos para o interior dos lares: como estão os ralos e tubulações das suas pias? O lixo deixado no corredor do andar do seu prédio, para que o zelador mais tarde o recolha? A louça de anteontem, que aguarda lavação? Suas gavetas de armários, cheias de velharias empoeiradas? Basta olharem os vãos recônditos de suas casas para ver que a miséria é também uma hóspede íntima.

Lá fora e aí dentro as coisas vão imundas. Mas há coisa mais imunda, há coisa imundíssima! Nem rua, nem ralo, nem pombo, nem louça superam, eu lhes digo e confirmo, não superam a imundície que vocês trazem consigo misturada aos seus atos, misturada ao seu raciocínio, misturada aos seus sentimentos, misturada ao seu caráter! Se novamente houvesse por aqui um parabólico Semeador, como já houve nos tempos bíblicos, a alma de cada um de vocês mataria a lançada semente mais rápido do que as aves, o sol e os espinhos são capazes de matar.

Mas nem todos estão rendidos. Eis que, num endereço próximo daqui, parte da nossa sujeira moral começa a ser limpa, exemplarmente limpa. Quando o mau cheiro sobe do caráter de um homem bobo, quem traz o sabão e a bucha é o sr. Decoroso. Que a lagoa e as pias de suas cozinhas entupam! Que os piolhos e os sacos de lixo se multipliquem! Apenas o caráter poderá ser salvo, e o Decoroso é o inventor e encarregado da lei salvadora.

O mal é erradicável. Assistamos à sua erradicação. Amanhã, poderão ser vocês os condenados!

5.

*Enquanto isso, na vizinhança, conversa-se
sobre amor, botões e farsa*

AS VIZINHAS

Escutou a apregoação, vizinha?
E o que é que a gente não escuta neste centro de cidade?
As pessoas falam alto.
E a gente escuta.
As pessoas falam baixo.
E a gente escuta.
Não é que a gente não tenha mais o que fazer.
A gente tem.
Mas nada é mais importante do que a vida dos outros.
Além do mais, as nossas paredes são finas.
As deles também.
Adoro as paredes.
Um prédio fica juntinho do outro, uma casa fica juntinha
da outra.
Adoro os prédios, adoro as casas.
E ainda tem as ruas.

Cheias de gente próxima, falastrona e curiosa.

Tem quem se intrometa muito na conversa dos outros.

São muitos.

Eles dão palpites, dão conselhos, ofendem, confessam-se.

Como nós duas?

Talvez, talvez.

E ainda tem o...

Quem?

Aquele.

Qual?

O que fica acima de todos.

De todos?

De todos. Acima até mesmo do Olheirento e do Apregoador.

O Altíssimo?

Sim.

Nosso Senhor?

Sim.

Deus?

Sim.

Aqui também o chamamos de Destinatário. Mas Ele não é de participar muito. Pelo menos, não que eu saiba.

É bom ser sua vizinha.

É bom ser sua vizinha também.

Eu gosto do que é meu, eu gosto do que é seu.

Eu gosto do que é meu, eu gosto do que é seu, eu gosto do que é dos outros.

E, como o sr. Decoroso, gostamos de manter o decoro.

A AMADA

Serei amada hoje como fui ontem? Certamente que sim!

Nem neste dia nem noutro dia qualquer, ficarei carente de amor. Que sorte tenho eu.

Estou bem acordada e ativa desde o nascer do sol, mas os outros que moram nesta casa ainda dormem. Assim, vão se atrasar. Devo chamá-los de novo? Mas... Aí vêm eles, todos juntos, ainda com as roupas de dormir. Cercam-me, abraçam-me, beijam-me.

Sou amada, sou muito amada, sou imensamente amada!

ESPOSO E FILHOS DA AMADA

Minha Amada, todo dia Amada, sempre Amada!
Amamos você, mamãe!
Amamos muito, mamãe!
Amamos demais, mamãe!

O BEM COMPOSTO

Onde estão mesmo os documentos que levei tanto tempo para reunir? Ah, aqui. Coloco-os em ordem numa pasta. Mas o que farei com esta minha certidão? Queimo-a! Que ela, maldita, continue a flamejar no lixo onde foi jogada, junto do nome que registrava e do fósforo que risquei. À tarde, irei ao cartório; agora, tomo café; entre o café e o cartório, esperam-me na alfaiataria muitos botões para pregar.

A IMPOSTORA

Começou mais um dia nesta farsa. Quem, dentre todos nós,

veste a melhor fantasia? Muitos podem concorrer ao título, inclusive aqueles cujos ossos, fraturados em acidentes domésticos, foram substituídos por pinos e placas artificiais, travestindo-se, os acidentados, de bípedes aprumados e travessos, em vez de permanecer, caso respeitassem a genuinidade das fraturas, mancos ou entrevados.

Em geral, faz parte de uma farsa decair. Esta decairá? Lá de cima, o Olheirento vigia, logo não é aconselhável falar demais aqui embaixo: devo me restringir a este comentário agora, uma provocação depois, um palpite mais tarde... Quase sempre, prefiro a camuflada sibilação ao exposto grito. A inquisição que age nesta comarca não gosta de mim.

OS ANDARILHOS

Levantemos?
E comecemos a andar.
Para tentar, de novo, sair desta cidade.
Você acha que vamos conseguir?
Nunca achei outra coisa.
Se não conseguirmos desta vez, que seja da próxima.
O quanto antes, o quanto antes.

PARTE II

1.

Que trata do tribunado do bem

O DECOROSO

Lá fora, vigia o Olheirento. Lá fora, apregoa o Apregoador. Não se pode descuidar um só instante dos suspeitos acontecimentos desta vizinhança, e o édito que instituiu esta inquisição precisa ser repetido periodicamente, para que os citadinos não se esqueçam da ininterrupta vigência da lei do decoro.

Se o Destinatário fosse ainda como foi durante eras e mais eras, imperioso e punitivo, eu não precisaria estar aqui hoje, servindo de corretor das almas perdidas. As multidões insistem em louvá-Lo pelos Seus ostentados feitos, mas esperava-se obra mais bem-acabada do Criador que nos arranjaram para louvar. Eu rezaria mais frequentemente e com mais crédito por um Deus ora colérico ora bondoso que nos servisse como certeira medida do bem, cujo Verbo fosse ainda capaz de gerar o espaço, de calcular o tempo, de ordenar a matéria, de fecundar as santíssimas, de inspirar os profetas, de castigar os patetas. Mas vejam só o que temos: cômodos com paredes rebocadas, ruas estreitas; relógios atrasados; nuvens gastas e amarelas, lagoa parada, minério pobre; santas carentes, profetas descrentes, patetas à larga. Rogaram-nos praga? Somos a praga.

Não sou menos nem mais do que um homem, mas ainda não estou derrotado. Sou um homem vestido de preto, odiento, legalista, limpo e lúcido reparador da alma estólida. Posso ser ordinário, como o resto da nossa cambada, posso não ter glória, nem fama, nem nobreza, mas não sou bobo. Bobo é quem diante de mim se apresenta, horribilíssimo, e que agora vai penar. Não conheço gente de muito brilho, mas conheço gente de brilho nenhum. São os que polirei.

A este acamado e reles homem eu reservo alguns dos piores xingamentos da minha coleção. Que ele continue a ouvi-los, altissonoros. Locucionando-os é como eu inicio sua condenação: o rito exige calão próprio. Este homem eu venho julgar pela deseducação de seu caráter e de mais coisa: nem seu corpo, nem seus modos, nem este seu antro são benignos.

Ausente do quarto de dormir desta casa qualquer testemunha, que poderia depor em seu favor, ausente o público, que aplaudiria sua presença, e ausente a defesa, que mentiria a sua inocência, resta ao infrator afeiçoar-se à minha mão, que o aponta, e à minha boca, que o maldiz. Mas quem é que teria o atrevimento de testemunhar, aplaudir ou mentir em favor de um bobo como este? Pois é hora de desesperar-se, pois ele será sentenciado por mim; de confirmar a sua culpa com suas próprias palavras de culpado; de conhecer sua pena; de penar.

Sou o destino consertador das índoles. Em mais uma delas eu começo agora a trabalhar. Dei chances ao homem de, voluntariamente, se matar, mas elas foram todas recusadas. Sobraram vibrião, soda, faca e revólver, menosprezados ao seu lado, mas eu não sobrarei. Termina aqui sua falácia, bobo. Começa a minha falação.

No curso do exercício da minha lei, quando não encontro aberta a porta da casa de um bobo, eu abro. Quando não consigo abrir, eu chuto. Quando não consigo chutar, eu chamo o Arrombador. Tenho funcionários fiéis: são entusiastas da minha inquisição.

O ARROMBADOR

Fico muito honrado em trabalhar para o sr. Decoroso. Abrirei todas as portas que ele solicitar.

O DECOROSO

Ainda ontem, o Arrombador quebrou a fechadura da porta, deixou a maçaneta jogada num canto e partiu. Agora ficamos apenas este homem, que ocupa a posição de réu, e eu. Aqui se organiza um tribunal de roupas espalhadas, pó sobre os móveis e o mau cheiro típico das pessoas e lugares desasseados. Mas a minha sentença deve ser proferida sobre todo tipo de chão e diante de qualquer mobília.

O OLHEIRENTO

Olha a corda, Apregoador, olha a corda!

O APREGOADOR

Já fiz a minha apregoação. Agora é com você. Veja se não perde nada.

O OLHEIRENTO

Com esse balanço, não está fácil. Me faz um favor? Dá uma olhadinha no canto do céu que fica do seu lado. O Destinatário pode vir de lá.

O APREGOADOR

Você espera pela premoção como se ela ocorresse em forma de chuva ou de um súbito ataque de aviões bombardeiros. Acho que, nesta cidade, podemos ter chuva; ataque de aviões, dificilmente teremos, já que ninguém é inimigo da gente; nem amigo, aliás.

Você sabe por onde anda o Arrombador?

O OLHEIRENTO

Está alisando martelo, formão e pé de cabra no balcão de uma padaria, onde toma café e come pão com manteiga.

O DECOROSO

Sou um homem de suficiente valor. Apesar da origem comum, trago comigo indubitáveis lições de retidão que hoje orientam minha conduta. Posso lecioná-las a quem as perdeu ou preferiu gazetear durante o curso de suas existências também comuns. Se uma ou mais pessoas se recusarem a aceitá-las em favor de temas tortos, forço-as a fazê-lo.

Isso é justiça. Meu tribunado está a serviço da excelência da moral e da prática do bem.

Fiz deste homem meu réu, que continua recostado na cabeceira da cama, sonolento, gordo e nu. Ele é o único residente deste apartamento trevoso. Conheço seus modos, sua fisionomia e sua personalidade. Entre chamar de doença e chamar de crime o que tem, chamo-o de ambos. O bobo concordará, respondendo tanto como doente quanto como criminoso. Quando eu o acusar formalmente, entretanto, ele deverá assentir como um pária da civilização. Não há farmácia que o cure nem cadeia que o dome. Seu remédio e pena serão de outro gênero. No estado em que se encontra, sem reservas quanto à minha presença nem indício algum de pudor, não será difícil confirmar a bobeira e condená-lo. Dirijo-me, então, a ele.

Mexa-se!

É quase preciso chutá-lo para que erga, com as próprias forças, seu corpo abjeto. Mas contenho-me. A conduta deste homem, que já era objeto do meu desprezo, será agora do meu veredicto. Ofendo-o, e ele acata. Ordeno-lhe, e ele cumpre.

Este e outros homens são, todos eles, merecedores de sentenças irrecorríveis. Quem ultraja a minha lei deve ser punido exemplarmente, e a punição, servir-lhe de primeira etapa de uma demorada cura. Como se pode ver aqui, doença e crime não se distinguem.

Erga o tronco, estique as pernas!

Quem é mais instruído instrui quem for menos. Quem é mais correto corrige quem for menos. Quem é mais ajuizado ajuíza no lugar de quem for menos. Se providências como essas não forem tomadas, sucumbiremos sob a decadência que leva ao contrário: da instrução à burrice, da correção ao engano, do juízo ao baixo discernimento. Eu disse que sucumbiremos? Já estamos sucumbindo. É aí que se formam homens afeitos à tolice, como este que tenho diante de mim. Pois fica decidido que o homem instruído, correto e ajuizado pode condenar o tolaz, e o homem tolaz pode condenar o tolacíssimo. O tolacíssimo nada pode além de sofrer a condenação.

Para o imputável e aflito, serei sua fogueira, serei sua tranca, serei seu cativeiro. Mesmo que com lentidão, farei com que me acompanhe, ordeiro, em direção ao seu suplício. Duvido que grite, duvido que esbraveje, duvido que se revolte. Talvez apenas resmungue e choramingue, ainda assim com debilidade e em vão.

O APREGOADOR

Olheirento, o céu se move!

O OLHEIRENTO

É o Destinatário! Mas onde? Não vejo nada.

O APREGOADOR

Lá! Naquela direção! Pode jogar a rede!

O OLHEIRENTO

A nuvem está mesmo revolta. E mudou de cor! Você identificou pelo menos um pé ou um braço divinos?

O APREGOADOR

Era uma mecha, uma mecha de cabelo saindo da nuvem.

O OLHEIRENTO

Mecha grande?

O APREGOADOR

Mecha média.

O OLHEIRENTO

Média? Então, não pode ser Dele.

O APREGOADOR

Se não for Dele, de quem terá sido?

O OLHEIRENTO

Não faço a menor ideia. O que não falta é gente tentando

se passar por Ele. Não descuidemos da nuvem, mas voltemos à condenação.

O DECOROSO

Tire a remela dos olhos, limpe o nariz, alise o cabelo!

Detestável infestante do centro desta cidade, este homem é mesmo bom de se xingar! Mas só os xingamentos não bastam. É preciso interromper sua saga odiosa e sujeitá-lo à lei. Que lei? A lei dos que reconhecem que a civilização precisa de reparos; a lei dos que não recebem mais a bênção; a lei dos que têm esta comarca como chão frustrante; a lei dos que assistiram, estupefatos, ao desfolhamento dos outros códigos; a lei dos que desejam que os homens voltem a ser homens como um homem deveria ser; a lei dos justos; a lei dos limpos; a lei dos certos; a minha lei. A bobeira não se define apenas como parente da tolice, da estupidez e da idiotice. A bobeira é um adoecimento de caráter que qualifico e puno criminalmente.

Aprume-se!

Este homem que condenarei é nomenclado por mim como bobo, e o crime que um bobo comete é o da consumpção de si mesmo.

Endireite-se, bobo!

O bobo evita o convívio com os concidadãos; o bobo abandona o trabalho; abandona as amizades; o bobo deixa de frequentar, progressivamente, as festas e os almoços de família; o bobo não vai mais ao supermercado; ao açougue; à casa lotérica; não desce à portaria para ver se chegou correspondência; se as cartas lhe são entregues diretamente em sua residência, não abre os envelopes. Tudo o que o bobo come são enlatados antigos, as sobras de refeição de algum vizinho prestimoso, a comida que eventualmente pede pelo telefone ou que algum raro parente visitante, condoído, resolve fazer.

O bobo isola-se; isolando-se, passa a definhar. O definhamento torna-se uma íntima maneira de o bobo se consumir, e é com esse agressivo propósito que ele viola o acordo de unidade, pertencimento e preservação que assinamos todos nós ao nos tornarmos membros desta sociedade. Muito poderia estranhar que esse definhamento não o deixasse magro e seco, mas sabemos que ele se mantém, ao longo do isolamento, estufado igualmente da bobeira e da culpa por ter se tornado bobo.

A decência é uma das qualidades que os estados doentios e criminosos ferem. A higiene é outra. O bobo é estúpido e assente que seja estúpido; desfaz-se dos laços filiais e não se torna genitor; não é credível e em nada crê. O modo de vida dos homens bobos afronta-me, mas não apenas a mim. Ele afronta os ordenamentos morais, os ordenamentos da razão e os propósitos de caráter. Por fim, e para o meu aturdimento, o bobo não prefere, a tudo isso e à minha presença, morrer.

O OLHEIRENTO

No passado, os bobos foram, quase sempre, indivíduos cômicos e fanfarrões. Hoje, entretanto, comportam-se como inúteis e melancólicos ex-bufões: sem roupa, sem audiência, sem riso, sem propósito, sem função. Sua intimidade grotesca contradiz padrões sociais que o sr. Decoroso gostaria de ver respeitados e que tem providenciado, nesta inquisição, para que o sejam.

O APREGOADOR

Responda-me, pobre audiência! Quantos de vocês, escondidos atrás das cortinas de seus lares, são assim?

O DECOROSO

Um ex-bufão não diverte a rainha porque não existem mais rainhas. Um ex-bufão não ridiculariza o rei porque não há mais reis. Um ex-bufão não é mais nanico, não tem corcunda, não usa guizos nem chapéu, visto que nanismo, cifose e adereços caíram em desuso. Ninguém mais dá atenção à sua poesia ou ao seu deboche, mesmo porque um ex-bufão não sabe mais declamar nem debochar. Quem poderia ainda rir de suas piadas não entenderia as piadas, e quem poderia escutar sua zombaria está ocupado a zombar de si mesmo.

Sem corte, não encontrando pelas ruas, assembleias, bibliotecas, igrejas e prostíbulos nenhum monarca para entreter, o ex-bufão recusa toda forma de sociedade bem como todo sócio, retirando-se para a privacidade de sua casa, onde pode entregar-se ao enxovalhamento de seu caráter como maneira de adoentar, de lá, a saúde social. Retrai-se e passa a se dedicar à gastança de si mesmo, desinteressado das pessoas e íntimo detrator dos ganhos da civilização: aberrante quanto à limpeza, incapaz de constituir qualquer tipo de vínculo afetivo, inclinado à apatia sexual, repulsivo quanto ao gosto, lerdo e manchador da educação. Desdenha dos hábitos. Perturba a norma. Torna-se abnorme.

O OLHEIRENTO

Abnorme!

O APREGOADOR

Que prossiga a condenação, e o réu possa trocar seu desdém pelo desespero, e o povo, a indiferença pelo terror.

O DECOROSO

A bufonaria monárquica não passa, hoje em dia, de bobeira ordinária. Como Decoroso, ocupo-me do restabelecimento do decoro de homens bobos.

Bobo! Honre seu ancestral acastelado e arrume guizos! Anime-se, vamos! Erga o corpo e bata palmas! Faça-me rir com seus trejeitos!

É forçoso açulá-lo para que abandone um pouco do torpor e a cama na qual se refestela. Nem o Destinatário nem nossas instituições tiveram competência para evitar que este homem se apresentasse assim, entre o porco e o paspalho. Mais competente eu serei.

Já que os homens que se tornam bobos se retiram quase sempre da vida social, é preciso encontrá-los em casa, se necessário violando sua porta de entrada; em seguida, se há outras pessoas com ele, deve-se distingui-lo dos demais; então, acusá-lo formalmente, apontando-o; se possível, fazer com que se assuste e, do susto, passe ao medo; havendo medo, que haja remorso; havendo remorso, que se converta em desgosto consigo; havendo desgosto, que resulte em concordância com o longo flagelo que sofrerá.

Vê este dedo? Percebe quem o meu dedo aponta? É você que ele aponta!

Diante de mim, o réu procurou se cobrir, mas, estando o lençol quase todo perdido embaixo da cama, e parecendo o nu incapaz de puxá-lo para cima de si, sobrou-lhe nas mãos apenas uma ponta amarfanhada do pano, com a qual tapou a região de seu corpo que vai da coxa ao umbigo. Agora, ele tenta se apoiar melhor nos braços gordachos.

Esses dois pequenos gestos, o primeiro, de vergonha, o segundo, de compostura, não atenuam a repelência do réu, mas indicam que ele não perdeu toda a crítica sobre si. Para a condenação que sofrerá, é um bom sinal. Sem crítica nenhuma, a pena não teria efeito remediador.

O APREGOADOR

Já vimos que, lá em cima, o céu do Destinatário se move, Olheirento. Mas como estão os que ficam lá embaixo?

O OLHEIRENTO

Dedicados à sua rotina de serem homens e mulheres ordinários, Apregoador.

2.

Dos breves acontecimentos simultâneos de uma comarca

OS ANDARILHOS

Mais cedo, falou-se em montaria.
Mas não temos verba para cavalos.
Nem aptidão para cavaleiros.
Quase todos são como nós e passam ao nosso lado.

OS PASSANTES

Passar, passar, passar, passar, passar.

A QUITUTEIRA

Ponho os primeiros pastéis do dia para fritar. Trouxe de casa as empadas assadas. O refrigerante gela.

O CANDIDATO

Panfleto, discurso, pose e palanque: minha campanha vai pegar.

O PRESTÁVEL

Eu não presto.

O VERSIFICADOR

Um bom verso para começar este dia... Mas não me sinto bem. Quem sabe se, com um número certo de sílabas, eu não consigo me animar...

A AMADA

Este dia vai bem. Sou muito amada. Que sorte tenho eu.

O BEM COMPOSTO

Aberta a porta da minha alfaiataria, pesada cortina eu tenho de afastar.

A IMPOSTORA

Psiu!

O ARROMBADOR

Termino o lanche, apanho as ferramentas e vou tratar de abrir a fechadura de uma porta de casa de réu. A inquisição a que eu sirvo conta com uma seleção de endereços à espera da magnífica presença do sr. Decoroso.

3.

Quando, finalmente, o réu responde e se levanta

O DECOROSO

A bobeira é uma abnormidade que tem seis filhas: evitação social, apatia, tristeza, boçalidade, desdém e abstinência. Agir de modo abnorme resulta em ofensas cuja gravidade pode, em muitos casos, ultrapassar a de pecados como a gula e a de crimes como o assassinato, já descritos por outras legislações irmãs da minha. Estas, porém, nunca trataram adequadamente a bobeira como delito, isentando o seu agente da responsabilidade que tem pelo caráter deliquescente, quando deveriam, com mais ênfase e incomplacência, indiciá-lo.

Do mesmo modo que uma colcha pode se esgarçar a partir de um fio que se solta, uma sociedade inteira começa a se desfazer pela privada calamidade de seus indivíduos mais torpes. Identificando-os, contendo-os e reintegrando-os por meio da punição é como evito que todos nós nos tornemos, no futuro, torpes como eles. Devemos manter uma única, coesa e coerente civilização. A falha de um leva à falha de todos. Ela não pode passar impune.

O APREGOADOR

Criado pelo Destinatário, e tendo cumprido uma longa história de percalços e conquistas, o homem, por obra de seu próprio impulso exterminador, decidiu se desfazer. Como o solo desta cidade não é feito de maleável barro, mas de duríssimo ferro, não se espera a fabricação de um substituto semelhante em seu lugar. Logo, é este o homem que temos para salvar.

Alguns dos mais importantes pactos desse povo sem muito brio foram firmados furando-lhe a ponta dos dedos nas agulhas de tricô das avós, e é justamente um desses dedos que incrimina agora o homem, para poder, pela incriminação, regenerá-lo. Que assim seja!

O DECOROSO

A prática da consumpção que leva à abnormidade não se redime pelas orações aos céus nem prescreve se decorrido determinado tempo da data da infração. Faltava um tribunal específico, onde a bobeira pudesse ser elevada a parente de pecado, mas parente também dos crimes contra a honra descritos pelo código penal, conquanto se saiba que a má fama em questão na abnormidade diga respeito ao próprio perpetrador do ato de difamar.

Um abnorme zela por ser mal-afamado. Para julgá-lo, melhor é a minha lei, e quem se insurge contra ela se torna meu réu. Que os glutões e os homicidas não se dirijam à minha freguesia. Eu puno homens bobos que se tornaram descorteses consigo; que, na descortesia, consomem-se; que, na consumpção, maculam esta sociedade; que, na mácula, rejeitam o bem viver. E o bem viver é tudo o que eu acho que seja bem e tudo o que eu acho que seja viver.

UM PADRE

Nunca penitenciei um fiel especialmente porque se comportasse como um bobo. Sempre considerei que todos os fiéis fossem um pouco bobos.

UM DELEGADO DE POLÍCIA

Talvez eu seja um pouco bobo.

O OLHEIRENTO

Padres e delegados...

O APREGOADOR

A inquisição ainda vai pegá-los!

O DECOROSO

Restos de comida, poeira e roupas jogadas asseguram ao réu uma nojeira de entorno. Piso um copo de plástico, piso uma fronha. A apresentação descuidada de si e o descaso com o mundo exterior a este apartamento são algumas das evidências do crime que este homem vem cometendo, agravado, nas últimas semanas, pela definitiva instalação do quadro de apatia e evitação, oneradas, ainda, pela tristeza e pela boçalidade.

Tal quadro, característico dos abnormes, não deve ser reduzido à preguiça nem à exaustão física. Viver não produz mais cansaço do que aquele sanado pela noite de sono. O desleixo e a pose sórdida deste homem, que tenta se aprumar de novo na cama, formam apenas o disfarce que busca encobrir sua verdadeira infração e não indicam, como ingenuamente se poderia supor, simplesmente um mau hábito. A apatia e a evitação social não podem ser tomadas como patologias psíquicas ou neurológicas, mas da moral.

O OLHEIRENTO

A voz da lei ecoa pela cidade. Em apartamentos vizinhos, as cortinas daqueles que anseiam acompanhar o exercício do decoro se abrem, enquanto se fecham as dos que o temem.

O APREGOADOR

Chegará o dia em que o decoro, se ainda não puder imperar sobre todos os olhares, imperará sobre as pálpebras!

O DECOROSO

Depois de muito esforço, o homem colocou-se mais aprumado e direito. Talvez já seja capaz de dizer algo. O ritmo e o timbre da sua voz não o desmentirão quanto à prostração. Da distância a que estou de sua testa, eu poderia distingui-la com meu cuspe, mas não o farei porque nunca cuspo.

Você pode dizer se me reconhece?

Nenhuma resposta.

Preste atenção na minha pergunta. Vou fazê-la de outra maneira: você me reconhece?

O homem abre os olhos, observa o próprio corpo e torna a olhar para mim.

Você me reconhece, bobo?

Finalmente, ele abre a boca, passa a língua sobre os lábios ressecados e fala. Eis a voz inconfundível do abnorme.

Hum... Hum... Reconhecer? Reconhecer... o senhor?
Sim. Reconhecer-me.
Me desculpe...
Não me reconhece?
Acho que... não estou num bom dia...
Por que não?
Porque... me sinto um pouco...
Um pouco?
Um pouco tonto, talvez.
Tonto? Foi o que você disse? Tonto?
Sim, tonto.
Você me reconhece, tonto?
Eu...
Reconhece ou não?
Acho que não.
Pois eu reconheço você. Sei como se chama. Sei que idade tem. Sei onde trabalha. Ou trabalhava. Sei que tem família. Sei que é vergonhoso. Apontando para você continua o meu dedo. Não se desvie! Mantenha o prumo. Mantenha os olhos abertos.

Este homem não sai de casa. Para garantir algumas refeições, ele encomenda a mesma comida pelo telefone. A correspondência que recebeu durante o período foi de contas a pagar, e não foram pagas. Ninguém o visitou. O zelador do prédio foi chamado apenas para interromper um vazamento no cano da pia da cozinha. O novo síndico, eleito há dois meses, não o conhece. Os vizinhos de andar não se lembram do seu rosto nem do seu nome. Do emprego foi demitido por abandono de função. Seus parentes não são visitados há anos. Amigos não perguntam por ele. Não há informações quanto a eventuais parceiros ou parceiras sexuais.

Por que você abandonou o emprego de vigia?
Abandonei?
Você não se lembra de ter abandonado o emprego?
O senhor é da firma?
Pareço com alguém da firma?
Não.
Não sou da firma.

O homem olha para os lados, tateia o colchão, olha em direção à porta do quarto e torna a olhar para mim.

O senhor é da polícia?
Pareço da polícia?
Parece.
Não sou da polícia.

Muitos de nós, se não todos, já tivemos vizinhos semelhantes, e o máximo que soubemos dizer sobre eles foi que eram esquisitos, deprimidos ou artistas. Não se pode garantir, sem os conhecer, que fossem todos infratores da moral. Este homem que fiz réu combina evitação social com apatia em níveis extremos.

Voltemos ao tema do seu trabalho de vigia.

Está bem.

Diga como trabalha.

Eu trabalho de vigia num prédio que fica numa rua perto daqui.

Que rua?

Rua? Não me lembro. Dá para ver da janela o prédio que fica ao lado de onde eu trabalho.

E você vigia o prédio daqui?

Dou umas olhadas.

Nessas olhadas, você consegue controlar quem entra e quem sai do prédio? Se alguma coisa de estranho acontecer lá dentro, você é capaz de averiguar? Se alguém precisar de alguma informação, você será encontrado?

Hum...

Não podendo realizar nada disso, você ainda pode dizer com essa sua certeza idiota que vigia o prédio que diz vigiar?

Hã?

Pode ou não pode?

Eu consigo ver o prédio que fica do lado. É quase igual.

Pode ou não pode?

É que tem outros prédios na frente.

Então...

Não posso.

Então, estarei certo ao dizer que você nada vigia.

Eu queria...

Não me interrompa. Pare de olhar para os lados e para a porta. Olhe apenas para mim. E pare com essas interjeições: ué, hum, ah, hã.

Um homem, em geral, se o chamo de bobo, toma este termo por corriqueiro e alusivo à tolice, não podendo imaginar que, empregando-o, refiro-me à enfermidade que sofre e ao crime que comete. Um bobo se comporta com a habitualidade de todos os seus dias mal vividos e acredita, com frequência e escorado justamente no caráter vil que o condenará, que apenas vive a vida que lhe coube viver.

Você sabe me dizer se este dia em que estamos vai pelo início, pelo meio ou pelo fim?

Pela luz lá de fora...

Sim...

Não sei.

Aproximadamente?

Pelo início?

Isso foi uma resposta ou foi uma pergunta?

Eu...

Você sabe me dizer em que dia do mês nós estamos?

Não.

Da semana?

Também não.

Você pode me dizer há quanto tempo está neste quarto?

Muitos dias.

Esteve sempre nu?

No início, não.

Quando foi o início?

Não sei. O início foi no início.

Não me responda nesses termos. Quando não souber a resposta, pode dizer apenas, e para o seu próprio bem, que não sabe o que responder.

Tá.

Por que decidiu tirar a roupa?

Não sei o que responder.

Você confirma que ninguém esteve neste apartamento nas

últimas semanas além, obviamente, de você, do zelador, que veio reparar um vazamento de água, do entregador da comida que você pede por telefone e, agora, de mim?

Nunca recebo visitas.

Então você confirma o que eu disse?

Confirmo.

Você é capaz de confirmar também a impressão que tenho de que você é mesmo desprezível?

Hã?

Confirma ou não confirma?

Hum...

Confirma ou não confirma?

Confirmo.

Um condenado por bobeira não deve mais usar o seu nome próprio. Um condenado por bobeira fica reduzido a bobo. Eis um qualificativo que, impermeável tanto à água benta usada na pia batismal quanto à tinta do carimbo do tabelião, designa melhor o qualificado.

Você foi batizado na igreja, não foi?

Fui.

Foi registrado em cartório, não foi?

Fui.

Doravante, você é apenas bobo, e é assim que será conhecido.

Bobo?

Levante-se da cama, bobo.

Bobo?

Eu ordeno que se levante da cama.

O senhor me chamou de quê?

De bobo.

Esse não é o meu nome certo.

Não estou preocupado com o seu nome certo. Você não o tem mais. O que o batismo e o cartório fizeram por você eu desfaço agora. Bobo é como o classifico e como, por todos, você será chamado.

Por que bobo?

Porque é isso que você é, e nada mais.

Não entendi.

Você não entendeu exatamente porque é bobo.

O OLHEIRENTO

A bobeira deste homem é feita da combinação da apatia, boçalidade, evitação social e tristeza, resultando em abatimento físico, perda de ânimo e embotamento intelectual. A bobeira guarda parentesco com o antigo pecado da acídia, mas desta difere, entre outras razões, porque não supõe o Destinatário como o ofendido. Atualmente, com Ele mais preocupado em expandir o cosmos e desviar-se de satélites artificiais do que em interferir na capina terrena, incapaz que é de pagar crediário, embelezar esposas e afastar maridos do vício, ninguém Lhe dedica muito mais que umas poucas velas e lágrimas nas lamúrias dominicais.

O APREGOADOR

Os velhos pecados perderam a graça, e nós, os desgraçados, fomos obrigados a abaixar os olhos do céu. Agora, em nossos horizontes nada belos, a aurora e o poente ficam encobertos pela pachorra do vizinho. Foi nesses covis de gente ordinária que se produziram os novos pecados e pecadores que o sr. Decoroso tem perseguido com afinco.

O DECOROSO

Em que você crê, bobo?
Eu não creio.
Em quem você confia?
Em ninguém.
Do que você gosta?
De nada.

O OLHEIRENTO

Bobo!

O APREGOADOR

O sr. Decoroso não pretende ocupar o picadeiro onde o Destinatário, ao longo de muitos séculos, para embevecimento das entusiasmadas plateias cristãs, sacou da cartola as descendentes da pomba que Noé soltou para avaliar o nível das águas do dilúvio. Mas o homem tem estado a se consumir de diversas maneiras, e sua consumpção fere esta sociedade com o exercício e a difusão de maus valores.

O DECOROSO

Agora, levante-se da cama.
Levantar?
Sim.
É difícil para mim.
É claro que é. Levante-se.

Estou cansado.

É claro que está.

Tenho um pouco de tontura.

É claro que tem.

Com muito custo, o homem fica de pé. A barriga, a bunda e as mamas são grandes e flácidas. As costas têm escaras em formação. As pernas, varizes muito grossas. O pênis é um descorado pepinilho. O cheiro que vem das suas axilas e de outras dobras do corpo traz náusea. Para não cair, o homem agarra a cortina; então, passa ao beiral da janela; depois, agarra-se nos móveis ao lado; finalmente, consegue se equilibrar.

Como o nome que você se acostumou a ter, a sua idade também não interessa. Seus dias e anos contarão, somente, a partir de agora. Considere-se novo.

Novo?

Novo naquilo que ainda pode se renovar. No que não pode, o que é bastante coisa, você continuará como é.

E como sou?

Bobo.

Hum.

Apesar do seu aspecto odioso, devo admitir que é bom vê-lo mais aprumado. Assim poderá conduzir-se até o local de cumprimento da pena.

Que pena?

A pena a que estou prestes a condená-lo.

Serei punido?

Cale-se e me acompanhe.

Eu preferia ficar onde estava.

Sei bem o que você preferia. A sua preferência não importa mais.

Posso vestir um calção?

Você ficou nu durante esse tempo todo. Para que quer um calção agora?

Minha bunda. Ela não é bonita.

Nisso concordamos. Vá vestir o calção.

O réu caminha até o guarda-roupa e abre a gaveta da esquerda. Vasculha-a. Fecha-a. Volta-se então para as prateleiras da direita e não encontra o que procura. Como é deselegante um abnorme!

Apresse-se.

Não estou achando o meu calção.

Aquilo ali no chão não é um calção?

Onde?

Ali, azul, com listas dos lados.

Ah, é.

Seja rápido.

Obrigado por apontar.

E dê um nó nesse cordão.

Ah, tá.

Coloque o cordão para dentro do calção.

Assim?

Vamos.

Para onde estamos indo?

Para o telhado deste prédio.

O que o senhor vai fazer?

Vou condená-lo.

Lá em cima?

Sim.

É longe.

Não resmungue. Você mora no décimo primeiro andar. Basta subir um pouco mais.

Levo a chave?

Não importa.

Mas é a minha casa.

Esqueça a sua casa. Você não tem mais porta, não tem mais casa, não tem mais nada. Você não vai voltar tão cedo. Talvez não volte nunca. Vamos.

Começamos a subir. O bobo é lento.

Estou cansado.

Nós mal começamos.

Podemos parar um pouco? Só um pouquinho?

Só um pouquinho.

Posso perguntar uma coisa?

Pergunte.

O senhor vai me matar?

Matar você? Eu? Não. Você podia ter morrido por conta própria. Agora não morrerá mais e poderá reeducar-se.

Reeducar-me?

A pena reeduca.

Tem certeza?

É claro que tenho. Fui eu que inventei a pena.

Que bom.

Morto, obviamente, você não poderia nunca ser reeducado.

Não?

Mortos não sentem culpa. Mortos não prestam atenção nas coisas. Mortos não se empenham em nada. Toda punição depende da vida para exercer-se. Reeducar significa, entre outras coisas, mostrar ao reeducando a sua culpa.

Sentirei muita culpa?

63

Sentirá. Tendo sido o autor de graves infrações morais, você participará ativamente da própria correção.

Não entendi.

Entenderá. Vamos.

O OLHEIRENTO

Ouço daqui o bobo. Ainda há degraus para escalar. Que ele poupe seus ais.

O APREGOADOR

Viver não ocorre sem bastante sofrimento. Para os que se esquecem desse mandamento, o Decoroso está aí.

O DECOROSO

Não se afobe. Mantenha o ritmo. Respire fundo.

Tá.

A educação leva tempo e deve solicitar todo o empenho e a atenção do deseducado.

Entendo.

Quem pretende morrer deve morrer por sua própria conta. Eu não mato. Sou um cultor da vida.

Entendo.

Que bom que entende. Estamos quase lá.

Subimos o último lance de escadas. Abro a porta de acesso ao topo do prédio. Há espaço suficiente para nós dois andarmos, contornando a casa de máquinas do elevador em direção a uma das beiradas do telhado de onde se observa bem a vizinhança. Adianto-me, resoluto, sensato, exultante. O réu caminha atrás de mim, mas vem lento, escorando-se. Diminuo a extensão dos meus passos para esperá-lo. A caixa-d'água faz sombra, e uma imensa antena de televisão projeta-se acima das nossas cabeças.

É aqui que paramos de andar, bobo. Pode descansar um pouco.

Ai!

Respire.

Uf!

Olhe em torno. Você gosta do que vê?

O que há para ver?

Prédios, ruas e pessoas.

Não sei. Uf!

Não sabe ou não gosta?

Não estou nem aí.

Ah, você não está nem aí.

Não. Uf!

Não sente amor nem ódio por tudo o que está à sua volta?

Não.

Você acha esta cidade feia?

Não.

Acha bonita?

Não.

As janelas, os postes, os toldos, os letreiros, os canteiros e todo tipo de gente... nada interessa?

Não.

Há tanta imoralidade em você que eu gostaria de tirá-la a tapa. Recuperou o fôlego?

Um pouco.

Ótimo. Está vendo essa antena acima de nós?

Sim.

Não há nada mais alto do que ela no topo deste edifício, concorda?

Concordo.

Que bom que concorda. Prepare-se para subir.

Onde?

Na antena.

Para quê?

Para reeducar-se.

Lá em cima?

Lá em cima.

Não conseguirei.

Não se subestime.

Por que tenho que subir?

É chegada a hora de dependurar-se.

Dependurar-me?

Você negou seu pertencimento a esta sociedade, enfurnando-se em seu quarto de dormir e desfazendo-se dos hábitos e normas que regulamentam uma civilização. A condenação que seguirá vai devolvê-lo ao seu entorno, bobo. As fachadas, as calçadas e os semáforos, as janelas, os postes e os toldos, os letreiros, os canteiros e todo tipo de gente que lá embaixo transita serão a extensão do cimo gorduroso que você, dependurado no alto dessa antena, se tornará de agora em diante. Dependurar-se será, pois, a sua pena, o seu anti-inflamatório, o seu banco escolar.

E quem a decretou?

Eu.

E quem é o senhor mesmo?

Eu sou o Decoroso, inquisidor desta comarca.

4.

Em que a condenação, que deve ser ouvida com reverência, assentimento e terror, é proclamada

O OLHEIRENTO

No topo do prédio, o réu, prestes a ser condenado, choraminga e diz que voltará ao seu quarto de dormir. O Decoroso espera por silêncio.

O APREGOADOR

Reze, bobo, se achar que Alguém poderá ajudá-lo. Mas, se eu fosse você, trataria de alongar a musculatura. Você saberá por quê.

Aí embaixo, todos! Silêncio nesta cidade! Escutem a proclamação da lei do decoro e vejam se respinga em vocês um pouco de saliva da Justiça!

A QUITUTEIRA

Lá de cima, pedem silêncio e avisam que respingará.

O CANDIDATO

Admirável projeção de voz! Talvez eu possa contratar o mestre de cerimônias para trabalhar em meu palanque.

AS VIZINHAS

Está prestando atenção, vizinha?
Sempre!
Anunciaram que vai haver condenação.
E pediram silêncio.

A IMPOSTORA

Aposto que a saliva desse inquisidor é mais rica em gripe. Em todo caso...

O OLHEIRENTO

O sr. Decoroso vai falar. Com atenção, ouçamos.

O DECOROSO

Condeno-o, bobo, com o poder conferido pelo meu próprio ditado, a permanecer, pelo tempo equivalente ao da longevidade da sua culpa, agarrado a essa antena que coroa o alto do edifício onde tem residido por todos esses últimos anos, sem se apoiar noutra coisa a não ser nas hastes de metal, como forma de puni-lo pela corrupção de seu caráter, bobo, crime este que incide sobre a saúde da sua moral, desviando-o do comportamento considerado, por mim, normal, digno e exemplar. Ao ferir com a sua consumpção esta sociedade, você se candidatou à pena que começa imediatamente a cumprir. Agora você vai conhecer a norma à força, bobo, à força dos seus próprios membros. Se precisar, use os fios para ajudá-lo a aliançar-se novamente à cidade, da qual, com seu comportamento indecoroso, se afastou.

Está feita a condenação. Reeduque-se, penitencie-se, cure--se, salve-se, bobo!

5.

Que trata da pena a ser paga pelo condenado

O OLHEIRENTO

Ressoa a justiça sobre a cidade! A venerável lei do Decoroso traz a público aquele que se consumia solitariamente.

O APREGOADOR

Viva a decorosa inquisição!

O DECOROSO

Suba, bobo!

O condenado volta-se para mim.

Eu queria...
O que você quer não tem mais importância. Apenas o que eu quero importa.

É que eu...

E eu quero acompanhar o seu empoleiramento.

O condenado põe o pé direito no primeiro degrau da escada de ferro chumbada na parede da casa de máquinas do elevador. Depois, segura firme nos apoios laterais, põe o pé esquerdo no segundo degrau e sobe. Alcança, finalmente, a grande antena. As hastes, compridas e flexíveis, envergam com o peso do condenado, mas os fios ajudam-no a se manter estável enquanto se ajeita.

Pronto. O condenado chegou aonde eu queria. Venta, ele balança sem harmonia e faz careta. Se subir mais, a antena cederá. Que fique lá, dependuradíssimo. Já que ele preferiu viver a morrer, que viva corretamente; quanto às normas a serem seguidas durante o viver, que siga as minhas.

OS ANDARILHOS

É mesmo um homem o que está em cima da antena daquele prédio?

Onde?

Lá no alto.

Acho que é um pombo imenso.

Terá o sol feito você confundir homem com pombo? É um homem.

Terá caído de algum lugar?

Nas proximidades, não existe lugar mais alto de onde ele possa ter caído.

Sendo pombo, ele pode ter vindo, voando, de outro poleiro.

Continuo a dizer que é um homem.

É um pombo imenso.

O APREGOADOR

Vivam muito se quiserem, homens bobos, e esperem pela inquisição! O Arrombador arrombará a porta de cada um de vocês, e o Decoroso entrará em seguida!

O DECOROSO

Cinco verbos cintilam em cada ponta da estrela da minha lei: eu xereto como um xereta, eu investigo como um investigador. Predico como um sermonário. Julgo como um juiz. Puno como um verdugo.

O APREGOADOR

O homem na antena junta-se ao clube canalha de dependurados deste centro de comarca. Que o vento o fustigue, que o sol o queime, que ele tenha vontade de urinar e que, urinando, molhe-se todo. Aproveite o horizonte que tem diante de si, bobo, e depois nos diga se é mesmo belo!

O DECOROSO

Você ficou muito bem aí em cima.
Eu devia ter trazido uma camisa.
Sente frio?
Um pouco.
Você se acostumará.
Tomara.
Para um abnorme, até que você tem falado bastante.

Mesmo?

Se você tivesse falado com mais frequência durante todo o tempo em que permaneceu apático, talvez pudesse ter dito alguma coisa de relevante, que o inspirasse a deixar a bobeira.

Eu não sabia.

Você não sabe nada. Mas agora saberá.

Saberei o quê?

O que é penar.

Posso perguntar uma coisa, senhor?

Seja rápido.

É isso a justiça?

Toda ação que realizo é justa. Não queira saber como seria a aplicação da injustiça.

Como seria?

Não queira saber.

Ficar dependurado é muito difícil.

É dependurado que você ostenta a justiça que lhe foi feita. Toda punição faz do condenado um justiçado e um exemplo da eficácia da lei que o condenou.

Quero voltar para a minha casa e ficar deitado na minha cama.

A punição deve transformar a passividade em atividade.

Sou incapaz.

A punição deve transformar a inépcia em perícia.

Sou muito pesado.

A punição deve transformar o peso em aguente.

Sou preguiçoso.

A punição deve transformar a desídia em disposição.

Sou...

Basta. Não vou mais ouvir você reclamar.

Oh!

Estique o joelho. Chegue mais para o meio. Segure-se no fio mais grosso.

Desse jeito?

Desse. Assim você ficará.

Por quanto tempo?

Não lhe interessa. Esta pena, como toda pena, ocorre à revelia do penalizado.

O que vou comer?

Você já comeu muito nessa vida. Se a culpa ainda não lhe pesa o suficiente, pesará.

Já estou com fome.

Não se preocupe com sua fome. Você passou os últimos tempos se consumindo. Foi uma comida indigesta, não acha? Pois chegou a hora de se repletar de culpa, abnorme, de culpa de ser, infelizmente, o que é. Digeri-la vai tomar-lhe muito mais tempo, acredite, e você ficará como quem sai da mesa com o estômago inchado de muito almoço. Com o passar dos dias, o arrependimento e a miséria vão chegar-lhe até o limite da garganta. Ainda assim, você verá que a punição pode ser bem mais apaziguadora do que a liberdade.

O senhor está de partida?

Estou.

Ficarei sozinho?

Do alto da antena deste prédio, você tem toda a cidade como companhia.

Para onde o senhor vai?

Tenho outros afazeres.

Existem mais bobos como eu?

Aos montes.

Não serei confundido com eles?

Será.

O que farei para me diferenciar?

Não fará nada. Você se tornará, daqui por diante, indiferenciado.

Saio.

6.

Da discussão sobre códigos e nomes

O OLHEIRENTO

O Decoroso acaba de deixar o prédio do bobo e está de volta às ruas.

O APREGOADOR

Outros códigos não deveriam dispor a favor do direito da personalidade se a personalidade em questão foi corrompida. Outros códigos não poderiam oferecer perdão ao arrependido quando a declaração de arrependimento é formulada pela mesma boca que participou do pecado.

O OLHEIRENTO

A única obediência do nosso inquisidor é ao decoro.

O APREGOADOR

E a futura obediência de todos vocês, cidadãos, será ao Decoroso! Apavorem-se, tementes!

O OLHEIRENTO

Desce a rua o nosso inquisidor.

O APREGOADOR

A punição pela queda está prevista desde os anais da fé religiosa, redigidos quando vivíamos em eras apenas bíblicas, e não históricas. Lá foi registrada a transformação do anjo bom em anjo mau, e sua consequente caída constituiu a primeira condenação de um insurgente contra a ordem e a lei maiores.

Para a arguição e o castigo do caráter, as leis desta decorosa inquisição são outras. E, não possuindo as asas que possuía Lúcifer, os condenados, nesta cidade, têm de se prender em algo, quando então sofrem a mais terrível e pedagógica maneira de cair, essa em que se cai indefinida e permanentemente, sem nunca alcançar o despedaçamento fatal.

No que se agarra o condenado? Agarra-se à sua própria culpa. É ela que o mantém dependurado, dolorido e sofrente. Mas é por concordar em senti-la que o bobo se resguarda de desaparecer na queda, salvando-se a todo e cada instante em que continuar agarrado à sua pena.

A IMPOSTORA

Como rosnam lá em cima!

O APREGOADOR

Quem disse isso?

O OLHEIRENTO

Intromissão? Provocação? Sibilação? Foi a Impostora.

O APREGOADOR

Era o que eu pensava. Será que o sr. Decoroso ouviu?

O OLHEIRENTO

O Decoroso está na calçada, olhando para cima... e franze a testa. Ele certamente ouviu.

O DECOROSO

Se ouvi? É claro que ouvi! Ela faz de propósito, só para irritar a inquisição. Maldita seja essa Impostora! Conseguiu identificar o paradeiro dela, Olheirento?

O OLHEIRENTO

Não, senhor. Lamento muito. Tão logo disse o que disse, calou-se. Não descobri de onde veio a voz.

O DECOROSO

Maldito seja você também. Mas continue a postos. O topo do seu prédio é mais alto que o meu topete. Daí onde está, você escuta e vigia melhor. Não se distraia.

E por falar em vigiar: daí você vê o bobo?

O OLHEIRENTO

Vejo-o bem, senhor! Está assustado como nunca. A antena balança. Dois pombos fazem-lhe companhia.

O DECOROSO

Não o perca de vista. E atenção com a Impostora! Não quero gente por aí debochando de mim. Ainda que ela não passe de uma mexeriqueira, de uma fantasista, de uma disfarçada, de uma impostora.

Apregoador! Ajude seu irmão na vigília. E apregoe!

O APREGOADOR

Atenção, moradores desta cidade! Apregoo em nome do sr. Decoroso, inquisidor da nossa inquisição. Mais um bobo agora pena. Somando esse bobo aos outros condenados, temos muitos homens dependurados. Matemática punitiva! Matemática redentora! Mirem o corpo rotundo no alto da antena daquele prédio e tomem-no como lição: decorem a posição dos braços, repitam a expressão de dor. Assim eu digo em nome daquele que melhor dita!

O OLHEIRENTO

Retoma o passo o sr. Decoroso.

O APREGOADOR

Abram alas para o nosso inquisidor!

O OLHEIRENTO

Às vezes, você grita mais do que o necessário, Apregoador.

O APREGOADOR

Ocupe-se com a turminha lá de baixo, mano. Eu estou pregando para a História.

O OLHEIRENTO

Se é assim, eu também estou olhando e ouvindo para a História, mano.

O APREGOADOR

É mesmo, Olheirento? E você já identificou a Impostora?

Já viu como ela é? Já localizou onde mora? Não, você não conseguiu fazer nada disso. Como é que fica a História nisso, hein?

O OLHEIRENTO

Você quer que eu balance a nossa corda, mano? Quer apregoar lá da calçada? Quer ver onde estão enterradas as raízes da História?

O APREGOADOR

Não seja idiota. Você está tão dependurado na corda quanto eu.

O OLHEIRENTO

Você sente vertigem, eu não.

O APREGOADOR

O que ganharíamos caindo?

O OLHEIRENTO

O seu silêncio.

O APREGOADOR

Como se você não falasse também.

O OLHEIRENTO

O falastrão aqui é você.

O APREGOADOR

Não sou falastrão. Eu sou o Apregoador.

O OLHEIRENTO

E eu, o Olheirento.

O APREGOADOR

O seu nome é, francamente, pior do que o meu.

O OLHEIRENTO

Nome? Que importa o nosso nome? Eu vejo melhor e mais longe. O Decoroso ainda vai perceber que, por ver tanto assim, estou mais apto do que você para predizer o futuro. Então acumularei os dois cargos de confiança que ele criou, e você, despedido da inquisição, voltará a ser somente o homem ordinário que sempre foi.

O APREGOADOR

E quando é que eu e você deixamos de ser homens ordinários?

O OLHEIRENTO

Não deixamos. Mas somos acima da média, como o Decoroso.

O APREGOADOR

Você e eu não somos nada.

O OLHEIRENTO

Talvez. Mas você é menos ainda do que eu.

O APREGOADOR

Não sou.

O OLHEIRENTO

O Decoroso precisa mais de mim que de você.

O APREGOADOR

Não precisa.

O OLHEIRENTO

O Decoroso gosta mais de mim que de você.

O APREGOADOR

Não gosta.

O OLHEIRENTO

Se você não fosse meu irmão, eu lhe lançaria um mau-
-olhado.

O APREGOADOR

Se você não fosse meu irmão, eu lhe prediria tudo de ruim.

7.

Quando o sr. Decoroso pula e bate palmas

A IMPOSTORA

Falei alto demais. A trinca de homens ficou brava, e o enxerido do Olheirento quase me encontrou. Melhor eu faço ficando quieta. Deixa eu manter o disfarce e voltar para o meu couto. Reaparecerei em melhor hora.

Que dia mais bonito faz hoje! Pena eu ter de permanecer sempre tão escondida. Pena eu não poder aproveitar o sol. Mas mais vale minha pele branca e farsante do que ela brônzea e flagrada. Meus saltos não me permitem correr. Vou sair devagarzinho.

A QUITUTEIRA

O sol nasce e se eleva cada dia mais forte. É o Destinatário quem está mesmo a se retirar, e o Seu manto não peneira mais todos os raios que nos queimam.

Linda essa moça que anda pisando macio e passa em frente ao meu carrinho de quitutes. Usa vestido longo e rodado e chapéu de aba larga. Tem bracelete e joia brilhante no pescoço. São de verdade? Ela atravessa a rua fora da faixa e segue pelo quarteirão de baixo. Depois, perco a moça de vista.

Quem sabe o sr. Decoroso não passa por aqui mais tarde?

OS ANDARILHOS

Lembra de quando andávamos sobre a terra?
Lembro bem.
Era um perigo.
Bastava a gente ficar parado um pouquinho...
... e a terra começava a comer a gente.
Pelos pés! E, se nos deitássemos no chão, pelas costas!
Terra faminta.
O asfalto não come.
O asfalto é enfastiado.
A gente pode ficar um dia inteiro em cima do asfalto, que ele não quer nada com a gente.
O asfalto é indiferente.
O asfalto é repleto.
Andemos.

A AMADA

Que sorte tenho eu. Esposo e Filhos extraordinários. Isso é amor ou não é? É amor, sim. Eles estão de saída. Trabalho e escola. Preparo-lhes o café. Estão atrasados. Não sei por que se atrasaram. Se preparasse um café ruim, eles tomariam assim mesmo. Para me agradar. Porque eles me amam. Me amam, sim. Pó na quantidade certa. Água na medida certa. O filtro de papel no tamanho certo. Nada deve faltar, nada deve sobrar.

Deixo o noticiário ligado. Para saber dos assaltos. São muitos. Dos engarrafamentos. São muitos. A previsão do tempo. O horóscopo. Uma receita prática para o almoço de domingo. O café está na mesa. Comprei pão quentinho, fervi o leite. Bolo, faca e colherzinha. Um marido; um filho; uma filha; outra filha. Que sorte tenho eu.

O primeiro já saiu do banho e deve estar se vestindo. Fez a barba. Sinto daqui o cheiro de loção. Vai colocar a gravata: deixa eu ir até o quarto para acertar o nó! E levar para o meu filho o uniforme passado. Meia desfiada? Não deixo usar. Tênis sujo? Não deixo usar. Depois, volto-me para as meninas. Elas têm cabelo comprido para escovar. Arco para uma; rabo de cavalo para a outra. Que sorte eu tenho. Mas eles estão atrasados. Quase nunca se atrasam. Por que se atrasaram hoje? Não podem se atrasar.

AS VIZINHAS

Por que é que o Esposo e os Filhos da sra. Amada se atrasaram tanto hoje?

Não sei. Eles são tão pontuais.

O Esposo não vai poder assinar o ponto.

Os Filhos já perderam as primeiras aulas.

Ela demorou para comprar pão?

Vi a senhora bem cedo na padaria.

Decerto, ficaram muito na cama.

E beijaram e abraçaram muito a senhora ao acordar.

Deve ter sido isso.

Todo dia, o Esposo cobre a esposa de beijos.

Os Filhos também a cobrem de beijos.
E todos a abraçam juntos.

OS PASSANTES

Passar, passar, passar, passar, passar.

O PRESTÁVEL

Não soube o que fazer ontem, não sei o que fazer hoje.

Que alguém me delegue alguma tarefa; que alguém me faça alguma solicitação; que alguém me dê alguma ordem; que alguém me peça algum obséquio.

O DECOROSO

Nenhum sangue derramado foi mais implacável do que a minha palavra. Não é um cochicho safado da Impostora que vai estragar o dia. Um homem bobo foi medicado com a dependura. Se precisar, dependuro patife por patife nas antenas, janelas, para-raios, parapeitos, telhados, caixas-d'água e saliências em geral dos altos prédios desta cidade. Pendentes, tornar-se-ão, a cada dia, mais compostos, mais decentes, mais retos.
Não me importo que meus servidores discutam desde que não se distraiam nem balancem muito a corda onde residem. Quem não tem título, nem estirpe, nem glória não pode vacilar. Compostura! Decência! Retidão! Vamos, todos, nos esforçar um pouco mais! Que os irmãos de corda não empreguem todo o ódio

contra si mesmos: deve haver ódio de sobra a empregar contra os outros.

Apregoador!

O APREGOADOR

Esta inquisição não persegue afrontadores de Bíblia, nem feiticeiras. Por mim, os salmos poderiam ser todos usados para adoçar poções no fundo de algum caldeirão, misturados a sapos, morcegos e penas de aves, que nenhuma denúncia da bruxa cozinheira seria feita. É o que afirma o Decoroso, e eu repito.

Nossa inquisição não presta contas a nenhum Estado, a nenhuma Igreja. A única crença que cobramos é a desta população desvirtuada numa lei que a preserve de se consumir em práticas infandas.

Reúnam-se, homens, ao arrimo da decorosa palavra do Decoroso!

Neste torrão infeliz, a enunciação ordinária vale mais do que a celestial anunciação. Salvar-se-ão todos aqueles que, incapazes de consertar sua própria moral, aceitarem o Decoroso como seu consertador, tornando-se parte integrante e mostrada de uma cidade que será redecorada, a cada condenação, com pernas pensas, braços esticados e rostos de pavor.

O DECOROSO

Consta que o Destinatário costumava ser mais interveniente séculos atrás. Talvez a destruição dos templos ou sua transformação em casas de espetáculo O tenham feito confundir os endereços, e, desde então, Ele vem se atrapalhando nas aparições em atendimento às preces. O fato é que o fiel passou a rezar sozinho, o aflito enfrentou sem companhia sua aflição, e a moral, até então por Ele determinada, passou a ser um encargo do próprio indivíduo. Sem o espelho divino, restou ao homem ser semelhante a outro homem, com o qual passou a medir seu direito e sua liberdade: não roubar para não ser roubado, não matar para não ser morto. Nisso, ora acerta, ora fracassa, e o código penal que os avalie. Quanto a destruir-se, entretanto, não há lei adequada para isso. Destruindo-se é como se arruína impunemente uma sociedade por meio de seus abnormes. Sendo ruim para si é como se começa a ser ruim para os outros.

Os homens sem entusiasmo, sem outra coisa a fazer além de se destruírem, são relegados por si mesmos à obsolência, e eu os tiro de lá perseguindo-os, apontando-lhes o dedo e ordenando que se levantem e andem. O abnorme perde o porte do corpo, mas, dependurado nalguma altura, recupera-o, esticado que está pela gravidade, tremulando para a esquerda ou para a direita, conforme ventar.

Quanto à sua soberania, o abnorme perdeu-a; eu a encontrei e não devolvo. É melhor que os condenados se submetam mais prontamente aos meus veredictos porque tenho muito trabalho e me canso de repetir, para cada um, razões que são sempre as mesmas: as minhas. O laço social enfraquece e ameaça arrebentar justo ao passar pelo bobo, mas eu vim para ser a emenda, uma emenda feita à força. Sou um homem da recolha de outros homens que se soltaram de ser um só colar.

O OLHEIRENTO

Lei para conter!

O APREGOADOR

Lei para amarrar!

O DECOROSO

Atravesso a rua e ando por quase todo o quarteirão seguinte, tomando cuidado para não me distanciar demais do prédio de onde saí. Estará o condenado visível? Assim espero. Um corpo sofrente e exposto deve advertir os donos dos corpos que transitam aqui embaixo, nas ruas e passeios, do destino que dou à bobeira.

Desvio-me com habilidade de quem vem na direção contrária, incluindo duas senhoritas uniformizadas empurrando carrinhos de bebê. Salto um bueiro. Um pombo sobrevoa meu ombro esquerdo. Viro-me, então, e vejo o que queria ver: meu culpadinho, dependurado na antena, da maneira como o deixei.

Felicito a mim mesmo pela condução deste caso. Bato palmas. Dou pequenos pulos de contentamento. Em seguida, retomo minha circunspecção corrente. Não me iludo. Muitos são os que prevaricam e que, diante de um homem dependurado, correm a fechar as próprias janelas para não ver o seu futuro penoso.

O OLHEIRENTO

A história dos penitenciados patenteou uma série variada e criativa de modos de punir. Embora tenham vigorado com sucesso noutras épocas e sociedades, mostram-se, hoje, despropositados quanto às condições necessárias para a sua realização e, com frequência, quanto ao excesso injustificado de maldade.

Prender os braços e pernas de um condenado a correntes

atadas ao lombo de quatro cavalos, chicoteando-os em seguida para que disparem, resulta em imediata desmembração. Mas por que o sr. Decoroso excitaria em sossegados jumentos de aluguel, que marcham em fila pelo parque da cidade, seus pendores de carrasco? Todos aqui detestamos sangue.

Grafar no dorso do condenado o nome de seu crime exige operar uma máquina de escrita; guilhotiná-lo exige o manuseio do aço; apedrejá-lo exige a conclamação de uma multidão e um provimento de pedras; enforcá-lo exige uma autorização da Secretaria Municipal de Parques e Jardins, para que numa árvore da cidade se amarre a corda. Confiscar os bens de um condenado exige que ele tenha bens; confiscar seus direitos exige que tenha direitos; confiscar sua liberdade exige que tenha liberdade; bani-lo o libertará para sempre. Chicotear o condenado cansa o executor; humilhá-lo publicamente cansa o público; atirá-lo às feras cansa as feras; algemar o condenado a uma rocha exposta à rebentação do oceano, à assadura do sol e à bicada das aves exige que aves, sol e oceano se encontrem a serviço da justiça.

O DECOROSO

Como não tenho muitos recursos, sobram-me, como instrumentos eficazes de condenação, minha voz e a indignidade dos sentenciados. Tem funcionado.

O OLHEIRENTO

Precisamos nos tornar coisa melhor para deixarmos de ser essa farsa a que chamamos homens.

O APREGOADOR

Uma melhoradinha que seja já faz uma grande diferença.

O DECOROSO

Para que creiam em mim e em minha lei. Creiam no que dizemos e no que diremos. Nas nossas intenções. Nos nossos propósitos. Uma farsa não é algo que eu queira desempenhar mais.

O APREGOADOR

Continue a ditar, sr. Decoroso. Sua palavra fará declinar sobre todos nós o seu verbo purgativo. Em seu nome eu continuarei a apregoar.

8.

*Em que a sra. Amada cuida da casa e a
Quituteira precisa fritar novos pastéis*

A AMADA

Sem meu Esposo e Filhos, fico sozinha em casa.

Abrir as janelas para arejar. Fechar as janelas para a poeira
das ruas não entrar nos cômodos e sujá-los; tornar a abrir a janela
para ver o povo e a cidade, tornar a fechá-las para que o barulho
da cidade e do povo não me incomode muito aqui dentro. Nem
completamente fechadas nem completamente abertas, as janelas ficam a meio-termo.

Molhar as plantas. Com o regador, trago um pano. Quando
molho demais, tenho que secá-las para não se encharcarem.
Avencas. Violetas. A dracena. E tem essa florzinha... Não sei o
nome da florzinha. Não lembro dela. Ela já estava aqui? Não.
Só existia a folhagem. Agora veio esse desabrochamento. Ponho
mais água ou o mesmo tanto que ponho nas outras flores? Vou
pôr o mesmo tanto. Não. Um pouco mais. Não, menos, menos!
Pus muita água. Agora seco. É uma florzinha nova em minha

casa. Que sorte eu tenho. Água para molhar. Pano para secar. Preciso chegar à medida certa de água. Nem mais, nem menos.

A QUITUTEIRA

Vem contente o sr. Decoroso: que homem íntegro! Enquanto isso, o Olheirento e o Apregoador equilibram-se na corda balançante sobre o precipício que são, para eles, as ruas desta cidade; o Esposo e os Filhos da sra. Amada saíram de casa atrasados; o sr. Prestável procura o que fazer. Que dia movimentado!

E tem mais: atravessam a rua os Andarilhos, perseverantes; no alto de alguns prédios, dependuram-se homens; cada um escolhe cada lugar para se agarrar! Já tive uma manicure que se agarrava na máquina de lavar, que era a coisa mais valiosa que tinha na casa dela, contando o marido, o filho e o cachorro. Um dia, foi todo mundo embora da vida dela, menos a máquina. Mas ela nem se importou. Só no outro dia é que ela desagarrou da máquina e foi fazer as minhas unhas, feliz.

Como está quente o dia. É o sol cada vez mais forte. Deixa eu mudar a sombrinha de lado. Pronto. Assim eu não me queimo. Mas os quitutes... Eles já queimaram na gordura mesmo. No lugar da sombrinha deveria estar o Destinatário, protegendo a nossa pele. Mas Ele deve ter ido para o outro lado do sol, a caminho de ir embora de vez, como já anunciaram por aí. Estamos cada vez mais expostos. Cada um que se cuide. Eu tenho a minha sombrinha.

A AMADA

Meu Esposo e meus Filhos passam o dia inteiro fora. Nem voltam para almoçar. Coitados. Como trabalham, como estudam! São tão dedicados... Que sorte tenho eu. Faço comida só para mim. Não. Pensando bem, vou comer qualquer coisa. O que houver na geladeira. As sobras de ontem. Ficaram sobras de ontem?

Talvez eu coma alguma coisa na Quituteira ao sair de casa. Vou ao sacolão. Vou no açougue. Vou levar uma calça do meu Esposo para remendar e tingir. Não sei remendar, não sei fazer costura. Pecado! Não sou totalmente prendada. Meu Esposo já sabia quando nos casamos. Foi amor. Foi amor, sim. Que sorte eu tenho. Eu podia levar a calça num alfaiate que fica aqui perto, mas não tenho certeza do endereço. Melhor eu ir numa costureira que eu já conheço.

Tenho muita coisa para fazer. Seja dentro de casa, seja fora de casa, o importante é medir bem o tempo, para ele não faltar ou sobrar no final das tarefas. Talvez eu deva, por outro lado, medir as tarefas, para que elas não sobrem ou faltem no final do tempo. E agora? Meço o tempo ou as tarefas?

AS VIZINHAS

O almoço já está a caminho?

Adiantado, que o meu marido gosta de almoçar cedo.

O meu também, o meu também.

Meu marido só come a minha comida.

O meu também só come a minha, o meu também só come a minha.

O meu marido não dispensa a sobremesa.

O meu também não dispensa, o meu também não dispensa.

Que bom que a gente se parece, vizinha.

Quase irmãs! Quase irmãs!

O PRESTÁVEL

Almoço? Já? Ainda está cedo. Vou para casa. Mas não tenho nada para fazer em casa. Fico aqui, então. Mas não tenho nada para fazer aqui.

O VERSIFICADOR

Almoço? Ainda não gostei de nenhum verso que fiz durante a manhã. Foi embora a lua, veio o sol forte... Talvez eu precise de algo mais eficaz para me servir de inspiração.

O DECOROSO

Uma vitória do decoro pede um presente. Que presente? Um justo e especial presente. Será felicidade isto que eu sinto? Não. A felicidade é embotadora. O que eu sinto é satisfação, satisfação por minha empresa corretiva.

A condenação do bobo me deu fome. Vou à sra. Quituteira. Felicidade é algo que está fora de questão. Nenhum homem, nenhuma cidade precisam dela. Decência e justiça são bem mais importantes. A Quituteira está próxima, acabei de passar pelo seu carrinho. Basta eu voltar um quarteirão.

O anseio por felicidade desvia o citadino das suas funções. O anseio por felicidade torna o citadino esquecido e plácido. O anseio por felicidade é deletério. Lá está a Quituteira, abanando--se. Ah, e o meu presente... Eu quase me esqueço: é isso que a felicidade provoca. Mereço um presente, o presente de um homem zeloso, o presente de um homem desenganado, o presente de um homem justo. Xô para a felicidade. Depois dos quitutes, o presente.

Que os bobos continuem a se consumir. Consumirei coisa melhor.

A Quituteira deve selecionar sua freguesia: o mesmo guardanapo que seca as mãos e a boca de um homem orientado para o bem não pode secar a boca de um homem orientado para o mal. Talvez eu possa instruí-la quanto a isso. Talvez ela até goste de ser instruída. Algumas pessoas concordam gentilmente que exista um educador para lhes tomar a lição e averiguar o caderno pautado de aula. Outras precisam de governo e bispado.

É por isso que eu dito, dito, dito. A educação é um trabalho diário e demorado.

A QUITUTEIRA

Sr. Decoroso.

O DECOROSO

Uma coxinha de frango e dois pastéis de queijo.

A QUITUTEIRA

O senhor quer desses que estão prontos ou quer que eu frite pastéis novos?

O DECOROSO

Novos, novos. Sempre novos.

A QUITUTEIRA

Refrigerante?

O DECOROSO

Por favor.

A QUITUTEIRA

Copo de plástico?

O DECOROSO

Canudinho.

A QUITUTEIRA

O senhor é um homem muito decoroso.

O OLHEIRENTO

Sai do prédio em frente uma senhora muito clara e pronta, vestida com saia de comprimento abaixo dos joelhos, blusa lisa, sapato fechado, bolsa de mão e coque. Não usa brincos, não usa pulseira, não usa colar. Ela segue na direção do carrinho, mas desvia-se, e vai com os demais pedestres, solene, numa das direções da rua.

O sr. Decoroso termina de comer o que queria, paga e se despede da Quituteira.

A QUITUTEIRA

Vai embora um grande homem. Na direção contrária, a sra. Amada deixou o prédio onde mora.

Aqui fico eu. Ajeito a sombrinha.

O OLHEIRENTO

E, por não ser notória outra especialidade pela qual pudesse ser chamada, aquela senhora de saia e coque a caminhar pela rua ficou conhecida na região como Amada.

O APREGOADOR

Tem mesmo sorte uma senhora que é amada.

A IMPOSTORA

Se ela tem mesmo sorte, eu não sei...

O DECOROSO

Tenho a impressão de que sibilaram às minhas costas.

O OLHEIRENTO

Sibilaram mesmo, senhor!

O DECOROSO

Se sibilaram, é porque foi a Impostora. De novo, não conseguiu vê-la aí de cima, não é, Olheirento?

O OLHEIRENTO

Não, senhor. Ela deve estar bem escondida num dos milhares de apartamentos do centro desta cidade.

O DECOROSO

Que sibile! A sibilância é seu canto de metropolitana sereia fantasiada. Nossos bisavós padeceram por coisa mais significativa e em mares de verdade. Olhe em volta, Olheirento! Existem milhares, mas não inúmeros, apartamentos por aqui. Um dia encontraremos a fanfarrona. Que ela sibile, que ela sibile. Não tenho tempo nem disposição para isso agora. Meu presente importa mais. Já estava na hora de a minha lei ser praticada com a etiqueta completa que ela exige, e isso inclui o meu traje: mandarei fazer uma toga, uma toga para usar nos meus diários hurras de inquisidor.

Uma toga não se acha em qualquer lugar. Não me atrevo a comprar roupas que outros poderiam comprar. Não me exponho ao escracho de uma loja de departamentos. Não ponho peça que esteve amontoada num varal ou numa prateleira. Não corro às promoções, não entro em provador, não abro crediário, não preencho cupom, não enfrento fila, não aceito brinde, não carrego sacola. Minhas abotoaduras não se fecham sobre o mesmo punho que veste o populacho.

A única pessoa a quem concedo saber as medidas de meu

corpo é um homem de garbo, um homem elegante, um homem com notável compostura que conheço de muitos anos. Ele é o meu alfaiate. Ele se chama Bem Composto. Ele fará a minha toga. Sigo para a alfaiataria.

O BEM COMPOSTO

Linha, tesoura, alfinete; abridor de casas; agulha de mão, agulha de máquina.

O OLHEIRENTO

Que belo nome tem o sr. Bem Composto.

O APREGOADOR

Um nome à imagem e semelhança do nomeado.

O DECOROSO

Não compartilho modos de manada, embora tenha tentado, durante muitos e iludidos anos, ser uma dócil cabeça guiada por Outrem. Mas fui preterido como boi fiel e relegado a homem abandonado e ordinário. Conheci e suportei a derrelição. E concluí que um boi de verdade pode ser mais valioso do que um homem: o boi, pelo menos, berra; o homem carece de gana e autonomia para berrar.

Mas agora a minha lei e o meu decoro são os esteios do arame e da madeira com que começo a cercar o nosso curral; são também as inscrições da minha bandeira a tremular por meio de cada corpo dependurado desta cidade. O boi tem sua genuína pelagem; eu quero a minha: na minha impoluta toga, exijo cor preta e lã de excelência; toga sem fanfarria, toga sem enfeite, toga sem amaneiramento, toga sem pimponice, toga sem pavonada.

O BEM COMPOSTO

Máquina; fita métrica, régua, régua curva; giz, carretilha, papel.

O DECOROSO

Quero uma peça de vestuário que seja mais do que o simples recobrimento do meu corpo, fracassado em ser olímpico e vultoso mas ainda assim um corpo a tomar como exemplo, adestrado segundo o decoro; corpo firme, justo, confiável, corpo decoroso; corpo este que tenho de aguentar e que, ao mesmo tempo, me aguenta; corpo intrépido enquanto houver nele suficiente umidade sanguínea, crepitação dos ossos em trabalho, senso e moralidade. É com esse corpo que caminho em direção à alfaiataria, saudoso dos tempos que mal conheci, em que nos circundavam halos de luz, e não moscas. Mas a beatitude não cabe na barriga de uma varejeira. Então, espanto-a! E dobro a esquina.

O OLHEIRENTO

Um homem decoroso não engordura as mãos com fritura. Um homem decoroso não dá um passo maior do que o outro. Um homem decoroso não se distrai com todo o movimento ordinário da rua. Um homem decoroso usa terno escuro. Um homem decoroso não gosta de modismos.

O DECOROSO

Moda? Eu tenho a minha própria. Querem saber qual é? Esta é a minha moda: entre o longo e o curto, o curto; entre o solto e o atado, o atado; entre o folgado e o apertado, o apertado; entre o largo e o estreito, o estreito; entre o folgado e o justo, o justo. Sou um homem da justiça.

Lã para qualquer clima. Camisa branca com colarinho abotoado para qualquer ocasião. Lenço branco no bolso. Colete. Muitos botões no paletó, para eu abotoá-los todos, desde a parte inferior da minha barriga à superior do meu peito. E agora, sobretudo isso, uma toga.

Zelo pela lisura. Detesto o amarrotamento. Para andar diariamente e pisar, aqui e ali, no calcanhar inchado dos homens ordinários, uso sapatos de solas de couro. Gasto-as menos que os Andarilhos, e mais do que a sra. Quituteira, dividindo as calçadas com toda a sorte de gente, atarefada ou mole. Em cada indivíduo, há um tanto de imoralidade passível de ser reconhecida e, se necessário, punida. O sr. Bem Composto fará para mim uma roupa sóbria, inflexível e inatacável, como a minha legislatura.

O OLHEIRENTO

O alfaiate não poderia ser chamado por outro nome.

O APREGOADOR

Um nome bem-composto.

O BEM COMPOSTO

Interrompo o trabalho com meia agulha trespassada no tecido junto à primeira casa de botão. Mal comecei a costura. Levanto-me; deixo tudo sobre a mesa. Termino ou não termino hoje essa camisa? Terei o dia todo. Então, termino. Mas vou ao cartório. Então, não termino. Pego os papéis que arrumei ontem à noite. Já estão separados. São estes mesmo? Não falta nenhum? Acho que não falta. Está tudo aqui. Se for preciso mais, o notário vai dizer. Coloco-os numa pasta. Fecho-a. Preparo-me para sair. Vou ao banheiro. Lavo o rosto. Lavo as mãos.

O DECOROSO

Quando não perambulam os abnormes, perambulam cúmplices da abnormidade. São raros, mas existem: esposas de apáticos, filhos de abstêmios, colegas de escritório de boçais, entre outros. Todos ouviram do Apregoador o édito de fé e deveriam denunciar o bobo com quem convivem. Esta cidade está empesteada, e acredito que possa existir peste para além dela, caso haja um além. Não podemos nos iludir com a aparente mansidão dos nossos vizinhos. Na vizinhança, esconde-se gente que, com sua ação lesiva, lesa uma comunidade inteira.

O APREGOADOR

Para provar o que diz o Decoroso, citadino, faça um teste: escolha uma região do centro desta cidade; demarque um trecho de rua; tome como ponto de partida uma beirada de calçada; siga em frente, de modo a percorrer o quarteirão inteiro e atingir a calçada correspondente; durante o trajeto, olhe, de alto a baixo e atentamente, para as pessoas com as quais cruzar: o que vê o agrada ou lhe causa repulsa?

Aposto que você, citadino, será capaz de relacionar muito mais pessoas a lhe causar repulsa do que a agradá-lo. Porque a verdade é que, embora conte com essas pessoas para fazerem de você um concidadão, meu caro colega da metrópole, você não gosta delas. Posso até apostar que muitas das que andam na sua frente ou daquelas com quem tromba não passam de obstáculos entre você e seu ensejado destino: o ônibus; o trabalho; a casa; uma fornada na padaria; um copo de cerveja; um cigarro aceso; um encontro concupiscente.

Não é curioso que passemos uns pelos outros diariamente, na mesma cidade que nos faz vizinhos, sem prestarmos quase atenção nenhuma em quem divide a calçada conosco? Mas não há nada de curioso nisso. Prestar atenção cansa e chateia; os outros cansam e chateiam. Não é à toa que não lhes damos a mínima.

Mas vamos supor que você tenha ficado envergonhado com essa constatação e que não admita a prevalência dos transeuntes repulsivos em sua conta. Talvez você prefira disfarçar os números e apontar equilíbrio entre eles. Pois bem: aqueles que o agradaram ou lhe causaram repulsa, não importa, devem estar longe, seguindo rua abaixo ou acima. Faça-me o favor de correr de volta até reencontrar um deles, qualquer um, na multidão. Aproxime-se, mas não o ultrapasse. Siga-o e procure observar nele o que tem de agradável ou de repulsivo. Se você for pelo menos um pouquinho sensível e honesto consigo mesmo, perceberá que seu perseguido não é de todo estranho, que ele tem algo que você é capaz de reconhecer como sendo familiar, quem sabe até íntimo, e concluirá que tanto o primeiro quanto o segundo atributo, de agrado ou repulsão, você é capaz de admitir no outro porque também os tem. Você também ou é agradável ou é repulsivo, citadino, se não for uma união baralhada dos dois.

Se é bem possível que o homem que você observa seja um candidato a futuro e detestável réu bobo, é igualmente possível que você também o seja. Daí que o segundo teste seja deixar imediatamente a rua, entrar nalgum estabelecimento com espelho e conferir se o que vê diante de si não é a imagem de um mequetrefe.

O DECOROSO

Chego à portaria do prédio onde fica a alfaiataria. Entro. O porteiro, que conheço há bastante tempo, cumprimenta-me. Devolvo o aceno. Ando pelo corredor até a porta de vidro fechada à chave e coberta por uma pesada cortina de veludo que esconde o interior do recinto onde trabalha o Bem Composto. Toco a campainha.

O OLHEIRENTO

O Bem Composto é um homem magro, moreno, esguio e asseado. Tem mãos finas e bigode aparado. Conheço-o de vista há muitos anos, mas tenho de confessar que o observo melhor pela cabeça e ombros do que pelas canelas e pés. Mas, quando trabalha, é tão profundo o corredor onde fica a sua alfaiataria que mal posso acompanhar o que se passa no interior dela. Está lá agora o Decoroso. Estou eu cá, endireitando-me na corda, limpando ouvidos e esfregando olhos.

O Apregoador, desocupado, mira a área de serviço de um apartamento próximo, onde uma moça põe roupa para lavar.

9.

Das diretivas de uma toga

O BEM COMPOSTO

Tocam a campainha bem na hora da minha saída. Não espero cliente nenhum. Deve ser só o porteiro. Deixo a pasta sobre a mesa. Caminho até a porta. Afasto a cortina.

É o sr. Decoroso.

Vem o inquisidor desta comarca fora da época em que costuma vir. O que será que quer comigo? Conserto de roupas? Outro terno? O Decoroso é rígido com seu calendário e não costuma descumpri-lo. Esta é uma visita de exceção. Por que razão me visita?

Fecho a cortina. Guardo a pasta. Limpo a mesa de trabalho. Tiro da cadeira um punhado de pano. Atiro a camisa, com a agulha nela enfiada, num cesto de roupas a terminar. Volto à porta. Torno a abrir a cortina. Giro a chave. Rodo a maçaneta.

O DECOROSO

Sr. Bem Composto.

O BEM COMPOSTO

É uma honra.

O DECOROSO

O senhor...

O BEM COMPOSTO

Vou bem, vou bem. E o...

O DECOROSO

Bem como o senhor, Bem Composto.

Agrada-me ver um homem que, embora continue a ser homem, com a migalhice usual de um homem, seja um exemplar acima da média. Aí está o meu alfaiate: higiênico, modesto, nobre, íntegro, decoroso, moral, bem-composto. Nossa formalidade é como um piloso tapete estendido sob os nossos pés augustos. Nele, eu sapateio feliz.

Muito trabalho, alfaiate?

O BEM COMPOSTO

Na média, senhor, mas não tenho do que reclamar. Tem dias em que prefiro cortar, tem dias em que prefiro pregar... E o senhor?

O DECOROSO

Sempre a serviço do decoro. Será que tem um tempinho para mim?

O BEM COMPOSTO

Entre, senhor. Quer sentar-se? E de um café, o senhor gostaria? De chá? Tenho chá.

O DECOROSO

Chá ou café, desde que não queime a minha língua e não afete o meu decoro. Mas o que eu quero mesmo do senhor é uma coisa especial.

O BEM COMPOSTO

Terno novo, senhor?

O DECOROSO

Nem terno nem nada que já tenha costurado para mim. Eu quero, sr. Bem Composto, uma toga.

O BEM COMPOSTO

Toga?

O DECOROSO

Uma toga que eu vá usar em meu decoroso tribunado.

A AMADA

Hoje vai tudo bem. Quase sempre isso acontece. Quando não vai, é que me descuidei nas medidas de algum afazer, seja para mais, seja para menos. Que sorte eu tenho: o mais e o menos são inimigos do certo, e este é um dia em que as coisas dão certo.

Na rua, o pior que pode acontecer é uma obra que obrigue a gente a mudar de calçada. Mas as obras nesta cidade são raras. Ali está uma: furadeiras, cavaletes e andaimes. Não gosto que façam buracos. É melhor termos tudo bem à vista. Cabe todo mundo em cima da rua, e as pessoas ficam às claras. Vou ter de mudar de calçada.

Não vejo por que fazer obra na vizinhança. É melhor deixarem as coisas do jeitinho que estão. Vai tudo bem. Muita novidade pode atrapalhar. Talvez só uma mexidinha aqui, outra ali. Nada muito grande. Nunca um buraco. Buracos podem atrapalhar. É do jeito que está que eu sou uma mulher amada. Se vierem com muita novidade, o amor pode mudar. Mas eu tenho sorte. Serei sempre amada. A sra. Amada.

Mudo de calçada. Viram? Uma mudança assim já está de bom tamanho por hoje. Não precisa mais. Agora, já posso voltar para a calçada de onde eu vim. Ah, este é mais um dia de as coisas darem certo.

A IMPOSTORA

A sra. Amada anda à minha frente. Carrega uma sacola e se diverte com as vitrines.

A AMADA

A coisa mais bela de ver na rua é a vitrine desta loja. Não tem outra igual. Fico horas parada diante dela. Um dia, fiquei aqui até apagarem a luz e baixarem a porta. Perguntaram se eu ia entrar. Entrar numa loja dessas? Só entro se for para ver. Apenas ver. No máximo, para passar a mão nos modelos. Talvez um dia. Comprar um vestido como aquele, aberto nas costas e com fenda na saia? Nunca. Comprar um tecido e mandar costurar? Olha aquele! Um deslumbre. Para fazer um vestido longo, drapejado.

Será que aquele tom ficaria bem em mim? Não sei... Acho que um mais escuro... Nunca esse. Ou, quem sabe... Não gosto de chamar atenção. Meu Esposo e meus Filhos já me dão toda a atenção que preciso. Chamar a atenção de todo mundo é coisa de quem não é amada. É fora de medida. Não gosto de nada fora de medida. Tudo tem medida, e devemos respeitá-la.

Que tecido eu vestiria? Um que não fosse muito brilhante. Mas um tecido para uma roupa... uma roupa que eu mandasse fazer e que fosse... uma roupa bonita, claro. Todas as roupas dessa loja são bonitas. Mas bonita para quê? Para uma festa. Que festa? Aquele ali é o mais bonito de todos. É ele mesmo. O do alto, aberto de uma ponta a outra. Eu mandaria fazer com aquele tecido ali um vestido para uma festa que eu não sei bem que festa seria.

O OLHEIRENTO

A sra. Amada, parada em frente à vitrine da sua loja de roupas preferida, vai levar a calça do marido para o conserto. Na última vez em que lá parou, gastou mais de hora, sem se decidir a entrar. Olhou, apontou, aproximou-se do vidro, deu dois passos para trás, como acaba de fazer justamente agora; distraiu-se, atrasou-se e teve de voltar correndo para casa, antes que a família chegasse.

Se o consertador da calça que a sra. Amada leva consigo fosse o Bem Composto, na alfaiataria ela encontraria novamente o sr. Decoroso, com quem cruzou ao sair do prédio e passar em frente ao carrinho da Quituteira. Mas quem fará o serviço é outra pessoa, uma senhora cujo nome desconheço. Ela não deve ser muito relevante para o destino de todos nós, se é que esse destino, dada a indiferença do nosso Destinatário, realmente importa.

A IMPOSTORA

É um belo tecido esse que a sra. Amada olha de perto. Será que ela vai ter coragem de comprar?

O DECOROSO

Uma veste adequada para o meu ditar, uma veste adequada para a minha lei, alfaiate.

O BEM COMPOSTO

Lei magna, sem dúvida.

O DECOROSO

Há de ser, há de ser. O senhor já costurou uma toga?

O BEM COMPOSTO

Não, senhor.

O DECOROSO

Costurará.

O BEM COMPOSTO

Será uma honra, senhor.

O DECOROSO

O senhor sabe, Bem Composto, que não admito brilho, nem cor, nem gracinhas.

O BEM COMPOSTO

Para o senhor, e numa toga, eu não ousaria.

O DECOROSO

Este mundo está cheio de molambentos e espalhafatosos, que acham que a sobriedade não tem mais valor.

O BEM COMPOSTO

Sem sobriedade, nada pode dar certo, senhor.

O DECOROSO

Não se pode fazer o mundo mais justo com bermudas.

O BEM COMPOSTO

Nem camiseta regata, senhor.

O DECOROSO

Nem chinelos de dedo.

O BEM COMPOSTO

Nem desfiados.

O DECOROSO

Não sou desses, Bem Composto.

O BEM COMPOSTO

Nem eu, senhor.

O DECOROSO

Que usa estampas.

O BEM COMPOSTO

Ou tons cítricos.

O DECOROSO

Ou tons pastel.

O BEM COMPOSTO

Ou qualquer coisa que não seja em preto, cinza, azul-escuro, marrom-escuro e branco.

O DECOROSO

Como o alfaiate já sabe, não uso viscose.

O BEM COMPOSTO

Nem malha.

O DECOROSO

Nem náilon.

O BEM COMPOSTO

Nem filó.

O DECOROSO

Vejo que me conhece bem, sr. Bem Composto.

A AMADA

Céus! A hora! A calça! O conserto! Me falta tempo. Tempo não me pode faltar. Nem sobrar.

O OLHEIRENTO

A gente se porta como se um mensageiro das boas-novas pudesse, a qualquer momento, chegar com uma notícia que nos remendaria a existência, qual um carteiro de fábula a quem encomendássemos os presentes que costumávamos listar com garranchos nas cartinhas de Natal. Porém, não havendo fábula nem notícia com as quais presentear os adultos, somos forçados a invejar a calça do marido da Amada: é ela, e não nós, que terminará esta história com a certeza de ter sido remendada.

Na rua, caminha rápido a senhora, mas acho que a costureira já está fazendo a sua hora de almoço. Ela segue ao lado de outros transeuntes, gente que ainda vai almoçar, gente que almoçou cedo. Sem mensageiros infiltrados, sem boas-novas! Só temos ao nosso dispor aquilo que já tínhamos. Velharia! Essa é a nossa cidade ao meio-dia. A esta altura dos acontecimentos, ela não deveria ser moderna?

Apregoador!

Meu irmão parece dormir. Ou finge, para não ter que responder. Que traste, esse Apregoador. Mas tudo bem, tudo bem. Deixa estar. Esperei tanto pela modernidade, espero meu irmão acordar. Mas queime a cara dele, sol certeiro!

A IMPOSTORA

Queime, queime!

O DECOROSO

O senhor comprará a melhor lã para a minha toga, alfaiate.

O BEM COMPOSTO

Lã mesmo?

O DECOROSO

Sempre lã.

O BEM COMPOSTO

Pode deixar.

O DECOROSO

Uma lã nunca dantes medida nem alinhavada pelo senhor.

O BEM COMPOSTO

Vou tomar suas medidas.

O DECOROSO

Medidas? O senhor já tem as minhas medidas.

O BEM COMPOSTO

É bom conferir, né, senhor? Uma variação aqui, uma diferença ali...

O DECOROSO

Eu não vario nem difiro, alfaiate. Minhas medidas são as
mesmas desde sempre. A lei não pode alterar-se em função dos
acontecimentos. Os acontecimentos é que devem alterar-se em
função da lei. E eu não justiço nu.

10.

Que trata da natureza e dos preparativos para mais uma condenação

O BEM COMPOSTO

Sai o sr. Decoroso. Sua palavra é mais pesada do que o meu ferro de passar.

Ufa!

Vou encomendar hoje mesmo a lã exigida para a toga. Não é fácil consegui-la. Eu já tive esse tecido aqui uma vez. Coisa fina era aquilo. Para uma roupa do... Para quem era mesmo? Ah, sim, me lembro agora. Para o sr. Partidário. Um cliente também das antigas. O mesmo pano que veste o Partidário vestirá o Decoroso.

Não sei se o fornecedor ainda existe. Talvez exista. Deve existir. Ainda dá tempo de fazer o pedido. O telefone dele está... aqui. Vou ligar para ele agora. Mas já é de tarde. O Decoroso ficou muito tempo na alfaiataria. Será que ligo amanhã? Tenho de ir ao cartório. Se tiverem o tecido, ele deve chegar... em dois dias, acho. Três, no máximo. Vou pedir urgência. Melhor eu ligar agora.

O sr. Decoroso testa minha firmeza e minha métrica. O sr. Decoroso acha que somos muito semelhantes, um com o decoro, o outro com a compostura. O sr. Decoroso me apavora.

Retiro de uma gaveta que tranco à chave a caixa onde guardo a fita métrica, a tesoura, as agulhas, o dedal e o giz que uso apenas nas roupas do meu temido cliente. Aquilo que toca o tecido do decoro não pode ser rebaixado à feitura da roupa de homens menores. Na mesma gaveta, pego uma pasta de papelão grosso com as anotações das suas medidas: tamanho do tórax, pescoço, punho, cintura, abdome. O corpo do meu cliente é o de um homem médio nas dimensões mas imenso nos propósitos, e não creio haver métrica suficiente nesta alfaiataria capaz de medi-lo inteiramente.

Hoje não costuro mais. A camisa que joguei no cesto lá ficará. Vou encerrar o expediente. Visitou-me o Decoroso, e agora tremo. Não consigo costurar assim. Minhas mãos errariam de ponto e de casa. E uma coisa me espeta! É um alfinete que caiu dentro da minha roupa e agora fura a minha barriga. Tento puxá-lo, mas ele resvala numa dobra do tecido e escorrega até o limite da cintura. Intruso! Ele ameaça descer ainda mais. Peguei.

Sangro nos lugares onde fui picado. Sigo até o grande armário onde ficam as fazendas. Em breve haverá um pano a mais aqui. Tranco-o. Sem mais para este dia, volto à mesa, fecho a pasta de papelão, arrumo o dedal e o giz dentro da caixa. Coloco a caixa na gaveta. Tranco a gaveta. Guardo a chave no bolso do meu colete. Confiro a arrumação do cômodo de trabalho. Mantenho minhas coisas sempre em ordem. A féria deixei no cofre. Faço o sinal da cruz na testa do meu manequim. Saio.

O OLHEIRENTO

Sai o Bem Composto da alfaiataria. Toma a rua na direção oposta à do Decoroso, que saiu minutos antes, e passa pela Quituteira, que não o vê pois está atendendo uma pessoa que desconheço e que julgo não ter a menor importância na vida dos homens e das mulheres que acompanho aqui de cima. Preciso ser atento e desconfiado, mas seletivo. A pessoa desimportante comprou da Quituteira um quibe e um pastel e encerrou sua participação nesta trama de muitos ordinários, uns que desceram a bobos e outros poucos que tentam subir de status.

Anda o Bem Composto pelo pavimento que sofre agora a torra direta do sol. Aprecio o andar elegante do Bem Composto, mas o rebrilhar do asfalto é ferino. Meus olhos ardem. É difícil acompanhá-lo. Querem a minha cegueira! Lacrimejo.

O BEM COMPOSTO

Ao cartório.

O OLHEIRENTO

Volto-me para o céu. O cíano está livre de nuvens. Tamanha cor é penosa de mirar, mas prefiro-a à luz prateada que vem do chão. A física perturba meu ofício. Com essa eu não contava: vívida e intensa natureza numa hora dessas?

AS VIZINHAS

É Ele, não é, que está mesmo de saída?

É Ele que está mesmo de saída sem nem dizer tchau.

Como O chamamos mesmo?

Chamamos de Destinatário. Já chamamos de Ecônomo.

Ecônomo?

Ecônomo. Às vezes, chamam de outros nomes.

Um Destinatário que já foi Ecônomo não devia cuidar melhor da gente?

Devia, sim.

Não devia ficar encarregado de administrar tudo isto aqui?

Devia, sim.

Agora o sol vai nos queimar a pele todos os dias.

E o vento, atrapalhar nossos cabelos.

E a chuva, inundar os nossos sapatos.

O DECOROSO

Que se vá Deus, ou o Ecônomo, ou o Destinatário, de uma vez por todas, para longe da parte do céu que nos entelha, e que desça sobre nós a presunçosa natureza, com sua manjada violência, certa de que vai nos abrasar, nos sacudir, nos inundar. Mas ela não conseguirá nada disso. Já loteamos esta cidade o suficiente, já canalizamos os rios e desviamos seu curso para longe, e em toda farmácia se encontra filtro solar. O artifício venceu. Não se desenvolve uma cidade na base da palha de milho e da água de bica. Ninguém mais destas bandas é árcade, para empenhar as melhores horas do dia na contemplação, no pastoreio e no bucolismo. Se ainda fazem assim, é bom prestarmos atenção: a bobeira pode esconder-se dentro de uma ovelha, atrás de uma fonte, depois de um prado.

O VERSIFICADOR

Bosques, prados, fontes e riachos
Nada poderia ser mais cínico
A natureza que vá para o diacho
Eu quero mesmo é um benzodiazepínico.

O DECOROSO

Chutar os quartos das ovelhas apascentadas; moer as pedras nas quais os pastores sentavam para descansar; desfolhar o parreiral: pois eu, dos prados, sou a cerca que os delimita, e dos bosques, a serra elétrica. Dos riachos, sou o assoreamento; dos peixes que na represa se reproduzem, a rede que os retira da água e os põe para secar; dos pássaros, a hora em que pousam, ludibriados, dentro de uma arapuca. Do céu, sou o fechar das cortinas do meu quarto de dormir; do mar, o dique. Sou, das feras, a musiquinha que toca para que dancem nos picadeiros de circo; dos mamudos leiteiros, a ordenha e a marcação com ferro em brasa; dos domesticados caseiros, a tosa e a vacinação.

Encaminho-me agora para mais um apartamento onde a bobeira se instalou. Enquanto transcorre a tarde, e todos estão voltados para os seus afazeres, providencio copo com água infectada. Também tenho à minha disposição soda cáustica, faca e revólver com bala para ofertar ao réu. Vamos ver se, desta vez, o covarde escolhe o sangue. Duvido que escolha.

Acovardando-se, vejam só que ironia, o réu concordará com a sua própria condenação, entregando-se à única lei que, entre todos os códigos vigentes nesta cidade, de gente como ele se ocupa. Se como filho do Destinatário não teve muito sucesso,

sucesso o bobo terá como enteado do decoro. Pela rua, começo a balbuciar sua condenação.

Azul está o céu; brilhante de sol está a rua; basta ofendê-la, que a natureza se dobra, mendicante, em vista de nossa atenção e voto de confiança. Ordinária!

Chego ao prédio onde mora o abnorme. Aperto o botão do elevador. A maior parte da vida se parece com a farsa. Temos pouca ou nenhuma epopeia. Que todo rito condenatório penda para esta última, mesmo que ele ponha homens bobos para penar. O homem, em geral, não rende bom gênero.

A IMPOSTORA

A farsa me parece sempre mais promissora.

O DECOROSO

Abro a porta do elevador. Caminho até a frente do apartamento onde vive o réu.

A IMPOSTORA

Estará o Decoroso levando decoro a algum indecoroso desta cidade? Que chatice é, até agora, ter ouvido muito e falado pouco! Com essa vigilância toda, só posso me contentar com um cochicho aqui, outro ali. Lá em cima, o Olheirento não me dá folga. Nas ruas, me persegue esse inquisidor de ocasião. É muito trabalhoso ser impostora. Às vezes, fico pensando se a impostura compensa. Às vezes, fico pensando em me endireitar.

O OLHEIRENTO

A impostora sibila nalguma toca desta cidade...

Atravessa a rua o Arrombador, depois de sair do prédio onde se encontra agora o sr. Decoroso. Foram muitos cadeados para vencer, mas o Arrombador os venceu. Salve o Arrombador! Mais um trinco partido, uma fechadura aberta, uma porta ultrapassada, um rito condenatório que se inicia.

Apregoador! Atenção. O sr. Decoroso está em frente ao apartamento de um bobo.

O APREGOADOR

Já vi. Não precisa me dizer.

O ARROMBADOR

Tive de correr para me antecipar ao sr. Decoroso e abrir a porta para a sua chegada.

O DECOROSO

O Arrombador deixou o serviço pronto. Meticuloso trabalho. Como eu, ele também não gosta de bagunça: não espalha lascas de madeira, não espalha a limalha dos cadeados cortados.

Salve o Arrombador! Ele se foi sem que nos víssemos. Tanto melhor: fico eu, fica a lei, fica o que mais importa.

Entro na casa do bobo de copo na mão. Quem mora aqui exibe sua bobeira como um troféu de derrota, rindo indiscriminadamente de tudo e de nada, sem motivação plausível senão a de debochar da civilização. Ri frouxamente, ri sem humor, ri com agudeza e debilidade, próximo a guincho, como um focinhudo de canto de sala que desistiu da atenção do dono e definha com a humildade servil e desistente de bicho.

Bobo, seu dono chegou!

O APREGOADOR

Rasa plebe de bobos! Vocês perderão, em breve, um de seus colegas mais insultantes. O Decoroso já se encontra na casa do próximo condenado. Aquele que se insurgiu contra a moral será moralizado. Aos poucos, justiça-se, medica-se, reeduca-se a cidade, e um pouco da normalidade se restabelece.

11.

Que trata da modernidade e de acontecimentos variados

A IMPOSTORA

Já vai longe o Arrombador, com cara de dever cumprido, e o Decoroso, que mal entrou no prédio, volta a circular pelos arredores. Lá em cima, o Olheirento e o Apregoador estão excitados. Nem pude saracotear um pouco. Gente sem trégua. Mas não vou me demorar nesta queixa. Mais tarde, volto a me queixar.

O OLHEIRENTO

Volto a ouvir o sibilar da impostora. Como sempre acontece, não consigo dizer onde ela se encontra. Talvez na rua de baixo. Talvez na rua de cima.

O sr. Decoroso ficou no apartamento do bobo apenas tempo suficiente para deixar um copo infectado ao alcance da sua mão.

O Bem Composto está no cartório há um tempão. A sra.

Amada conseguiu pegar a costureira aberta e voltou para casa. A Quituteira abre um refrigerante. As Vizinhas comentam a novela. O sr. Prestável continua sem saber o que fazer. O Apregoador anunciou o início do processo que levará amanhã, provavelmente, mais um bobo a se dependurar, e virou para o lado de novo. Está num dorme-acorda que está me irritando.

Apregoador!

O APREGOADOR

Hã? Que foi?

O OLHEIRENTO

Você estava dormindo de verdade ou apenas fingindo?

O APREGOADOR

Dormindo, é óbvio.

O OLHEIRENTO

Já passamos do meio da tarde.

O APREGOADOR

Puf! Ficar acordado para quê? O que é que esta cidade tem

de imperdível numa tarde simples de dia de semana? O Decoroso chamou?

O OLHEIRENTO

Eu chamei. Não vá dormir de novo. Chegue mais para cá.
O assunto é sério.

O APREGOADOR

Tem a ver com o Decoroso? Tem a ver comigo? Comigo?
Ou com você? É com você... Ei, assim vamos cair os dois para o
seu lado!

O OLHEIRENTO

A gente não vai cair. Não vai cair nunca. Voluntariamente,
nos dependuramos nesta corda porque somos aplicados pratican-
tes do decoro. Um dia, seremos tão decorosos quanto o Decoroso.

O APREGOADOR

Não se empolgue.

O OLHEIRENTO

Escuta. Tenho achado esta cidade pouco moderna.

O APREGOADOR

Moderna? Ah, é, eu quase tinha me esquecido. Você cismou com esse negócio de a cidade ser ou não moderna. Por que ela teria de ser moderna?

O OLHEIRENTO

Constava no projeto.

O APREGOADOR

Que projeto?

O OLHEIRENTO

No projeto desta cidade.

O APREGOADOR

Quem fez esse projeto?

O OLHEIRENTO

Não sei. Alguém que já morreu, com certeza. Ou o Destinatário, que nunca morre.

O APREGOADOR

Não morre, mas finge de morto.

O OLHEIRENTO

Entre todos nós, Ele é o único que estava vivo na época da construção disto aqui.

O APREGOADOR

Entre nós? O Destinatário não está mais entre nós. Está por aí. Lá. Acolá. Não mais aqui e, seguramente, não mais entre nós.

O OLHEIRENTO

Ainda assim...

O APREGOADOR

O Destinatário já é eterno. Por que é que Ele perderia tempo se metendo a moderno?

O OLHEIRENTO

Não sei, não sei... A gente tem que ver esse projeto. O projeto deve explicar tudo.

O APREGOADOR

E onde é que esse projeto fica arquivado?

O OLHEIRENTO

Talvez no cartório.

O BEM COMPOSTO

Saio do cartório.

A AMADA

Estou de volta à minha casa. Fiz tudo o que tinha de fazer. Deu tempo, nada faltou, e a tarde vai bem. Mas agora os vizinhos do andar de cima fazem barulho. Muito barulho. Barulho em excesso. Estão em casa as crianças, com certeza. Não têm escola para ir à tarde? Um curso de inglês ou balé, pelo menos? Eles são mais novos do que os meus Filhos. Meus Filhos fizeram inglês e balé quando estavam na idade dos filhos dos vizinhos.

Agora o marido chama a esposa; grita com ela; ela não vai? Ela grita de volta; agora vai; ela pisa duro. Ouço o barulho do salto. Ela não tira o sapato de salto para andar dentro de casa? Os filhos gritam; todo mundo grita; não são amados, com certeza, os vizinhos de cima. Na minha casa, ninguém grita, nem anda fazendo barulho. Que sorte tenho eu.

A QUITUTEIRA

O sol deu uma trégua. Ufa! Que calorão fez hoje. Felizmente, começa a ventar. Hoje eu não frito mais nada, a não ser que o sr. Decoroso decida aparecer de novo.

O BEM COMPOSTO

Os documentos que levei ao cartório continuam sem mancha de carimbo, sem fé, sem reconhecimento, sem autenticação. Por precaução, eu deveria levá-los de volta à alfaiataria e guardá-los lá. Entretanto, ando na direção oposta, na companhia de uma multidão crescente de gente que vai embora do trabalho.

Desabotoo a camisa e abano o paletó para sentir a fresca. Atravesso a rua e desço a lateral da igreja. Vou zanzar um pouco pelo centro da cidade. Não tenho afazeres nesta hora, nem hora certa para jantar ou dormir. Ninguém me espera. Atravesso a avenida. Volto para casa mais tarde.

OS ANDARILHOS

Homem elegante.
Aprumado.
Parece limpo.
Parece que não sente calor.
Os sapatos estão engraxados.
O paletó, passado.
Ele não se apressa.
Eu queria um paletó assim.
E um sapato.
O calor amainou, né?
Já era hora.
Vamos parar um pouco?
Onde?
Em qualquer lugar.
Aqui não tem um banco sequer para a gente sentar.
Estou com fome.

Mais cedo, a gente passou por um carrinho de quitutes.

Já faz tempo.

Isso foi muitas ruas lá atrás.

Acho que nem tantas. A gente deu voltas. E andou devagar.

Foi por causa do sol.

O sol deixou a gente confuso.

Vamos voltar?

Não sei.

Andarilho come quitute?

Ué, não come?

Ué, não sei.

O OLHEIRENTO

Vencido certo prazo para o réu servir-se da água contaminada, volta o Decoroso ao apartamento do bobo.

O DECOROSO

Preservado o vibrião, passemos agora à soda cáustica.

O BEM COMPOSTO

Desço uma rua do outro lado da avenida. Na calçada, o náilon é comum. O terno é raro. O couro é falso. O salto é gasto. Infelizmente, não existem mais chapéus. Nem cigarrilhas. Nem broches. Nem o velho ouro das heranças.

As mulheres seguram suas bolsas. Os homens apalpam a carteira. As lojas acendem seus letreiros. Quero um pouco de álcool, mas sem perder a compostura: minha mão direita levantará a primeira dose; a mão esquerda levantará a segunda.

Ah, lá vai um chapéu! Foi só falar que não existiam mais chapéus, que me aparece um. É um chapéu de mulher, com uma mulher embaixo dele. Bela mulher. Belo chapéu. Ao chapéu e à mulher beberei uma terceira dose.

O OLHEIRENTO

Depois de andar para lá e para cá, o alfaiate toma a direção de um bar de ocasião e escolhe uma mesa próxima à rua. Abanando-se com o paletó, ele acompanha com curiosidade o que se passa na rua, a ponto de não perceber que o garçom está ao seu lado.

Que nenhuma maliciosa dose a mais ameace a sua compostura.

OS PASSANTES

Passar, passar, passar, passar, passar.

O PRESTÁVEL

Fim do dia, e eu continuo sem prestar.

O VERSIFICADOR

Medicado, melhores versos eu pude produzir.

O OLHEIRENTO

O sol deixa, aos poucos, de luzir sobre o pesaroso corpo do bobo condenado esta manhã, tarefa que caberá, durante toda a noite, caso apareçam em bom número, às estrelas do céu. Mas, se não aparecerem, que importa? A nova constelação desta cidade é feita de homens dependurados. Observá-los em conjunto dispensa a astronomia.

OS ANDARILHOS

Juro que era aqui que ficava o carrinho de quitutes.

Jura, sei...

Juro mesmo. Tenho excelente memória. A vendedora estava aqui, se abanando toda de calor. Está ficando escuro, ela deve ter ido embora.

Andamos à toa.

À toa? E quando é que não andamos à toa?

Não andamos à toa. Estamos tentando sair desta cidade.

Sei.

Não é esse o plano? Encontrar o fim deste lugar? Sair daqui?

O plano era mesmo esse.

Desistiu?

O APREGOADOR

Dormi demais hoje. Passei da conta. Acho que foi o sol. O sol deixa a gente cansado. Essa corda cansa. A posição em que tenho que ficar cansa. Apregoar, às vezes, cansa. Os homens, em geral, cansam. A companhia do meu irmão também cansa.

Essa cidade cansa. Os vagos movimentos do Destinatário no céu cansam. Tudo cansa.

Meu rosto arde. Estou queimado. Eu devia ter usado um boné. É tão difícil prestar atenção nas coisas lá de baixo... Nada de muito atraente acontece por aqui: nenhuma formatura de colégio, para que eu fosse o orador; nenhuma solenidade oficial, para que eu fosse o mestre de cerimônias. Se não fosse a inquisição, eu não teria serventia alguma.

Quantas horas já são? O dia já se foi. Os homens ordinários começam a ir para as suas casas. Logo, o Decoroso irá também. Vou me preparar para anunciar sua retirada. Abro e fecho a boca; exercito a mandíbula; raspo a garganta: ela dói; tusso; repito o exercício; solfejo; a garganta dói de novo. Vento, chuva e sol não me fazem bem.

O DECOROSO

Saio da casa do abnorme conferindo a limpeza do gume, depois de já ter saído com a recusada soda. Ao lado do réu, como de praxe, deixei a arma carregada. Por hoje, está bom.

Olheirento! Apregoador! Estou me retirando. Vou para casa. Olheirento, fique atento! Apregoador, alardeie o decoro com voz empostada, pronunciando direitinho cada palavra. Ênfase nos adjetivos que possam ser empregados em nossa qualificação. Capriche nos aumentativos. Somos homens precários, precisamos de uma linguística inteira a nosso favor. E não deixe que o seu irmão pregue os olhos durante o expediente noturno.

O OLHEIRENTO

Pode deixar, senhor. Ficarei atento como sempre. Aumentarei minhas olheiras e não dormirei.

O APREGOADOR

Sim, sr. Decoroso! Apregoarei. E não deixarei, de forma alguma, que meu irmão descanse um minuto sequer durante a madrugada, enquanto o senhor estiver recolhido.

A IMPOSTORA

Acho que não sou eu a única impostora nesta cidade...

O DECOROSO

Que assim seja, Apregoador, que assim seja.

12.

Quando ocorre mais uma altercação entre os irmãos que, unidos pela mesma corda no alto de um edifício, continuam a trabalhar pela inquisição

O OLHEIRENTO

Maldito adulador! Como assim, "não deixarei que meu irmão descanse um minuto sequer"?

O APREGOADOR

Não foi exatamente isso que eu disse.

O OLHEIRENTO

Foi exatamente isso que você disse. E justo você, que esteve cochilando quase a tarde toda!

O APREGOADOR

Psiu! Fale baixo. O Decoroso pode ouvir.

O OLHEIRENTO

Que ouça! É para ouvir mesmo!

O APREGOADOR

Quieto! Silêncio! Vou fazer a minha apregoação.

Atenção, povo infame! O sr. Decoroso encerra, por hoje, seus exitosos serviços de educação dos bobos. É com orgulho que informamos que esta comarca está mais pura hoje do que estava ontem: já outro abnorme padece e conhecerá, durante a madrugada, o pior relento de sua vida. O início desta noite levou consigo apenas o sol astrofísico, pois o brilho do decoro jamais se porá. Mas atente: a voz da proclamação e os olhos insones da suspeita velarão por todas as horas seguintes. Nem escuridão nem silêncio têm o poder da absolvição. Mesmo durante o sono, tema!

O OLHEIRENTO

Você não escapa de uma bofetada!

AS VIZINHAS

Pronto, voltaram a discutir lá em cima.
Pelo barulho, estão indo além da discussão.
Bem na hora do jantar.
Com nossas famílias reunidas.
Tem que aumentar o volume da televisão.

Ou da vitrola.

Comportamento mais inadequado, o desses dois.

Não respeitam nem a irmandade.

O laço de sangue.

O laço de sangue não pode ser desrespeitado.

Alguém tem que tomar uma providência.

O síndico. Onde está o síndico do prédio onde se dependuram?

UM SÍNDICO

Eu é que não vou me meter. Já me meti em briga por vaga na garagem, por recolhimento de lixo, por caixinha de Natal do zelador, por cor de parede da portaria. Agora não me meto em mais nada. Aqueles dois ali podem se acabar nas pontas da corda onde se dependuram. Que, aliás, está dependurada num local irregular e passível de sanção condominial. Mas quem se importa com isso?

OUTRO SÍNDICO

Aqui não tem política de recolhimento de lixo, nem política de vaga na garagem, nem política de caixinha para funcionário, nem política de uso das áreas de lazer do prédio, nem política de jardinagem, nem política de boa vizinhança. Aqui não tem política de nada.

A IMPOSTORA

Para viver junto, vale mais o embuste ou a franqueza?

Deve-se desconfiar de tudo numa impostora: seus saltos de sapato, as unhas que pinta, suas queixas e suas confissões. O que ela diz e o que ela aparenta conduzem, inevitavelmente, ao engano e à trapaça. Quem, obcecado, procura pela verdade não é com uma impostora que vai encontrá-la, donde se tira que não existe melhor disfarce para o verdadeiro que a impostura.

13.

Sobre acontecimentos noturnos e quando, finalmente, se pode descansar um pouco

O APREGOADOR

O Olheirento está virado para o lado de lá, emburrado. Nada como uma briguinha para animar a noite! Mas minha garganta piorou. Se eu tivesse sal e água à minha disposição, gargarejaria. Como dói! Estou um pouco rouco. Mas estar rouco é melhor do que estar fanho. Fanho, de jeito nenhum. Com a madrugada, isso vai piorar. Por que é que o povo desta cidade não se educa logo de uma vez, e assim eu faço uma única e última proclamação?

Bando de abnormes e de futuros abnormes: aqueles que ainda não cometeram crimes de caráter os cometerão!

Pelo visto, a maioria já está em casa. O que é que existe dentro de casa que faz as pessoas voltarem para lá todo fim de dia? Por que não agem como os Andarilhos, escolhendo a voluntária expatriação? É dinheiro que guardam embaixo do colchão? Ouro num fundo de cômoda? Pior: joias roubadas; eletrônicos roubados; documentos roubados; qualquer coisa roubada? Tesouro de piratas num buraco que cavaram debaixo dos tacos soltos da sala de jantar?

Vamos lá, abnormes, disponham e contabilizem seu patrimônio! Abram o porta-joias. Divulguem a senha do cofre. Raspem a tinta do seu mobiliário, caso ela valha mais do que o pincel usado na pintura. Reúnam tudo o que lhes pertence e tragam a calculadora. Façam a soma e me respondam: por que trancar as portas das suas casas, se nenhum de vocês tem riqueza consigo? Durmam em paz, vizinhos medonhos! Deem boa-noite uns aos outros e não se esqueçam de tirar o lixo antes de ir para a cama.

O OLHEIRENTO

Estou virado para o lado de cá, emburrado.

Durante o tempo da minha briga com o Apregoador, perdi muitos acontecimentos. Consegui ver e ouvir pouco, sobretudo depois de o meu irmão ter devolvido o sopapo que lhe dei. Não tenho muito mais do que um resumo.

Ao encerrar seu expediente e dar as orientações para a noite, o sr. Decoroso ajeitou o terno, conferiu os fios bem assentados do cabelo e o nó do cadarço dos sapatos. Depois, afastou-se na direção de casa. A esta hora, já deve dormir, o que me permite relaxar um pouco e encontrar uma posição mais confortável nesta corda. Preciso esticar pernas e braços, embora nunca consiga esticá-los completamente nem ao mesmo tempo. Que saudade de uma completa espreguiçada!

A Quituteira, que recolhera mais cedo os seus quitutes, contou a féria do dia ainda uniformizada, benzeu-se e foi embora com o seu carrinho.

A sra. Amada recebeu os Filhos e Esposo com a mesa posta para o jantar. Foi beijada repetidamente por todos, que lhe contaram com minuciosos detalhes como foi o dia: com tantas tarefas no trabalho e no estudo, mal tiveram tempo de se alimentar. A sra. Amada reprovou: não podem comer com pressa; não podem ficar sem comer! Com juras de concordância, ela foi beijada novamente. O Esposo e os Filhos também concordaram que passar um dia inteiro longe da pessoa que mais amam na vida é um grande sacrifício. A Amada disse para tomarem banho rapidamente, que a comida estava pronta. Recebeu, com isso, beijos.

Findo o jantar, a senhora tirou os pratos da mesa, lavou-os, recolheu as migalhas que caíram no chão, vestiu a camisola, beijou a testa de cada um dos três Filhos antes de, ao lado do Esposo, deitar-se na cama.

O bobo dependurado hoje pela manhã conseguiu acomodar-se melhor, aquilo que estou tentando, com muito custo, fazer. Seu corpo imenso está relativamente contrabalançado e comedido. Ele se empenha, evidentemente, na própria punição: especialmente justa é uma pena quando ao condenado apraz cumpri-la. É sempre surpreendente ver como se acalma um homem cuja soberania foi suprimida por um regulamento; é igualmente surpreendente ver como se acalma um homem dispensado do exercício fatigante dos seus direitos em favor do cumprimento inquestionável de uma obrigação que lhe foi dada.

Ouvi queixas das Vizinhas e de outros moradores da região. Ouvi também o sussurro da Impostora, que, pelo visto, aproveitará a noite de sono do Decoroso para sussurrar. Que não me provoque muito, a oportunista. Tive um dia tenso.

O sr. Prestável continua sem prestar. Os Andarilhos estão por aí. Quanto ao Arrombador, não sei se ele tem algum arrombamento planejado para a noite.

Agora um lixeiro recolhe o lixo da rua. Ele apanha um saco, rejeita outro e chuta o terceiro no meio da calçada, esparramando a barulhenta lataria jogada fora por algum morador. Vê onde foram parar as latas. Gargalha. Corre. Chuta outro saco. Aponta um apartamento da vizinhança; aponta outro; aponta-me, cá em cima; aponta em todas as direções. Gargalha novamente.

O LIXEIRO

Olha aqui o lixo de volta para vocês!

O OLHEIRENTO

Depois de ver muita gente passar na calçada e de beber doses que excederam as duas inicialmente previstas, quem sobe a rua é o Bem Composto. Pelo rumo, vai para casa, mas lentamente e cambaleante. Que não tropece, que não tropece. O Bem Composto é um exemplo de compostura para todos nós.

Ao lado do alfaiate, alguns passantes ainda passam.

OS PASSANTES

Passar, passar, passar, passar, passar.

A IMPOSTORA

Agora eu posso falar com mais liberdade, mas não tenho o Decoroso para incomodar. Eu poderia provocar facilmente o Olheirento e o Apregoador, mas não quero desperdiçar deboche com subalternos. Prefiro o chefe, que costuma dormir cedo. Com as ruas mal iluminadas, posso também andar com folga, desde que eu me mantenha debaixo das marquises e das árvores, afastada dos faróis e dos postes. À noite, eu não preciso de tantos disfarces. É uma pena. Gosto de me disfarçar.

Não é o Bem Composto que vem lá do outro lado da rua, menos alinhado que o habitual, tendendo ora mais à direita do que à esquerda ora mais à esquerda do que à direita, incapaz que está de acertar o centro, alternando um passo pequeno com um médio, um passo médio com um grande, e agora com um tropeção? Que topada! Deve ter doído. Mas ele retoma o curso e o balanço. Atravessa a rua. É o Bem Composto mesmo. De camisa amassada e paletó na mão. Na topada, o paletó quase caiu. Desse jeito, no próximo tropeço, a compostura cai também.

As latas que se derramaram de um saco de lixo chutado pelo lixeiro começam a rolar pela calçada. Os galhos da árvore debaixo da qual eu estou balançam. Começou a ventar. Olho o céu, nublado. Mudança brusca de tempo. Fez sol durante o dia, e agora vem a chuva. Os que gostam de responsabilizar o Destinatário pelo clima terão motivos de sobra para fazê-lo. Tão logo saí, já volto para casa. Não vou descrevê-la com detalhes, pois poderão reconhecê-la. É uma pena. Minha casa é muito bonita.

O OLHEIRENTO

A Impostora está a falar mais do que o habitual. Mas não é

por ter ouvido os seus sussurros, creio eu, que o sr. Decoroso se levanta da cama: o vento abriu as cortinas do seu quarto, e ele foi fechá-las. Rara vista madrugadora do inquisidor desta comarca. Seu pijama é preto, e seu cabelo permanece penteado mesmo depois de muitas horas de sono.

A Impostora mente quanto a muitas coisas, mas não mente quanto ao tempo. Ele está, de fato, a mudar. Teremos chuva. Se for muito forte, será sinal, mais um sinal, de que o Destinatário, nossa antiga atmosfera sobrenatural, não consegue mais nos proteger da atmosfera natural. Se assim for, podemos ter até tempestade.

Quem puder contar com um teto que se recolha debaixo dele!

Transeuntes olham para cima e se apressam. Até onde posso ver, as nuvens cobrem todo o céu. Os relâmpagos começam, aos poucos, a clarear a noite. Na antena, o bobo acorda e põe as mãos na cabeça, com medo do choque elétrico. Ele quase tomba! Os pombos, que passaram o dia arremedando-o, já não o ladeiam mais.

Daqui acompanho a chegada do Bem Composto em casa. Ele entra no quarto, joga o paletó sobre o encosto de uma cadeira, deita-se e, com o sono reforçado pelo pileque, dorme ante o clarão.

Moradores diversos ainda acordados, crentes e cismados, rezam para que a luz exterior não venha de incêndios cataclísmicos deflagrados pelo Destinatário nem das mechas de balões clandestinos. Rezam à toa. Pois os raios estão passando justamente pelos vãos da trama do manto esgarçado Daquele que costumávamos chamar de Deus e que agora está voltado para outro lado da imensidão cósmica. Por via das dúvidas, mesmo que se atenham firmemente ao terço, esses moradores deveriam tirar das tomadas os fios dos eletrodomésticos que compraram à prestação.

Por ter voltado a dormir, o sr. Decoroso e os outros que também dormem não podem acompanhar os seguintes e rotineiros acontecimentos: à esquerda, para os lados da avenida, mendigos deitados rente ao muro discutem sobre suas porções de janta; colisões entre carros ocorrem em dois cruzamentos; verificou-se um derrame aqui, um assalto ali; pelos gritos e rilhar de faca, ocorreu um assassinato num apartamento do quarteirão abaixo da rua da sra. Amada; pelos gritos e rilhar de pênis, cinco concepções foram encaminhadas em camas distintas do centro desta cidade; nem todas, entretanto, por amor.

O APREGOADOR

Quis custodiet ipsos custodes?

O OLHEIRENTO

Hoje, seu latim está melhor do que a sua sinceridade, mano. Faço coro: quem vigia os vigilantes?

PARTE III

1.

Quando amanhece, os ordinários despertam, um cavalo foge e os horizontes se divisam

O DECOROSO

Abro os olhos. Livro-me das cobertas. As cortinas continuam fechadas da noite irradiante de raios que atormentaram o meu sono. Ergo-me da cama e abro a primeira delas: não há mais nuvens no céu. Abro a segunda: meio quarto se ilumina. Abro a terceira: então a luz do sol se iguala à minha.

Não há nada de grande na natureza; não há nada de grande em nós mesmos. Mas também não tenho por que começar o dia com pensamentos pessimistas. Levanto-me, coço-me, alongo-me. Faço flexões. Faço exercícios vocais. Sacudo-me. Aparo os pelos do nariz, aparo os pelos da sobrancelha. Escovo os dentes. Banho-me, barbeio-me, passo água-de-colônia, passo gomalina, passo desodorante, passo talco.

Asseado, cheiroso e depilado, volto à janela. Abro-a. Eis-me, e eis a cidade. Quem deseja se eleger coisa melhor deve familiarizar-se com uma tribuna como esta. Que minha lei seja augusta como o meu peito, que com a água do banho eu acabei de limpar. Devo estar sempre certo quanto à maioria das coisas, enquanto não posso estar certo sobre tudo. Os citadinos todos admirarão o meu caráter e aderirão à minha justiça. Essa é a minha política, e quem não concordar com ela corre o risco de conhecer o prédio onde mora dependurando-se pelo lado de fora. Vamos ver quem ainda dorme e quem, ao mesmo tempo que eu, já despertou.

Apregoador! Estou vendo daqui as remelas em seus olhos e o horror dos seus bocejos! Um Apregoador deve começar o dia a apregoar.

O APREGOADOR

Sim, senhor! Um minutinho só, que eu preciso limpar a garganta.

Acorde, gente ordinária! Ontem, um homem dormiu com um revólver sobre a cômoda! Quantas balas restam no tambor, e quanta bobeira resta naquele bobo? Nesta cidade, não há feras soltas e carnívoras, nem nevascas, erupções de lava, nem ataques de hordas primitivas. Não temos desculpas para nossos atos imorais: nossas desgraças são de nossa própria criação. O sr. Decoroso não vai esperar que vocês decidam sobre o que é o bem e o que é o mal. Ele mesmo decidirá por todos nós!

O DECOROSO

Na cozinha, coo café para um bule inteiro, mas não o bebo. Levo a leiteira para a mesa, mas não tomo o leite. Abro a embalagem de torradas. Preparo a cesta de pães, a manteiga, a geleia, o queijo e o bolo, mas não como nada disso. Dando a mesa por posta, como uma mesa de café deve sempre estar, volto à cozinha para pegar biscoitos de baunilha e o achocolatado de caixinha. Esse, sim, é o meu especial desjejum. Em seguida, saio.

AS VIZINHAS

Onde o sr. Decoroso guarda as achas para acender as fogueiras da inquisição?

Acho que essa é uma inquisição sem fogueiras. As bocas dos nossos fogões são mais quentes.

E onde ele guarda os processos?

Ah, deve ser num lugar muito escondido, porque nunca vi os processos.

E onde ficam os trancafiados pela sua lei? Nalgum lugar da sua casa?

O Decoroso não trancafia ninguém. Ele só dependura.

E o que tem nos cômodos de casa?

Num cômodo, ele deve dormir; noutro, trabalhar; noutro, receber visitas.

O Decoroso recebe muitas visitas?

Nunca vi ninguém indo lá.

Nem parentes?

Não conheço um único parente do sr. Decoroso.

E no que ele trabalha, além de inquirir?

O trabalho dele é reeducar o homem.

Que homem?

A IMPOSTORA

Que manhã linda faz hoje. Abro a janela e vou ao armário.

Qualquer que seja a minha vestimenta, dirão que estou disfarçada. Não hã razão, portanto, para eu não me vestir exatamente do jeito que eu me vestiria se não fosse me disfarçar. Gosto de chapéus, pulseiras e sapatos de salto alto.

O PORTEIRO

Lá vem o sr. Decoroso. Todo dia, antes de sair do prédio, ele esfrega a sola dos sapatos no tapete de cerdas grossas. Primeiro um pé, depois o outro. Homem distinto é esse Decoroso. Ordeiro, honesto e educado, ele é um exemplo para todos nós.

O OLHEIRENTO

Nosso inquisidor está a sair do prédio onde mora. Na rua, ele caminha com passos de invejável precisão e faz reluzir seu sapato de couro. Quando, por interveniência de algum pedestre, cachorro ou outro acidente de calçada, não pode completar a passada, ele interrompe o curso, retorna à passada anterior, muda de direção e efetiva a passada pretendida.

Meus olhos ardem. Minhas olheiras devem estar maiores. A onisciência dá trabalho, mas a inquisição não tira folga. Este é mais um dia para separar o são do malsão.

No quarteirão seguinte ao seu, o Decoroso depara-se com duas viaturas estacionadas em frente ao prédio onde ocorreu o assassinato da mulher de meia-idade, anunciado por mim durante a madrugada. Haverá naquele crime algo que possa interessá-lo? Pelo jeito, não. Desviando-se com competência da pequena aglomeração de policiais que conversa sobre o possível suspeito, não lhe interessou assumir o lugar do perito para estipular o número de facadas que a vítima recebeu no bucho, nem ao menos visitar o cômodo onde ela agonizou para, na falta de uma vela, acender um isqueiro em honra daquele cadáver.

O DECOROSO

Que a polícia cuide dos que foram mortos e providencie a pena de costume para os assassinos. O sequestro, a agressão, a extorsão, o furto e todos os outros delitos previstos pelos códigos oficiais também não me dizem respeito. Também não competem a mim os corpos que eu não possa, vivos, apontar.

Outros legisladores chamam outras coisas de crime. Eu, o Decoroso, chamo de crime a posse e o proveito de um caráter inflamado, que resulta em quebra de decoro. Quem se inflama é culpado. A abnormidade não se esgota em seu exercício como assassinar se esgota no assassinato. A abnormidade constitui uma forma singular e canalha de o bobo perdurar. É necessário contê--la e puni-la, a fim de que o abnorme possa reeducar-se e curar-se na forma honrosa do decoro.

OS PASSANTES

Passar, passar, passar, passar... Um cavalo!

O OLHEIRENTO

Passa diante do Decoroso um cavalo sem montaria! Ele veio da calçada, vai para a rua, cruza entre os carros e volta à calçada seguinte. Salta o Decoroso, os outros transeuntes saltam. De onde

terá vindo? À esquerda, mais ao longe, há estrume e gente escoicea-
da. Veio dali o cavalo. Daqui a pouco, aposto, virá a pé o cavaleiro.

O APREGOADOR

Que o cavalo corra, enquanto puder, da ordinarice do seu
jóquei. E que, depois de assustar pedestres e motoristas, ponha-se
a marchar. Que, marchando, junte-se ao cortejo justiceiro de um
homem só, a seguir impávido pela rua.

Se houvesse clarins, eles soariam! Se houvesse tambores,
seriam rufados! Mas nesta cidade ninguém toca clarim, e os
tambores só se escutam nas paradas de Sete de Setembro. Gente
incompetente e xexelenta!

AS VIZINHAS

Não posso negar: eu gosto de uma farda.

Uma farda eu não costumo desprezar.

Uma farda fica muito bem no meu marido.

O meu marido usa farda como ninguém.

A farda fica melhor no meu marido, que é mais alto do que
o seu.

A farda fica melhor no meu, que tem o peito mais estufado
do que o seu.

O PRESTÁVEL

Quem sabe, se eu pusesse uma farda...

A IMPOSTORA

Os homens usam farda, e sou eu a impostora?

Eu teria mais a dizer sobre fantasias e adereços, mas não posso me animar. Se falo alto como as Vizinhas, o Olheirento me denuncia. Ah, os homens.

O OLHEIRENTO

A Impostora já despertou e fala. Mas não posso me distrair com ela agora. Preciso acompanhar daqui o sr. Decoroso.

O DECOROSO

Tinha mais disposição, viço e brilho aquele cavalo do que nós, os ordinários. E o pouco que temos não podemos esbanjar. Investimos nossa média competência no desempenho das obrigações. Observamos a utilidade. Orientamo-nos pelo que é adequado e costumeiro. Conduzimo-nos com moderação.

Por temermos o que fica abaixo e não alcançarmos o que está no alto, colecionamos o mediano. Nossos currículos não registram nenhum feito heroico; o nome de ninguém que tenhamos salvado; a descoberta de nenhum país; nenhuma medalha ganha; título nenhum; nenhuma menção honrosa; não há registro sequer de um triunfal par ou ímpar que tenhamos vencido numa infância que a fotografia, terminantemente, ignorou.

Não somos convidados para muita coisa porque nosso comparecimento não causa expectativa nem alarde; não produzimos obras de arte; não produzimos guerra; não produzimos milagres. Também não possuímos terras; fomos banidos de posses passadas e viemos nos acumular, despossuídos e desterrados, no centro desta cidade.

Desde então, temos pagado pelo infortúnio de não sermos melhores do que somos. Trazemos conosco, os ordinários, um rol de negações que os bobos tomaram para si como parte integrante do seu corpo e da sua alma. Em suas vidas, vigora a sua própria recusa. Aí se atesta a tamanha grandeza dos meus atos e a força dos meus ditos. Não é fácil reeducar perdidos e cuidar de uma civilização sendo apenas um homem ordinário. Aplausos, por favor, aplausos para mim.

O APREGOADOR

Aplaudamos todos nós!

A IMPOSTORA

Rir vai estragar a minha maquiagem.

O PRESTÁVEL

É o que pedem? Aplausos? Para aplaudir eu acho que presto.

O OLHEIRENTO

O sr. Decoroso segue pelo caminho que leva à casa do bobo.

Bem acima dele, o condenado que ontem se dependurou se remexe na antena. Alisa costas e pescoço. Estica os braços. Parece dolorido. A noite não deve ter sido amiga, e a alvorada não trouxe alívio. Ânimo, bobo! Aproveite o belo horizonte que dizem existir por aqui!

O ESCRITURÁRIO

Procuro e não acho a escritura desta comarca. A quem ela pertence? Os arquivos estão velhos! Talvez não passemos de inquilinos, mesmo os que acreditam ter casa própria. Talvez devamos décadas de aluguel. Talvez venhamos todos a ser despejados.

OS PASSANTES

Nosso horizonte é a faixa de pedestres, é o sinal fechado, é a guia da calçada, é o ônibus que chega.

O APREGOADOR

Meu horizonte é o alcance da minha voz a serviço da reeducação do caráter e da afamação do decoro.

O OLHEIRENTO

Meu horizonte é o alcance dos meus olhos a serviço também da reeducação do caráter e da afamação do decoro.

A IMPOSTORA

Meu horizonte são os meus cílios postiços.

UM AMANTE

Meu horizonte são suas pernas e braços, meu amor, é o cheiro de detrás da sua orelha. É sua mão sobre a minha na mesa do café.

2.

Então, outra condenação tem início

O DECOROSO

Chego à rua onde mora o bobo. Se não tiver se matado durante a noite, tornar-se-á meu condenado. Ainda é cedo: ouço daqui o ronco dos ensonados. Que se levantem da cama inchados e bocejando. A minha justiça não tem tempo para esperar o sol se aprumar no céu.

Aliso minha lapela. Corrijo o lenço branco que enobrece o bolso do meu paletó. Ajeito a gravata. Arregalo os olhos. Articulo joelhos e cotovelos. Puxo o lóbulo das orelhas. Aliso as sobrancelhas. Contraio a musculatura meridiana.

O APREGOADOR

Tambores! Clarins!

O DECOROSO

Se tambores e clarins não houver, que colidam as bicicletas das crianças que passeiam na calçada, e o estrondo seja o tambor, e que seja o clarim o choro dos que se machucaram!

O APREGOADOR

Outra condenação vai começar!

O DECOROSO

Entro no prédio e dou com a faxineira ouvindo rádio encostada na parede. Com ela, estão um rodo, um balde cheio de água, uma barra de sabão branco e o pano de chão. Quando eu terminar a condenação, meu triunfo recobrirá todo esse chão, limpo ou não.

Salto o rodo, o balde, o pano, o sabão e os pés da faxineira. Avanço. O porteiro lê jornal. Sua roupa é velhota, e o cabelo está sebento. Circundo o sofá. Faço careta para os quadros horrendos. Tomo o elevador. Encosto-me no fundo do móvel. Fecha-se a porta pantográfica.

O OLHEIRENTO

Sobe nosso legislador supremo no recinto chacoalhante do elevador.

UM MÉDICO DO TRABALHO

São terríveis os casos que envolvem portas pantográficas e conseguintes manetas. Por uma razão que os meus colegas especialistas e eu ainda não conseguimos explicar, anos depois do acidente as vítimas de decepação dos elevadores voltam à cabine fatídica para se contratarem como ascensoristas. Reincidentes, entretanto, vão perdendo uma porção a mais de corpo a cada novo acidente até se tornarem incapacitados para o trabalho ou mesmo serem incorporados pelo mecanismo que articula os losangos de metal.

O DECOROSO

Saio do elevador. Ando pelo corredor que ontem percorri com os armamentos desprezados pelo réu. Veremos se o revólver ele também desprezou. Abro a porta já arrombada do apartamento, imaginando que encontrarei o primeiro cômodo vazio e, em seu quarto, o futuro condenado deitado na cama.

Entro e me deparo, porém, com o homem de pé no meio da sala, nu como o vi todas as quatro vezes em que aqui estive. Olha-me o bobo com apatia. Sua virilha está saliente de hérnia. As mamas, caídas de lassidão. Lentamente, ele vira à direita, entra no corredor e segue em direção ao banheiro. Acompanho-o, evitando pisar onde pisou. No banheiro, com as luzes apagadas, ele se escora na pia e ejeta sua urina rala e balda dentro do vaso e em torno.

O OLHEIRENTO

Extinguindo-se cada vez mais sem, entretanto, extinguir-se de fato: esse é o monstruoso modo de vida de um bobo. Um tipo assim raramente empreende morte, e a hominalidade espurca que lhe resta é quase insuficiente para que seja chamado de homem.

O APREGOADOR

Mas é um homem esse monstro, é um homem. Para conceber tipo semelhante, é preciso dar corpo ao pior de uma alma.

O DECOROSO

Aponto-o pelas costas.

Você não pode existir e destruir-se ao mesmo tempo! Ou você somente se destrói, ou somente existe. Ou sim, e definitivamente, ou não, e definitivamente. E dê descarga!

Move-se o bobo em minha direção. Afasto-me. Ele avança para o quarto. Sigo-o. Está caído o lençol que ontem ele tinha ao lado. Permanece no criado-mudo a arma com a qual poderia ser evitada mais uma condenação. Recolho-a. O homem debruça-se para colher seu sudário de bobo e nele se enrola antes de voltar a deitar. Reprimo-o.

Não se deite!

Mas ele se deita. Deita-se reproduzindo o deitar de um animal que foi esgotado pela canga e desencorajado pela capação. De costas, mantém os braços abertos, e as pernas ficam para fora da cama.

O OLHEIRENTO

Sua hérnia deveria encher-se mais um pouco de intestino, encarcerar-se e necrosar, necrosando seu portador inteiramente e poupando o sr. Decoroso da difícil tarefa de reeducador desse traste.

O APREGOADOR

Ou vir sobrevoá-lo um morcego diurno, tomá-lo por manso bovídeo e sugar-lhe o sangue misturado ao âmago.

O DECOROSO

Embora repulsivo, embora abjeto, o corpo e a alma deste homem estão à minha disposição. Que se conservem a salvo da necrose e da chupação e que se ofereçam, sem ressalvas, às vicissitudes da minha lei. O nefasto será corrigido. O disforme será endireitado. Ele levanta a cabeça e olha na minha direção.

Se você tem força bastante para andar e levantar a cabeça, também tem para falar.

Não ouvi o barulho do senhor entrando.

Eu não faço barulho.

Ontem eu ouvi.

Foi o barulho de quem arrombou a sua porta.

E quem foi?

O Arrombador.

Por que ele fez isso?

Para que eu entrasse.

O senhor...

Eu estive aqui ontem, ao seu lado, várias vezes.

Não me lembro. Eu devia estar dormindo.

Você nem dorme direito nem acorda direito. Você é um prostrado.

O que o senhor veio fazer aqui ontem?

Oferecer-lhe recursos.

Para?

Matar-se.

E o que aconteceu?

Você não os utilizou.

O homem deita de novo a cabeça no travesseiro.

Por que você tinha tantos cadeados na porta?

Por segurança.

Segurança de quê?

Da casa, de mim.

Você não tem valor nenhum para ser roubado.

O que o senhor quer comigo?

Eu não quero nada com você. Quero contra você. Vou condená-lo.

O senhor...

Eu sou o Decoroso.

Em outro cômodo da casa, fecham uma gaveta. Seguem-se passos lentos e suaves; depois, rangem as molas de um colchão.

Quem mais está na casa?

É minha mãe.

Você tem uma mãe?

Tenho.

Ela mora com você?

Não. Ela vem aqui às vezes para ver como eu estou.

Ela esteve aqui ontem?

Não. Acho que não. Não me lembro.

O que faz a sua mãe quando vem?

Arruma uma coisa, cata outra no chão. Depois, fica no quarto ao lado. Costurando. Ouvindo rádio. Descansando, eu acho. Aí vai embora. Minha mãe também é sozinha como eu.

Sua casa não está arrumada.

Minha mãe tem nojo.

Nojo de quê?

Da minha casa.

De que mais?

Das minhas coisas.

De que mais?

De mim.

É raro que alguém visite um bobo.

É melhor que sua mãe não venha a este quarto. Mantenhamos o tom de voz moderado.

Ela não escuta muito bem.

Tem certeza de que ela não escuta bem?

Tenho. Por quê?

Aposto que ela finge.

Finge o quê?

Que não escuta bem.

Por que ela faria isso?

Ela faria isso para não precisar responder às coisas estúpidas que você diz nem vir ao seu encontro. Sua mãe, na verdade, é uma mulher esperta.

Eu digo muitas coisas estúpidas?

Só coisas estúpidas.

Quem consertará a minha porta?

Um condenado não precisa de porta.

Minha mãe...

Preferirá ser dispensada de visitá-lo. O que você tem de errado ela não pode ajeitar.

Os ladrões...

Você não tem nada para oferecer: nada interessante, nada valioso, nada atraente, nada cobiçável.

Vou sofrer muito?

Vai.

Vou gritar?

Acho pouco provável.

Por quê?

Porque estará empenhado em cumprir a sua pena, e é pela boca que você vai penar.

Não vou morrer, então?

Desde que não abra a boca. Levante-se.

Para?

Ser repreendido por sua bobeira.

E se eu não quiser me levantar?

Você não tem mais querer. A bobeira é um empobrecimento do querer. Quem quer aqui sou eu. E eu quero que você se levante. Levante-se.

Me dê uma das mãos e me ajude.

Você não é um homem para se dar as mãos, você não é um homem para se dar nada. Mantenha as mãos junto ao seu corpo. Não as estenda para mim. Levante-se sozinho. Eu não toco em abnormes.

Vou chamar a minha mãe para me ajudar.

Não vai. E, se chamasse, ela não responderia. Daqui a pouco, você não abrirá mais a boca para dizer todas essas coisas tolas que diz. Levante-se.

Que lei me condenará?

A minha.

Lei nenhuma funciona nesta cidade.

A minha está funcionando.

Nem nesta cidade, nem no resto do país.

País? O que é que nós sabemos sobre o resto do país? Não sabemos nem se existe um país para que haja dele um resto. Se existir, minha lei chegará até lá por consecutividade, por sequencialidade, por extensividade. Não se preocupe com o resto do país. Existindo um, ele também será corrigido. Meu dito serve a você, serve a esta cidade, serve a qualquer lugar onde vivam homens ordinários que se rebaixaram à bobeira que condeno.

O réu se esforça. Apoia-se na cama, gira o corpo e passa as pernas grossas de um lado para o outro.

Eia, afinal conseguiu ficar de pé! Você tem o desastroso porte de um manequim gomorreu. Mas o que vale é que deixou a cama, e isso é para se louvar. Ande e veja se já começa, calado, a limitar as bobagens que diz.

A mãe do bobo permanece em seu cômodo. Ela liga o rádio e começa a acompanhar um animado programa de perguntas e respostas. Enquanto isso, o réu e eu passamos do quarto ao corredor e do corredor à sala de visitas. A partir dela, temos acesso a uma pequena varanda, cuja balaustrada é feita de barras transversais de ferro presas nos pilares laterais do prédio. Abro a emperrada porta de vidro e dou a minha vez ao homem, que avança. Na varanda, não há cadeira, nem rede, nem planta, nem bicho.

As instituições prisionais costumam localizar-se a certa distância do centro das cidades, bem longe do endereço onde as infrações são cometidas e onde moram os infratores. Minhas punições, entretanto, ocorrem no seio da cidade, no lugar mais próximo possível da morada do infrator e do antro da infração.

Você, bobo, tem sido tratado com desprezo por todos, incluindo sua mãe, porque é, de fato, alguém para se desprezar. Mas, a partir de agora, os moradores desta cidade vão tomar a sua punição como exemplo de conduta. Se existe mesmo um resto de país, que este possa conhecer a minha lei pela cartilha do seu corpo exibido.

Não quero que me vejam. Não quero saber desta cidade, nem do resto do país.

Até hoje você desdenhou de tudo, bobo, até de si mesmo. E é pelo desdenho que você se consome. Abra mais a boca, conte as cáries e veja que o que mastiga é a si próprio. Escoam de você alguns dos nossos mais importantes valores sociais, e eu vim estancá-los.

Minha mãe gosta de mim. Minha mãe vai me livrar.

Ninguém vai livrá-lo. Você tem especial pendor para a idiotia e para a tolice. O que você pensa carece de inteligência e de razão; o que diz é estapafúrdio e inadequado; quando age, é para deteriorar-se ainda mais, e das suas ações conhecemos apenas resultados pífios, torpes e bisonhos, que é como você se exibe diante de mim: pífio, torpe e bisonho. Coube a você ser uma das razões pelas quais esta comarca estraga. Vamos começar a resolver isso agora.

O desdém pertence à família da bobeira, que eu tenho condenado em minha inquisição. Ele se pratica, especialmente, pela boca, de onde saem as palavras que insultam a civilização. Pois é pela boca que este homem será consertado.

172

Suba nas barras de ferro da balaustrada.

Subir? Nessas barras? Para quê?

Para ser condenado. Vamos, suba. Agora passe para o lado de fora.

Estou muito gordo para isso.

Você está muito gordo para tudo. Suba assim mesmo.

Com relutância, o homem segurou-se nas barras. Em seguida, deitou-se desajeitadamente sobre o parapeito. Passou uma das pernas, ofegou, reposicionou as mãos e pisou no lado de fora da varanda. Depois, passou a outra perna, mudou de barra e pisou novamente. Treme agora as pernas e mãos.

O OLHEIRENTO

Lá está o réu.

O APREGOADOR

Que corpanzão!

A QUITUTEIRA

Naquele prédio, tem um homem gorducho do lado de fora da varanda do... Que andar é aquele?

OS ANDARILHOS

Olha lá aquele homem!

Onde?

Na varanda daquele prédio.
Minha nossa!
Você acha que ele vai pular?
Acho que vai.
Ninguém faz nada?
Ninguém acode?
Ninguém toma uma providência?
Os passantes só passam?

OS PASSANTES

Passar, passar, passar, passar, passar.

O DECOROSO

Se um homem como este não consegue mais se filiar à sua cidade por amor a ela, por amor a alguém que nela more, pelas amizades que tem ou pelos vínculos de trabalho; se não consegue se filiar por ódio, por antipatia, pelas inimizades que cultivou; se não se filia mais porque não tem familiares para visitar nos domingos e nos batizados; ou prostitutas durante as madrugadas; ou gerentes de banco, até as quatro da tarde; se não se filia porque desistiu de ir ao supermercado, à lotérica, à igreja, ao dominó com os aposentados na pracinha; se não consegue mais se filiar a esta cidade por razão nenhuma, filiar-se-á, pois, pela culpa que vim comunicar-lhe.

O OLHEIRENTO

Era um filho da bobeira!

O APREGOADOR

Passará a enteado do decoro!

O DECOROSO

Não tenho como provê-lo, bobo, de tudo o que você negou com seu modo de vida primitivo. Espero que a pena a que o condenarei e o seu arrependimento venham, em parte, restituir-lhe o que perdeu.

E agora?

Abaixe até que sua cabeça esteja à altura da última barra de ferro.

Assim?

Mais.

Assim?

Mais.

Não consigo. Minha barriga não deixa. Só se eu me dependurar na varanda.

Mas é justamente isso que você vai fazer. Dependure-se.

Oh!

Não tem oh. Dependure-se.

Meu Deus!

Deus? Ah, o Destinatário. Ele é bastante evocado nessas horas.

Me ajude, Senhor!

Quer que Ele lhe dê a mão que eu não quis lhe dar?

Quero!

Pode pedir então, enquanto tem uma boca aberta para falar.

Ele não vai ajudar?

Você pode pedir a Ele e esperar o tempo que quiser. Eu, porém, não esperarei tempo nenhum. Dependure-se.

Deus deveria me ajudar, já que sou um homem que precisa de ajuda.

Não é apenas em direção aos bobos que Ele não estende a mão. Nisso, o Destinatário é justo: não a estende a ninguém.

Ai!

Vejo que está conseguindo. Continue.

Assim?

Isso.

Não vou dar conta de segurar por muito tempo.

Vai, sim. E vai dar conta de mais uma última coisa: de morder.

O quê?

A barra de ferro diante da sua cabeça.

Mas...

Não tem mas. É pela boca que você vai se segurar.

É que...

Sua boca é mais forte do que seus braços. Sua boca é mais forte do que suas pernas. Sua boca é mais forte do que o seu adoecido caráter. Abra-a. Mostre a língua. Arrependa-se e lamente ser quem é. Está na hora de provar este meu terrível xarope.

O OLHEIRENTO

Que bocada!

A QUITUTEIRA

O homem da varanda está pela boca!

OS ANDARILHOS

Haja fome!

AS VIZINHAS

Como morde!

Para estar daquele tamanho, deve ter mordido muito durante toda a vida.

Ele deve ter dentes muito bons.

Sem cáries? Comendo daquele jeito? Não acredito.

O APREGOADOR

Fraudulentos desta civilização! Mais um rito condenatório está a ocorrer numa varanda vizinha à de vocês. Quero ver o condenado desdenhar da moral, estando exposto a tantos andares até o solo. O céu desta cidade ganhará mais um pingente, enquanto a terra perderá uma verruga. Troca justa! Ouçamos nosso inquisidor! Ele proclamará agora a condenação.

O DECOROSO

Você se desgarrou da civilização para fazer da sua vida uma porcaria. Não se desgarrará mais. Agora, meu rebanho de dependurados o recolherá como a um igual. Bobo! É assim que será chamado doravante. Por ter pretendido se desfazer progressivamente do corpo que o abrange, relegando-o a detrito imenso, e da alma gasosa que o preenche, insuflando-a, aos pouquinhos, no interior de cada estúpida frase pronunciada; por ter, com seus modos, desdenhado dos costumes e das normas do bem viver que devem orientar nossa comunidade; por ter desdenhado da lógica com que devemos orientar nossos atos; por ter desdenhado da ordem moral; por ter desdenhado de si mesmo; de mim; desta cidade; por tudo isso, bobo, eu o condeno a manter-se preso pela boca à varanda de sua casa.

Baixe os braços, penitente! Você não está na cruz, então deixe de bancar o Nazareno. Use a saliva que molhava suas bobagens para resfriar a barra que o suspende. Sua boca menosprezadora manterá você preso ao seu remédio e à sua sentença. Enquanto você morde, vive; se bocejar, já era. Firmeza nos maxilares! Sua dentição será amiga leal durante o seu processo de reeducação, e a cidade, recompensada com o exemplo que a sua dependura dará.

3.

Das considerações sobre a proliferação da torpeza, o remédio e a pena

O DECOROSO

Uma das vantagens da condenação pela boca é que o condenado não pode reclamar, nem ao menos vir com aquelas perguntinhas irritantes que atrasam a minha partida do tribunal. Parto, então, sem me voltar para o desdenhoso que dependurei, enquanto sua mãe, ainda no quarto, ouve as dez músicas mais pedidas da manhã.

Se queremos que esta cidade tenha um coletivo de homens mais próximos do que os homens deveriam ser, não podemos ignorar as ameaças de proliferação da torpeza e os consequentes novos contágios. Pois, embora os focos de larva que nos adoecem com mosquitos durante o verão venham sendo combatidos pelas autoridades responsáveis, restam-nos os focos que fazem proliferar a bobeira, da qual não conseguimos nos proteger com mosquiteiros e inseticida. Nem a cura desta pode ser realizada com repouso, cuidado e cobertores, como nas antigas e amenas enfermidades, quando gastávamos tardes inteiras a imitar os bebês que um dia fôramos, chupando os próprios dedos e balbuciando os nomes das nossas mamães.

Creio que até as larvas, mais lépidas que toda a raça humana, já se desinteressaram da nossa vida ordinária e apenas esperam nossa morte para nos comerem por dentro ou, na forma de metamorfoseados dípteros, nos comerem por fora. As mães, por sua vez, como é o caso da animada radiouvinte desta manhã, também se desinteressaram de nós, procurando coisa melhor para fazer do que nos embalar. Por fim, desinteressaram-se as farmácias, incapazes de dispor de remédio para o nosso flagelo de sermos homens: como as cartilagens, o caráter é mal vascularizado, e a química ainda não pode alcançá-lo a contento. No futuro, quem sabe, remediaremos a população por veias cujas ramificações mais finas e extremas alcancem pelo menos uma parte da índole. Enquanto esse tempo não chega, avançamos dito a dito. Não podemos negar os valores e as atitudes que nos elevaram de coletores de frutas a uma civilização. O homem que acabo de condenar terá de morder com uma tenacidade inédita, como nunca mordeu nada antes nesta vida.

O OLHEIRENTO

Calou-se um bobo, e é pela sua boca fechada e mordedora que se dita a justiça do Decoroso.

O APREGOADOR

Moradores desta comarca, mirem-se na culpa do dependurado e culpem-se também! Mirem-se no apavoramento e apavorem-se! Mirem-se no padecimento e padeçam! Encerra-se mais um tribunal da nossa inquisição, mas ele pode ser reaberto, a qualquer momento, num cômodo de suas casas. Quem quiser ser remediado denuncie-se! Deixe a porta destrancada ou aguarde a visita do Arrombador!

O DECOROSO

Nas penas previstas por outros códigos, a execução, o encarceramento e a privação impedem o condenado de fazer de sua punição um trabalho a realizar. Como um bobo que fosse assassinado poderia recuperar-se de sua bobeira? Como um bobo que fosse mandado para o cárcere poderia curar-se da privação e do encarceramento que ele mesmo, voluntariamente, promoveu?

Se a evitação social afastou o abnorme do convívio e das responsabilidades de citadino, não devemos submetê-lo à areia das valas de desova nem a um presídio, mas fazê-lo aderir firmemente à cidade que traiu. A reeducação e o restabelecimento do caráter afetado pela abnormidade exigem atividade. É sempre preferível quando o condenado acata a sentença e se torna o empenhado executor de seu próprio castigo.

O OLHEIRENTO

É sempre bom lembrar que o condenado cumpre a pena desacorrentado.

O DECOROSO

Minha última razão para não executar ou encarcerar o condenado é a convicção que tenho de que o infrator precisa penar, publicamente, em meio aos concidadãos, sejam eles os transeuntes, os familiares, os zeladores, os lojistas, os vizinhos ou os caixeiros-viajantes, propagando, com a manifestação de seu suplício, que todo caráter, a qualquer momento e por qualquer razão, pode ser investigado e sentenciado por mim. Isso chega a ser pedagogia.

Toda condenação celebra, ao mesmo tempo, meu proferimento glorioso de inquisidor e o assentimento de culpa por parte do bobo. Daí por diante, apenas meu provérbio poderá ser repetido. Se algumas das minhas condenações soarem ridículas, é porque a vida é bastante ridícula; eu, como os homens em geral, sou um tanto ridículo; e os condenados, coitados, são totalmente ridículos.

O APREGOADOR

Saudemos quem proclama a melhor justiça!

O DECOROSO

Para evitar que outros homens imitem os abnormes na recusa ao convívio social, no descaso com a higiene, no desmazelamento do corpo, na prostração; e que nossa comunidade se veja, pouco a pouco, subtraída de parte dela mesma, desviada das práticas integradoras em direção à decadência íntima, da comunhão pública em direção à autoconsumpção privada, das leis gerais em direção à prevaricação solitária; para evitar que outros homens façam da tarefa difícil e incerta da hominalidade uma ilicitude pobre e vexaminosa; e que, para nos classificarmos como homens, usemos os mesmos termos empregados na referência a bichos mesquinhos e embostelados; para evitar que a carne do homem recue de ser carne até voltar a barro e se esfarele; que sua alma recue de ser alma, volte a sopro e se esvaia numa só tossidela de asmático; para evitar que outros homens, no curso prolongado de sua extinção, deflagrem uma exaltada idolatria da bobeira; que, escapando de se perderem em esfarelamento e em sopro, pretendam se unir de novo, em corpo e em alma, Àquele que, originalmente, nos produziu; que levem consigo, como coleguinhas de uma mesma infecta turma colegial, mais homens, todos eles crentes no restabelecimento da velha e genesíaca aliança; para evitar que toda a nossa história seja progressivamente desfeita na sequência que vai do foguete ao primeiro Verbo; que esse Verbo, aborrecido, cansado, entediado, desistente, decida, de uma vez por todas, nunca mais nos conjugar; para evitar que tudo isso vingue e destrua nossa existência já carente, tenho empreendido minha brigada pelo decoro. Conto agora com mais um dependurado a meu favor.

O APREGOADOR

Saudemos o sr. Decoroso, nosso inquisidor!

O DECOROSO

O interior dos apartamentos de abnormes difere pouco na precária decoração e na falta de higiene, e são todos coincidentes no meu repúdio. Mesmo quando há um sofá mais fofo, desprezo-o, porque sei que ali se assentou gente de quem eu tento sempre me distinguir. Não posso voltar a me confundir com a maioria. Preciso valer-me da minha própria educação e difundir em cada corpo a minha metodologia da culpabilidade, oferecendo ao bobo o seu crime e a sua doença, como a um manco se oferece uma alça de bengala. Com alguma insistência, eles não se negam a segurá-la. Meu dito inquisitorial alivia-os parcialmente do remorso de serem quem são, e eles podem então se dependurar, remediados e penitentes, refazendo seus laços com esta cidade. Minha condenação é sua clínica e sua cela. Meu código é rígido, mas tem de se adaptar às finezas da circunstância, e a elas devo ajustar a pena: um vai para a antena, o outro morde, e os demais se dependuram de variadas maneiras. A solidão dos indivíduos desregrados constitui uma ação de esgarçamento da unidade social; o desmanche desta devemos todos, a todo custo, evitar.

Tomo o elevador e chego ao saguão. O porteiro limpa a unha. A faxineira está encostada noutra parede e agora escuta o radinho ao lado da porta que leva à escada de serviço. Espero que seu pano de limpeza nunca venha a se molhar do vermelho da queda do bobo. Não morrer depende menos de seu muque que da sua crença em mim: quem crê que é culpado permanece vivo a penar. Minha palavra é firme o suficiente para ajudar o condenado em sua dependura, evitando que ele venha a se abandonar para morrer, suicida ou exausto, no térreo de seu prédio. Agora é tempo de viver, de viver decorosamente.

O OLHEIRENTO

Começa a ventar.

O DECOROSO

Olheirento! Você vê o penitente daí?

O OLHEIRENTO

Vejo perfeitamente, senhor.

O DECOROSO

Afasto-me do prédio e, como de praxe, ando pela rua até voltar-me para a varanda onde o condenado permanece. Lá está ele. Que boca! É hora das palmas, dos pulos e da dancinha.

4.

Em que severas opiniões a respeito do Destinatário são expressas

O OLHEIRENTO

Permanece o bobo dependurado pela boca na varanda do seu próprio apartamento. Na rua, o sr. Decoroso comemora a condenação com os costumeiros pulinhos. Venta, mas o sol volta a ficar forte como ontem. O Destinatário bem que poderia esticar um de Seus braços grandes e me cobrir.

AS VIZINHAS

Não sei se Ele vai Se meter a sombrinha...
O Destinatário tem mais o que fazer.
Tem paralíticos para livrar da cadeira.
Cegos que esperam enxergar.
Essas duas coisas Ele já fez.
Há muito tempo.
Não fará mais?

Não existem mais cegos nem paralíticos. A medicina curou tudo.

Mesmo?

Ninguém mais tem tempo para esperar por milagraria.

Se algum milagre for feito, não ficaremos sabendo.

Os médicos atrapalham o nosso reconhecimento de milagres.

Quem mais aqui anda ou enxerga por obra do Destinatário?

Seria bom saber.

Para pôr a conta dos milagres em dia.

O OLHEIRENTO

Do meu posto de observação, não me escapam os brandos, mas significativos, movimentos do céu, que acomoda com dificuldade o seu mais famoso habitante. À direita, as nuvens se apertam para protegê-Lo da minha curiosidade. Da esquerda vem o sol para confundir minhas vistas e queimar a minha testa.

Não serei atendido em meu pedido. Puxo meus cabelos para trás. Exponho minha cara ainda mais à insolação. Pode queimar! Toda prece é interesseira. Não é em favor do santo que a beata se ajoelha. Eu deveria encaminhar meu pedido aos camelôs, que são mais sensíveis ao sofrimento humano e reparadores das nossas desgraças do que o altíssimo Destinatário.

OS CAMELÔS

Tenho o que esse senhor com olheiras quiser: óculos escuros, chapéus, bonés, lenços, sombrinhas e guarda-chuvas.

O APREGOADOR

Está chegando a hora do almoço. O Destinatário frita torresmo? Sabe fazer o arroz ficar soltinho? Tempera feijão? Põe o suco para refrigerar? Bucho cheio gasta cozinheira, mantimentos e fogo aceso. Garanto que ninguém desta cidade vai encher o prato com hóstia. Não é nos bancos de igreja que a população assenta quando está com fome.

O DECOROSO

O Destinatário está de saída. Ele é da época da multiplicação dos peixes, não dos canais de televisão. O que ainda teria para fazer aqui? Deve mesmo ir embora, pois aqueles que poderiam ser chamados de filhos talvez não queiram mais ser Seus filhos, e não é possível existir pai sem prole.

Se sou também um filho? Sou Seu filho adulterino. Mas, quando voltei à casa eclesial onde fui gerado numa água de batismo, a imensa porta estava no chão, e o Arrombador chorava agachado, temendo ser confundido com o autor daqueles destroços. Como todas as coisas que pertencem a este mundo, o templo foi mais uma a decair.

O APREGOADOR

O catecismo é um compromisso aborrecido estabelecido para crianças com propensão para pertencer ao mesmo gado de onde vieram os seus pais. E o vinho da primeira comunhão beneficia apenas o incipiente alcoólatra que vive em cada um de nós. Mais vale um Decoroso ativo na terra do que um Destinatário passivo no céu. Eu escolho a minha lei, e ela vem da inquisição que tem expurgado esta cidade da bobeira.

O DECOROSO

O último crucifixo que ergui desde então foi para entregar a um pároco que eu condenei a se dependurar no sino da torre de sua igreja e fazer de lá soar mais longe a minha palavra. Para o fato de que ele apertasse contra o peito o corpo do Destinatário entalhado, eu não dei a mínima. Cada um aperta o que mais gosta.

Não estou a serviço Daquele que um dia chamamos de Senhor, nem contra Ele. Mas acho o peso do prato de almoço dos fiéis da comida a quilo mais aferível e justo do que o peso atribuído a Quem imaginam ser o Salvador. Afinal, os gramas do prato eles conseguem pagar sem precisar ficar de joelhos, e o cafezinho sai de graça.

O APREGOADOR

Citadinos, o mundo deixou de ser sagrado! Os novos templos localizam-se, agora, nas antenas dos prédios, beirais de janelas, grades de sacada, balaustradas de varanda e outras alturas desta cidade. Vocês ainda fazem questão de uma religião? Então, religuem-se, bobos, pela decorosa palavra do sr. Decoroso!

AS VIZINHAS

Cruz-credo.
Tende piedade.

A IMPOSTORA

Vai ver o Destinatário não tem sido localizado porque está vestindo fantasia.

O DECOROSO

Se Ele fica dependurado na atmosfera ou inviscerado, componente místico do nosso interior corpóreo, não é em Seu nome que vigio ou condeno. Não me valho dessa sumária e secular lista de infrações chamadas pecado. Toda regra é inútil se falta o juiz. Tenho minha própria classificação. Tenho meu próprio apito. Cada um legisla com o que pode.

Os pecados que investigo não correspondem a uma insubordinação ao Destinatário, mas à civilização e a mim. Se Ele, porventura, achar-se desrespeitado por qualquer uma das minhas opiniões, que acene de onde supostamente Se meteu. O Olheirento está firme a olhar para todo lugar, incluindo o céu de onde, dizem, viria a suposta anunciação.

Quem se diz afastado de Deus não mente. Afastado Dele também estou, afastados estão todos os que não têm destino e que vivem nesta cidade a rezar, iludidos de que, no dia seguinte ao seu enterro, possam encontrar serventia numa paragem melhor do que esta.

As vagas para santos ficaram raras. Os novos messias estão recolhidos nos sanatórios. Os mártires casaram-se, e seus filhos disputam vagas em escolas públicas. Restamos nós, e alguns se puseram, desconsolados por serem resto, a definhar. Não ficamos sem Eucaristia por falta de boca recebente e paladar temente: é que o pão passou a ser ofertado sem o divino corpo, no lugar do qual foi colocada uma dose extra de bromato. Eu não rezo,

190

não me benzo e não vou à missa. Não poderei ser nada além do que sou, um homem ordinário, e, se puder, é para fazer da hominalidade uma coisa melhor. Não serei bento, nem salvo. O que não admito é ser bobo.

Sou responsável por um tipo de juízo que não é o final. O homem precisa ser punido onde falhou, e sua falha deve transformar-se em peso que ele deverá portar como os bobos, que portam, dependurados onde me coube dependurá-los, seu próprio peso. Não é na balança do Destinatário que avalio a quantidade exata de vício praticado e da punição a cumprir. Tenho a minha medida. Desrespeitada, faz-se necessária a reeducação.

Talvez o Destinatário venha a ser um dos meus futuros condenados, e o seja por ter se afastado da rinha humana, refugiando-se à semelhança dos meus acusados de evitação social. Reivindicar a criação do universo também não revela boa medida de razão do reivindicante, e tal realização, se foi mesmo Dele, parece tê-Lo levado ao tédio seguido de apatia. Ou então, deslumbrado com sua própria mágica e sentindo-Se imensamente feliz por ter feito germinar sementes aos pés do homem e da mulher recém-nascentes, refestelou-Se pelos séculos seguintes nalguma estrela sublime. Sem realizar, depois da Criação, nada mais de mesmo vulto, abandonou sementes às terras áridas e os mesmos homem e mulher ao deleite insuficiente dos jogos conjugais. Se o Destinatário perdeu o entusiasmo, deve estar desinflado de Si mesmo, e não conseguirá flutuar por muito mais tempo. Caindo, terá de agarrar-Se a alguma nuvem; agarrado, permanecerá dependurado na direção da nossa praça humana; dependurado, tornar-Se-á meu penitente.

Detectar Sua presença é uma das funções atribuídas ao Olheirento, razão pela qual ele não abandona a corda que divide com o irmão. De lá poderá observar quando Ele descer, murcho e decadente, e coletá-Lo com a rede que não se cansa de empunhar.

O OLHEIRENTO

Continua a ventar, e o céu, que estava coberto apenas num de seus lados, passou de calmo a agitado, e agora nubla. A corda balança.

O peixe mais graúdo ainda não pesquei. Abro a rede. Fico de prontidão.

O DECOROSO

Não repudio o Destinatário por ir embora. Se Ele decidiu se retirar, é porque encontrou coisa melhor para fazer do que cuidar de nós. Talvez tenha sido só isso. Paciência. Ninguém aqui é mesmo gente muito interessante. Para que perder tempo conosco?

Com o movimento de partida, entretanto, o Destinatário tornou-se um esporádico e descuidado julgador de almas. Mas que os criminosos da moral que Lhe escaparam não fiquem sem sentença! Temos que nos empenhar muito: enquanto Ele gozava de dons e anjos nos Seus feitos, nós temos de nos valer de esforçada retórica. Mas estamos melhorando. A onisciência, a onipresença e a onipotência são três façanhas que minha inquisição começa a aprimorar.

O APREGOADOR

Saber tudo. Estar em todos os lugares. Poder tudo.

O DECOROSO

Eu conto com o Olheirento para saber tudo o que os seus olhos puderem ver e os ouvidos puderem ouvir: isso é onisciência. Enquanto o Apregoador propaga a minha palavra, cada condenado espalhado no centro desta cidade presentifica o meu corpo de lei em seu corpo dependurado: isso é onipresença. Minha lei pode mais do que as outras: isso é onipotência.

5.

Quando começa a caçada à Impostora e o sr. Prestável, enfim, começa a prestar

O APREGOADOR

O sr. Decoroso é certo e justo.

A IMPOSTORA

Quem decide o certo e o justo é sempre o excelentíssimo sr. Decoroso, que tem suado suas canelas apertadas pelas meias de média compressão para correr pela cidade atrás de bobos e de mim.

O DECOROSO

Eu ouvi! Um sussurro com uma dose de rancor. Só pode ser ela. E está por perto! Olheirento! Você ouviu isso também? E vê onde ela está?

O OLHEIRENTO

Ouvi, senhor, ouvi! É a Impostora, sim. Espere um pouco, que estou procurando onde ela se esconde... Perto, sem dúvida. E o sussurro não vem de apartamento. Ela está na rua. Pelos lados de lá... Acho que o sussurro veio da direita. Sim, da direita, tenho certeza. Ajude aí, Apregoador!

O APREGOADOR

Uma mulher está correndo para pegar o ônibus!

O OLHEIRENTO

Eu conheço aqueles calcanhares. Não são da Impostora. Do que será que ela se fantasia?

O APREGOADOR

Daqui só vejo gente comum.

O OLHEIRENTO

Debaixo do toldo da farmácia, alguém se protege. Vejo uma barra de saia. Sapatos de salto alto. Aba de chapéu. Bolsa vistosa. Fica à esquerda na rua que corta esta em que o senhor está, sr. Decoroso, logo antes da avenida. Acho que é ela! Aposto que é ela! É ela, senhor!

O DECOROSO

Não perca a Impostora de vista! Estou indo para lá!

O OLHEIRENTO

Rápido, senhor!

O DECOROSO

Ando rapidamente na direção indicada pelo Olheirento. Nada me irrita tanto quanto essa mulher fantasiada! As pistas que juntei sobre ela são bem poucas. Nunca a vi, não conheço quem a tenha visto. Sua voz é fraca, fina e intermitente. Voz sem sítio. É ouvida em cantos variados da cidade. Discorre sobre temas também diversos. Provoca. Incomoda. Irrita. Debocha.

Atravesso a rua.

Talvez um homem esteja fabricando em falsete uma voz também impostora. Mas os homens não costumam ser espertos assim. Acho que é uma mulher, uma mulher que se disfarça. Nunca tive chance de encontrá-la, maldita seja.

Prossigo! Mais um quarteirão e viro à direita. À direita, não. À esquerda! À direita ou à esquerda?

O OLHEIRENTO

À esquerda, senhor!

O DECOROSO

O que é que existe debaixo do seu disfarce? Uma inquisição, mesmo se é ordinária, não pode negligenciar quem a ridiculariza com insinuações; com vitupérios; com brincadeirinhas fora de hora; com cochichos irônicos; ah, os cochichos irônicos! Com a malícia usual das rebeldes fêmeas; ah, a malícia usual das rebeldes fêmeas! A dona dessa voz metediça é quem eu costumo chamar de Impostora. Há canalhice aí, e sob a canalhice poderá haver um monstro social.

Estou chegando!

A IMPOSTORA

Estou ouvindo passo apressado e fôlego perdido. Veja se fala menos e corre mais, Decoroso! Você está quase tão sussurrante quanto eu!

O DECOROSO

Eu ouvi isso! Ouvi de novo! É ela, não é? Olheirento! Olhe aí de cima e veja se é ela mesmo na farmácia!

O APREGOADOR

Saia de onde se acoutou, Impostora! Vamos ver se você tem coragem de repetir o que disse.

AS VIZINHAS

O sr. Decoroso não gostou nada dessa última provocação.

Nem da última nem das anteriores.

Como se ele já não tivesse muita coisa para fazer.

Não sei por que ele perde tempo com essa fantasista.

Cada um com seus motivos.

Você já viu mulher dependurada?

Nunca vi.

O Decoroso não condena mulher?

Não.

Por que não?

Ah, tem que perguntar para ele.

Você sabia que ele usava meias de compressão?

Fazia ideia.

Mesmo? Por quê?

Ah, ele passa muito tempo em pé.

É tipo meia Kendall?

É.

Você já viu?

A meia?

A Impostora.

Não.

Eu também não.

Mas já soube que é linda.

Linda?

Debaixo do disfarce.

E aquela voz?

Que é que tem a voz?

É meio esganiçada, né?

Não é esganiçada. É sussurrante. Você não sabe a diferença entre sussurrante e esganiçada?

Sei, sim. É que eu não gosto dessa voz numa mulher.

Você tem certeza de que a Impostora é mulher?

Ah, se não está dependurada ainda, é porque é mulher.

OS ANDARILHOS

Olha a pressa daquele homem de terno preto!

Ele quase corre.

Se a gente andasse assim, já teria chegado a algum lugar.

A QUITUTEIRA

Um inquisidor correndo? Não é bom sinal.

A IMPOSTORA

A inquisição bufa!

O OLHEIRENTO

Ah... senhor... espere. Não estou bem certo... Acho que... na farmácia... Não consigo ver mais a barra da saia. Nem o salto dos sapatos. Nem a aba do chapéu. Deixa eu me inclinar... Espere.

O DECOROSO

Olheirento, não estou correndo por diversão! Ela não está mais lá? Não é ela? Estou suado. O couro dos meus sapatos vincou. O cadarço está desamarrado. Meu cabelo saiu do lugar. E a gravata? Olheirento, você é responsável por olhar onde não olho e por ter certeza quando não tenho. Portanto, olhe! Portanto, tenha certeza!

O OLHEIRENTO

Lamento, mas o senhor não vai gostar de ouvir isto: a Impostora não está mais na farmácia.

A IMPOSTORA

Pelo visto, correr não é muito decoroso...

O DECOROSO

É ela falando de novo! Preste atenção! Veja para onde foi! Ela tem que estar por perto!

O OLHEIRENTO

Sim, senhor! Estou prestando, estou prestando. Ela não está mesmo na farmácia. A voz agora vem da direção... oposta? Dos lados da... Sim, da direção oposta. À direita de onde o senhor está! Como é rápida essa mulher. Na mesma rua, mas do outro lado, do lado de onde o senhor veio... O senhor deve ter passado por ela!

O DECOROSO

Não me diga isso...

O OLHEIRENTO

Digo, senhor, infelizmente. Lá está a saia, lá está a saia! Sobre os mesmos saltos. Sob o mesmo chapéu. E agora dá para ver que veste uma blusa roxa com manga até os punhos. Ouviu, senhor? Roxa, com manga até os punhos. Volte, volte pela mesma rua! Ela carrega uma bolsa. A bolsa é... de palha. Com alças curtas, dessas de levar na mão. Atenção, ela atravessou a rua. A Impostora anda depressa. Atravesse também, senhor! Ela entrou na rua de mão única. Debaixo das marquises. Ali tem um restaurante. Acho que ela se escondeu lá. O restaurante tem letreiro azul e mesas brancas na entrada. Corra para lá, senhor!

O DECOROSO

Correr para lá? Como se fosse fácil! Não consigo. Ufa! Perdi o ar na última corrida. Homem decoroso não corre. As pessoas é que devem correr em direção ao decoro.

O PRESTÁVEL

Com licença? Desculpe-me por incomodá-lo.

O DECOROSO

Hein? Quem é você, mesmo?

O PRESTÁVEL

Eu sou o Prestável.

O DECOROSO

Sr. Prestável, estou no meio de um compromisso muito importante. E não admito ser interrompido por um qualquer.

O PRESTÁVEL

Eu sei, senhor. Me desculpe. Quero me oferecer para ajudá-lo. Eu corro pelo senhor.

O DECOROSO

Como?

O PRESTÁVEL

Eu sou o Prestável, mas até hoje nunca prestei para nada. Quero prestar, senhor. Eu ouvi a apregoação daquele homem que fica na corda. Estou convencido de que ajudá-lo me fará prestar, senhor. Suba.

O DECOROSO

Onde?

O PRESTÁVEL

Nas minhas costas.

O DECOROSO

Nas suas costas?

O PRESTÁVEL

É como eu posso prestar, senhor: como funcionário da sua inquisição; como homem convertido ao decoro; como montaria. Suba. A pessoa que o senhor persegue está muito à nossa frente.

O DECOROSO

Você corre rápido? Tem costas firmes? É um homem asseado?

O PRESTÁVEL

Em nome da inquisição, sim, senhor.

O OLHEIRENTO

Rápido, sr. Decoroso!

O DECOROSO

O sr. Prestável vira as costas para mim e se reclina. Abraço o seu pescoço. Avanço as pernas sobre os seus quadris. Tranço-as na sua cintura. Acomodo-me. São confortáveis as suas costas, embora eu não goste do contato direto com um homem que pode ser pior do que eu. Junto meu peito com a parte de trás dos seus ombros. Equilibramo-nos. Tudo com muito decoro.

Vamos em dois, Prestável, ver quem é que anda me provocando há tanto tempo! Voz desautorizada! Voz impune! A Impostora gosta de se meter na vida alheia. Ela que se cuide.

O VERSIFICADOR

Essa moça que o sr. Decoroso persegue se esconde no interior fonético daquilo que enuncia. Esse é o seu disfarce. Essa é a sua fantasia. Essa é a sua impostura. Essa é a sua poesia.

O OLHEIRENTO

Decoroso! A Impostora! Vai!

O PRESTÁVEL

Segure-se, sr. Decoroso! E avante!

O DECOROSO

Corremos para encontrar a Impostora: o Prestável embaixo, eu em cima. O restaurante descrito pelo Olheirento está próximo. Conheço o endereço. Atravessamos a rua. Seguimos pela calçada oposta. O Prestável é rápido. O Prestável é boa montada. Passamos ao quarteirão seguinte. Tiro uma das mãos do pescoço do meu mais recente funcionário e fecho o meu paletó. Tiro a outra e ajeito os meus cabelos. Mais uma rua, apenas uma rua, e chegamos.

Aí está a porta do restaurante. O Prestável breca. Observo, enquanto ele recupera o fôlego. Não foi fácil. Corremos muito.

Suar é abominoso, quase tanto quanto arfar, e correr não é o modo mais adequado de atravessar uma rua. Mas arrumei quem suasse e corresse por mim. Quem se imaginava imprestável acaba de prestar.

Desço da garupa do Prestável. Muita gente almoça. Observo e escuto. Nas primeiras mesas, as mulheres dizem coisas de mulheres; nas últimas, os homens dizem coisas de homens. Nenhuma voz se assemelha à que eu escutei há pouco e que venho escutando por muito tempo nesta cidade. Quem aqui veste a roupa descrita pelo Olheirento? Saia, blusa roxa de mangas compridas e bolsa de palha. Não vejo roxo. Terá a fantasista se trocado? Não vejo palha.

O Prestável pergunta-me sobre a minha perseguida, mas não respondo. No restaurante, ninguém se mexe para outra coisa a não ser para comer. Põem de tudo no mesmo garfo. Terá o Olheirento apontado o estabelecimento certo? Olhei um a um os fregueses para ver se seus rostos iam dar nalguma ponta de fantasia, se suas peles eram de malha, se seus cabelos eram de plástico. Volto-me para as alturas.

Olheirento! É aqui mesmo?

O OLHEIRENTO

É, senhor. Depois que chegou aí, não a vi sair.

O DECOROSO

Escolho uma mesa próxima à fila do caixa para ouvir a voz de cada pagante.

O PRESTÁVEL

Já estou recuperado da corrida, senhor. Quer que eu o ajude em mais alguma coisa? Que ocupe a mesa para o senhor, enquanto investiga? Que faça seu prato? Peça um refrigerante? Lave suas mãos no banheiro?

O DECOROSO

Um homem decoroso não senta à mesma mesa com outro homem cujo decoro ainda não foi completamente aferido, sr. Prestável.

O APREGOADOR

Sr. Prestável, a inquisição está satisfeita com a sua contribuição. Agora o senhor presta! Mas o sr. Decoroso não pode se distrair com lavação de mãos nem pratos de almoço.

O PRESTÁVEL

Entendo perfeitamente, senhores. Se precisarem de qualquer coisa, me chamem. E obrigado por me fazer prestar. Foi uma honra, senhores, foi uma honra.

O OLHEIRENTO

Vai embora o Prestável, e o sr. Decoroso assenta-se à mesa.

O DECOROSO

A lei é a inscrição da norma, e a norma está fundada na antecipação e na previsibilidade. A lei não gosta de surpresas. Se uma lei é surpreendida, imediatamente outra é criada, e passa a prever o que a anterior não conseguiu. Se existirem exceções, a lei as incorporará; se existirem variantes, a lei as descreverá. Os outros códigos irmãos do meu hão de atestar o que eu digo, confirmando, inclusive, que todo crime, para ser chamado de crime, exige uma palavra severa que assim o qualifique: é a lei que inventa o crime.

Para a mulher não tenho lei nenhuma. Não aprendi quais seriam as palavras mais severas para qualificar o que elas fazem. Não possuo meios de antecipar nem de prever seus atos. Logo, não posso legislar sobre elas; não posso afirmar se é crime ou não o que praticam; não posso condená-las. Essa é a razão pela qual nenhuma mulher está dependurada nas alturas desta cidade.

Nisso, a legislação divina me supera: condenou a mulher no seu primeiro capítulo e a fez penar por todos os seguintes. Espero que, ao capturar a fantasista que persigo e que me escapa, eu tenha elementos suficientes para redigir ao menos um rascunho de lei que a responsabilize pelo crime de ser quem, maldosamente, é.

A voz da Impostora não fala em nome de ninguém; não pretende orientar conduta nenhuma; não expressa os anseios de uma maioria ou minoria; não vem de fonte qualificada; a veracidade do que diz não pode ser aferida. Ainda assim, e talvez por tudo isso, ela perturba. Investigando-a, tomei-a numa ocasião, equivocadamente, por locutora de rádio. Noutra, por uma fêmea de fantasma a assombrar o centro desta comarca.

A LOCUTORA DE RÁDIO

A Impostora não sou eu. Meu programa vai só das cinco às oito da manhã, na AM. Durante o resto do dia, fico em silêncio.

O FANTASMA

Não tenho fêmea.

O DECOROSO

Permaneço no restaurante enquanto dura a hora de almoço. De vez em quando, levanto-me da cadeira para conferir os trejeitos de quem come. Passo novamente por todas as fileiras de mesas. Volto minha atenção para os funcionários. Miro a porta que leva à cozinha. No caixa, os pagantes pagam, pouco falam, e nenhum deles veste a roupa descrita pelo Olheirento. Nem mesmo o salto alto de sandália informado eu reconheço. Ninguém sussurra. Ninguém olha para mim com receio ou zomba. Ninguém aparenta nervosismo. Ninguém sai correndo.

Não almoço. Nego-me a comer onde fui tapeado. A frequência do restaurante diminui. Levanto-me de vez. Vou à Quituteira. Tenho fome, bastante humilhação e muito ódio. Mas quem sabe a minha procurada não foi parar na cozinha? Vou até lá. Não, pensando bem, não vou. Basta de tapeação. Minha humilhação está para ultrapassar o ódio, e eu prefiro sentir ódio a humilhação. A Impostora deve estar rindo de mim agora. Que ria. Retiro-me.

O GARÇOM

O homem de terno ocupou uma mesa durante o almoço inteiro e não comeu nada. Terno bonito.

A IMPOSTORA

Sai do restaurante o risível inquisidor. Rirei dele assim que fizer uma bola com o chiclete que estou mascando. Não existe melhor disfarce do que ser exatamente como se é.

Terminei a bola, e o Decoroso já vai longe. Agora, o riso.

Gosto de me meter em vários esconderijos, mas, agora que não fui reconhecida, nem mesmo depois de tão ferrenha procura, quero andar um pouquinho mais à vontade, sem que corram atrás de mim ou que eu tenha de mudar de novo o disfarce. Não estou mais fantasiada do que os rostos à minha volta. Desde que eu segure minha língua um pouquinho e maneire os sussurros, o Olheirento não pode me distinguir dos demais falantes.

A MENININHA DE TRANÇAS

Mãe, olha a bola que eu também sei fazer!

AS VIZINHAS

Eu não deixo o meu filho mascar chicletes.
Eu só deixo que ele masque um por dia.
Chiclete faz mal para o estômago.

Um por dia não faz.
No almoço, meu filho não bebe refrigerante.
O meu bebe, mas só um copo.
Refrigerante faz mal para o estômago.
Um copo só não faz.
Eu proíbo o meu filho de...

O DECOROSO

Passo por uma menininha de tranças que faz bola com o chiclete que masca. Que a bola estoure. Que a menininha engasgue.

6.

Sobre a cidade e as pessoas

O APREGOADOR

Uma cidade não corresponde à somatória de seus residentes. Uma cidade não corresponde à somatória de seus prédios. Uma cidade não corresponde à somatória das ações realizadas em seu interior. Uma cidade não corresponde aos decretos publicados em seu nome. Uma cidade não corresponde ao seu mapa.

A cidade é promíscua. Ela topa a impostura e o decoro; topa o falso e o verdadeiro; topa o pedestre e o dependurado. Quem desejar da cidade alguma solidez deve valer-se dos monumentos em concreto. Pessoas em geral? Elas não são sólidas. São moles e decaem ao primeiro tropeço. Quem pretende se meter com pessoas prepare-se. São de decepcionar.

Quem rejeita a cidade torna-se candidato a uma visita do sr. Decoroso. A costura impecável e o álcool bebido pelo Bem Composto, os quitutes da Quituteira, a sola dos sapatos dos Andarilhos, o palrear das Vizinhas, a abnormidade dependurada do lado de fora dos apartamentos, os cílios postiços da Impostora e até a corda que me prende ao meu irmão são, entre outros, modos de pertencimento ao mesmo e comum chão.

O OLHEIRENTO

Apregoador.

O APREGOADOR

Quê?

O OLHEIRENTO

Você acha que existe mais coisa além desta cidade?

O APREGOADOR

Desta cidade? Não sei. Mas acho que existe.

O OLHEIRENTO

Outras cidades?

O APREGOADOR

Acho que fora desta cidade existe o resto do país.

O OLHEIRENTO

Um país inteiro, você acha?

O APREGOADOR

Não deve ser muita coisa.

O OLHEIRENTO

Você já saiu desta cidade?

O APREGOADOR

Não. E você?

O OLHEIRENTO

Também não. Por que você acha que o resto do país não deve ser muita coisa?

O APREGOADOR

Porque é um resto. O que é que um resto de país teria que aqui não tem?

O OLHEIRENTO

Mas esta nossa cidade... nem moderna ela é. Talvez o resto do país possa ser mais moderno.

O APREGOADOR

Se aqui, que era para ser moderno, não é, o resto do país, que a gente nem sabe se existe, é que não deve ser mesmo. Além do mais, nós temos decoro. Quem me garante que existe decoro no resto do país?

O OLHEIRENTO

É verdade. E nós aqui enxergamos longe.

O APREGOADOR

E falamos bem alto para todo mundo ouvir.

O OLHEIRENTO

Mas eu ainda penso que...

O APREGOADOR

Que o quê?

O OLHEIRENTO

As pessoas comentam...

O APREGOADOR

Sobre?

O OLHEIRENTO

Sobre a Guanabara.

O APREGOADOR

Guanabara?

O OLHEIRENTO

Em algum lugar, que deve ficar onde fica o resto do país, caso o resto do país exista, fica a Guanabara. Dizem que é maravilhosa.

7.

Sobre eleições, votos, deuses fantasiados e os afazeres da sra. Amada e do sr. Bem Composto

O VERSIFICADOR

Se na cidade eu me lanho
Bem aqui, num lobo parietal
Resolverei isso no banho
E com uma ampola de fenobarbital.

AS VIZINHAS

Como é que você sabe as coisas que você diz?
Do jeito que dá para saber alguma coisa nesta cidade: surdina, esperteza, bisbilhotice e fofoca.
Você não tem medo de falar coisa errada?
Dou preferência a fonte segura.

O BEM COMPOSTO

Já não é mais manhã; pulo o café. Vou pular o almoço porque também já passou da hora. Não comerei nada. Ficarei ainda mais magro, ficarei ainda mais bem-composto. Estou com sono. Ando lento pela casa, com vontade de continuar a dormir.

E o banho? Ainda sinto cheiro de álcool misturado ao do meu corpo. Vou para o banho. Faço a barba debaixo do chuveiro, de frente para o espelhinho que escorei na saboneteira de parede. Apronto-me. Penteio meus cabelos finíssimos. Saio de casa. Que a ressaca me ajude nos alinhavos de hoje, na recepção ao Candidato e na volta ao cartório.

AS VIZINHAS

A rua onde mora o Bem Composto não foi onde...?
Foi, sim, foi, sim.
E o prédio do Bem Composto não foi onde...?
Foi, sim, foi, sim.
Já faz um ano.
Mais. Uns dois anos.
Você acha que...
Ah, ninguém liga mais para isso.

A AMADA

Durante a manhã, fiz tudo que sempre faço. Tomei café com meus três Filhos e meu Esposo. Recebi um beijo de cada um: um, dois, três, quatro. Depois eles saíram, e eu lavei a louça. Cuidei da casa, das plantas, da roupa. Almocei só. Daqui a pouco, termino de arrumar a cozinha. O resto da casa está arrumado.

Pego para secar um dos talheres que lavei. Lá fora, o tempo virou. A roupa que lavei de manhã ainda está úmida. Pode chover. Não sei se deixei as janelas fechadas ou abertas. Vou ver assim que acabar com a louça. Ficou uma raspinha de comida neste garfo aqui. Molho-o de novo; esfrego-o; fecho a torneira; enxugo-o. Verifico os outros talheres e o prato. Estão limpos. Pego todos os talheres para enxugar ao mesmo tempo; ponho-os sobre o pano; embrulho-os; esfrego-os; pronto, estão secos; guardo-os no armário.

Abro a geladeira para guardar as sobras do almoço. Cada comida numa vasilha. Passo pano no fogão. Passo pano na pia. Passo pano na mesa. Vou até a área. A roupa está mais úmida do que imaginei. Venta lá fora. Baixo o varal e abro ainda mais a janela para o vento pegar nas roupas. Mas pode chover. Se chover, as roupas tornarão a se molhar. Subo o varal e volto a fechar a janela. De saída, confiro a cozinha limpa.

Corro a casa para ver se as janelas estão abertas. Estão. Fecho-as. Mas a casa vai ficar abafada. Retorno a cada cômodo para abri-las um pouquinho. Lá fora faz muito barulho. O excesso de barulho incomoda-me. Então, volto a fechá-las. Resolvido o dilema sobre as janelas, deito-me no sofá da sala para descansar. Que sorte eu tenho. Mais tarde, vou sair na direção da minha vitrine favorita.

O OLHEIRENTO

Cachorros latindo. Declarações de amor. Os gemidos dos que têm pedras na vesícula. Declarações de ódio. O preço informado pelo atendente do supermercado. As notícias das Vizinhas. As passadas ritmadas dos Andarilhos. O estouro da bola de chiclete da Menininha de Tranças. Ofertas de supermercado. Freadas dos carros e ônibus. Operários utilizando martelos numa construção. Operários utilizando uma maquita na mesma construção. O

Apregoador apregoando. Um guarda que apita. A ventania. Faz mesmo barulho nesta cidade.

O BEM COMPOSTO

Na rua, o vento me despenteia, e eu acho isso gostoso.

O OLHEIRENTO

O Candidato, que vai até a alfaiataria para encomendar roupas a serem usadas na campanha, sabe como abafar os barulhos da cidade para que não atrapalhem o seu discurso.

O APREGOADOR

Pois o sr. Decoroso ainda falará mais alto do que barulhos de cidade e candidatos juntos, e os cidadãos acompanharão seus pronunciamentos como meninos de grupo escolar copiando o ditado. Para os condenados, o corpo dependurado é sua cédula de votação, o X com que confirmam a eleição do nosso mais querido inquisidor. A única candidatura que apoiamos é a do sr. Decoroso. É pelo decoro a nossa campanha.

Vejam pelas janelas os seus vizinhos dependurados e votem no sr. Decoroso, cidadãos, que ele promete regenerá-los como homens!

AS VIZINHAS

Nosso último voto foi para síndico do prédio.

Eu votei no meu marido.
E eu votei no meu.
O meu marido não ganhou por pouco.
O meu não ganhou porque houve trapaça.
Este prédio estaria melhor se meu marido fosse o síndico.
Ou se fosse o meu.

O DECOROSO

O síndico do meu prédio foi condenado por mim a dependurar-se no parapeito da janela da sala de seu principal opositor. A partir de então, a avaliação periódica do seu estado geral passou a constar nas atas das reuniões de condomínio.

O APREGOADOR

O povo gosta de votar. Vota, povo!

UM FIEL

Eu gostaria de me candidatar a algum cargo público. Tenho fortes convicções políticas. Tenho passado ilibado. Tenho propostas concretas para esta cidade. Transporte. Saneamento básico. Impostos. Se, por qualquer razão, eu não preencher condições para a elegibilidade, quero eleger-me para alguma vaga de acolhimento nos domínios do Destinatário, enquanto Ele não se ausenta completamente. Senhor, eleja-me para os Seus braços, que Lhe prometo cada casca de ferida dos meus joelhos dobrados no chão diante de Si.

O DECOROSO

Eu não me ajoelho diante de nada.

O APREGOADOR

Se sobre esta cidade há um Deus imenso erguido, nosso céu corresponderia então à sola de Seus pés?

O OLHEIRENTO

Céu nublado, sujos pés.

O DECOROSO

Os únicos pés que me sombreiam são os que ficam na extremidade das pernas do corpo dos meus condenados.

A IMPOSTORA

E se, em vez de um único Deus do tamanho de um astro, refugiado e esquecido, como acredita o Decoroso, tivermos uma infinidade de Deuses fantasiados como eu, fantasiados de calçada, fantasiados de toldo, fantasiados de poste, fantasiados de coleira de cão, fantasiados de papel de embrulhar presente, fantasiados de recheio de bolo? Não poderia mesmo apenas um e imenso Deus dar conta de todas as coisas que existem numa cidade. Deve haver, para cuidar das fornadas de pão das padarias, para manter as fossas desentupidas, para engraxar as correntes dos balanços do parque, para manter sempre eretos os corpos dos amantes, para dar longa vida aos bichos de estimação, para a nossa raiva matutina, para nossa raiva vespertina, para cada uma dessas inumeráveis providências de uma rica metrópole, um Deus específico e menor.

O CANDIDATO

É a descentralização de Deus! Para governar melhor! Para estar mais perto de seu eleitorado!

A IMPOSTORA

Continuo a gozar de provisória liberdade e vejo, do outro lado da calçada, o sr. Bem Composto subir distraído a avenida. É o caminho que leva à alfaiataria. O Decoroso não está longe. Ouço bem suas vociferações em direção ao céu e à terra. Lá está ele, lá está ele! Virando à direita nesta rua. Deve estar procurando mais um prédio para entrar e um homem para visitar. Vou segui-lo um pouquinho, só de brincadeira.

O inquisidor desta comarca anda rápido. Quando venta, ele segura seus cabelos, segura a gravata, segura o paletó. Não olha para trás. Tão logo vira à direita na rua, sobe as escadas de um cartório. Estará à procura de registros oficiais de bobos? Melhor eu não o acompanhar. Já saracoteei muito por hoje. Vou embora enquanto a sorte está comigo.

O DECOROSO

Vou passar as próximas horas relaxando um pouco no cartório. Que mundo encantado é aquele: regras, procedimentos, autorizações, registros, ofícios, processos e outras delícias de ver e de ouvir.

OS ANDARILHOS

Isso de nós ficarmos andando de um lado para outro sem parar não tem nos levado muito longe.

Caminhar é demorado.

É a rua, que não ajuda.

Somos nós, que estamos perdidos.

Quem está perdida é a rua, que não sabe onde vai dar.

Para saber onde vai dar a rua, temos de andar nela até o fim.

O BEM COMPOSTO

Chego ao prédio onde fica a minha alfaiataria, cumprimento o porteiro, atravesso todo o corredor, abro a porta da minha sala, afasto a cortina de veludo e acendo todas as luzes. Vou até a pequena geladeira e pego a jarra de água. Tomo um copo cheio. Vou ao banheiro. Apalpo o rosto. Está suado. Lavo-o. Enxugo-o. Ajeito os cabelos. Ajeito o colarinho. O Candidato chega daqui a pouco.

A QUITUTEIRA

Acaba de chegar o Bem Composto ao prédio onde trabalha. Mais cedo, o sr. Decoroso passou por aqui bastante irritado. Pediu o que comer, não disse mais nada e foi embora.

Venta forte. O céu está inteiramente nublado. Vai chover.

Agora, no mesmo prédio do alfaiate, chega o Candidato. Meu voto não vai para ele.

O OLHEIRENTO

Os olhos do Bem Composto são do melhor azul. Ele tem dentes claros e certinhos; dedos finos e longos; unha cortada; barba sempre feita; ele vinca com excelência as calças que costura; e gosta de tomar café bem doce durante todo o expediente.

O APREGOADOR

Além da compostura, não sei o que o Bem Composto ama.

O OLHEIRENTO

O som do único coito que dele eu conheço vem do toque, do alisamento e do corte de pano.

O APREGOADOR

Que ele aproveite que costura com tecidos nobres, e toque-os todos, alise-os, corte-os e se deleite.

O OLHEIRENTO

O que o alfaiate procura?

O APREGOADOR

Deve procurar pelo amor num ponto de costura.

8.

Da arte de levantar a perna para a comoção das multidões

O BEM COMPOSTO

Como vai a campanha, senhor?

O CANDIDATO

Vai a toda, alfaiate!

O BEM COMPOSTO

Abaixe os braços, por favor. Que bom. Vire os punhos para cima. Muitos comícios?

O CANDIDATO

Muitos. Meu eleitorado me adora. O senhor nunca foi a um comício meu?

O BEM COMPOSTO

Não, senhor, infelizmente.

O CANDIDATO

Vai no próximo. Faço questão.

O BEM COMPOSTO

Vou, sim. Pode relaxar os punhos, senhor. Onde vai ser?

O CANDIDATO

Periferia, Bem Composto, periferia. O povo aqui do Centro não rende voto. O segredo é a periferia. É esse o tamanho mesmo?

O BEM COMPOSTO

A medida confere. Está apertado?

O CANDIDATO

Quando eu fico nesta posição, sim. Mas, quando eu levanto os braços, aperta aqui embaixo.

O BEM COMPOSTO

O senhor costuma ficar com os braços levantados?

O CANDIDATO

Fico. Nos comícios. Na periferia, sempre na periferia. Aqui no Centro, ninguém presta atenção. Você vai ver quando for. Eu sou um candidato que levanta os braços. Na periferia, vai muita gente, e quem está lá atrás precisa me ver.

O BEM COMPOSTO

Hum.

O CANDIDATO

Gosto de bater palmas. E de dar socos no ar. Socos de vitória.

O BEM COMPOSTO

Entendo.

O CANDIDATO

Eu também mexo muito as pernas.

O BEM COMPOSTO

As pernas, senhor?

O CANDIDATO

As pernas. Imagine que eu esteja, por exemplo, fazendo um discurso no qual enfatize minha trajetória política.

O BEM COMPOSTO

Levantando as pernas?

O CANDIDATO

Ainda não. Imagine que, ao falar da minha trajetória política, eu relembre, diante de todos, quanto tempo levei para chegar até aquele momento da minha vida como homem público.

O BEM COMPOSTO

E?

O CANDIDATO

E aí eu, com muita emoção, com emoção sincera e visível até para quem está lá atrás no comício, mostro como foi árdua a minha caminhada. Caminhada em sentido figurado, claro.

O BEM COMPOSTO

E aí levanta as pernas.

O CANDIDATO

Ainda não. Tenho de ter certeza de que o público entendeu a comparação que fiz da vida com uma grande caminhada.

O BEM COMPOSTO

Ah, sim.

O CANDIDATO

Não posso desperdiçar uma levantada de perna.

O BEM COMPOSTO

Entendo, senhor.

O CANDIDATO

Mas, se eu vejo que todos estão prestando atenção, se tenho certeza de que todos compreenderam, que estão comovidos...

O BEM COMPOSTO

O senhor levanta a perna.

O CANDIDATO

Mostrando a sola do sapato!

O BEM COMPOSTO

Que coisa, hein, senhor?

O CANDIDATO

Não posso estar de sapato novo. O eleitorado tem de ver a sola gasta. Tenho que facilitar o entendimento do sentido figurado.

O BEM COMPOSTO

Imagino o efeito, senhor.

O CANDIDATO

Você estará lá no meu próximo comício e verá.

O BEM COMPOSTO

Estarei, sim.

O CANDIDATO

E quanto aos braços...

O BEM COMPOSTO

Vou aumentar.

O CANDIDATO

E as pernas? O alfaiate não acha que...

O BEM COMPOSTO

Vou mexer no cós e no gavião. Pode tirar a prova e descer do banquinho.

O CANDIDATO

Não vá perder o comício, alfaiate. Fica na periferia. Na periferia, não se esqueça.

9.

Então, começa a chover

O BEM COMPOSTO

O Candidato procura, despido, pelas peças que chegou vestindo. A nudez vale pouco ou nada para mim. Melhor é roçar as mãos no dobrar lento do paletó e da calça ainda quentes da prova do meu cliente. Prefiro a roupa à pessoa.

O Candidato se arruma e deixa uma gorjeta polpuda em cima da minha mesa. Levo-o até a porta, e ele sai. De longe, vejo que o porteiro acena. Deixo a alfaiataria por um instante só, vou até a portaria e pego um embrulho com o papel e a fita que conheço de outras encomendas. Chegou o pano do sr. Decoroso.

Volto. Fecho-me na alfaiataria. Abro o embrulho. Eis, dobrada e pura, a futura toga inquisitorial. Deixo de lado a roupa provada pelo Candidato e enfio meus dedos nas dobras da lã; apalpo-a no centro; abro a peça; com delicadeza, raspo as unhas contra o sentido do fio; pego a tesoura, meço um palmo de pano, aproximo os ouvidos da lâmina e corto.

233

A QUITUTEIRA

O vento levanta a cobertura do meu carrinho. Vai chover. Subindo a rua, apressado, vem o Candidato. Ele passa por mim, para, retorna, pede dois pastéis de carne, paga com nota alta, deixa o troco, deixa um santinho e vai embora.

O BEM COMPOSTO

Está curada a minha ressaca. Abençoado pano, que parece vir diretamente do dorso de uma das ovelhas bandidas do Destinatário, caso ainda exista por aí algum divinal rebanho ovino. Meço, meço, meço. Confiro as medidas que tenho do corpo do sr. Decoroso. Risco, risco, risco, risco. Farei uma decorosa toga para um decoroso promotor da justiça. Sairei mais tarde daqui apenas para cumprir meu compromisso inadiável no cartório.

A AMADA

Eu não gosto de chuva. Deveriam proibir de chover aqui. Quem proibiria? O prefeito, talvez. Ou o Destinatário, lá de cima. Com chuva, a roupa não seca, e as janelas têm de ficar fechadas. Com a chuva, eu não posso sair de casa para os meus afazeres: pegar a calça do meu Esposo, que já deve estar pronta; ir ao supermercado; fazer um jogo na loteria, já que eu tenho muita sorte; passar em frente à loja com a vitrine onde está aquele tecido. Para aquele vestido. Para aquela festa. Que festa?

Chego até a janela. Já chove, e os transeuntes correm. A Quituteira fecha o seu carrinho e começa a empurrá-lo com dificuldade rua abaixo. Será que eu deveria chamá-la para a minha casa? O que eu faria com ela aqui? Quitutes? Não sei. De que trataríamos? Da chuva, talvez. De como eu tenho sorte. De como sou amada. São todos bons assuntos. Eu também poderia providenciar para ela toalha e roupas secas.

Olho o relógio. Está muito longe da hora de meu Esposo e meus Filhos chegarem. Será que... Não. Com a chuva, vão demorar mais ainda. Bem que eles podiam chegar logo: eu seria uma mulher com mais sorte ainda do que já sou. Eles chegando, eu não precisaria ficar prestando atenção na chuva e, sendo amada, teria muito que fazer: ser cercada, ser abraçada, ser beijada.

Mas meu Esposo e meus Filhos não chegarão agora. Olho para todos os lados do céu, procurando um pedaço claro de nuvens de onde poderia vir a bonança. Não o encontro. Fecho as cortinas. Deito-me de novo no sofá.

A QUITUTEIRA

A chuva molha o meu carrinho. A chuva molha os meus quitutes. Este é mais um dilúvio programado pelo Destinatário, só para nos mostrar que Ele ainda nos sobrevoa e não perdeu toda a competência para nos atirar raios. Na rua, correm transeuntes protegendo a cabeça. No andar onde mora a sra. Amada, as cortinas vão sendo fechadas uma a uma.

OS ANDARILHOS

Se a gente seguir a enxurrada, chegamos ao rio?
Esta cidade tem um rio?
Tem, sim. Fica lá para baixo.
Você já esteve no rio?
Não, mas ouvi dizer que fica caudaloso quando chove.
É navegável?

Não é um rio? Deve ser.

Precisaríamos de um barco.

Para?

Navegar, ué.

Navegar para onde?

Para onde estamos tentando ir. Para fora desta cidade.

De barco?

De qualquer coisa que nos tire daqui.

Não podemos ir de barco.

Por que não?

Primeiro, porque não temos um barco; depois, porque não sabemos navegar; em terceiro lugar, porque somos os Andarilhos. Só podemos sair desta cidade andando.

Mas...

Esqueça o barco. Chegue mais para trás. Esta marquise é estreita. A chuva está respingando nas nossas canelas.

O VERSIFICADOR

Trago sempre a lira comigo
Em caso de sol ou tempestade
Acalmam-me o poema amigo
E a pílula para a bipolaridade.

O OLHEIRENTO

As nuvens cobrem o céu das montanhas até a região da rodoviária. O Destinatário deve ter comprimido a densa e cinzenta nebulosidade com o Seu vespertino deitar, como a sra. Amada, deitada em seu sofá, comprime de irritação as almofadas. Agora, Ele reserva para Seu exclusivo bronzeamento todo o sol que caberia à cidade neste fim de tarde. Nas alturas desta cidade, os dependurados balançam com o vento, enquanto de seus corpos descendem grandes goteiras. Lá embaixo, agita-se a turma que não gosta de chuva.

O APREGOADOR

Sai aquele sol imperante, previsível e monótono. Vem a chuva aumentar a ridicularização dos moradores da comarca: ponham as mãos na cabeça! Procurem um toldo! Abram a sombrinha! Ensopem a camisa! Pulem a poça!

O FEIRANTE

Recolher, recolher, recolher, recolher, recolher.

O PRESTÁVEL

O senhor precisa de ajuda com os legumes, senhor? Ajuda com as verduras? Com as frutas? Qualquer ajuda?

O OLHEIRENTO

O Feirante recolhe com pressa as frutas, as verduras e os legumes de sua barraca. Se preciso for, ele retirará o tomate da mão do minucioso cliente. De longe, ouço que rezam, apreensivos, os moradores das casas que serão alagadas ou desmoronarão. Ao conferir os primeiros pingos de chuva, o banhista de um clube recolheu seu jornal e o bronzeador, catou a mochila, correu para o vestiário, trocou de roupa, saiu apressado do clube e conseguiu pegar o último táxi vazio que circulava na cidade. O homem de sapatos engraxados entrou numa loja de departamentos, e a mulher de permanente ficou lendo revista no salão. O sr. Decoroso, relaxado, espera no cartório a tempestade amainar.

O Bem Composto interrompeu o trabalho e veio até a porta da galeria do seu prédio acompanhar a correria. Ele carrega a mesma pasta que carregava ontem. As nuvens estão cada vez mais baixas, e a chuva, cada vez mais forte. E mesmo assim o alfaiate, que julguei fosse voltar à alfaiataria e retomar a costura, arrisca-se a se molhar, abrindo um pequeno guarda-chuva e tomando a rua.

Agora corre na chuva o Bem Composto, perdendo um pouquinho de sua compostura a cada poça pisada. Molhada elegância, a dele. Espero que não pise poças demais. O alfaiate sobe a rua toda e vira na direção do cartório. Mantém a pasta junto ao peito. Mas se distancia, a chuva espessa, e o perco de vista.

O BEM COMPOSTO

Esta chuva não me impede de sair. Afinal, uma nuvem é somente trabalho de plissagem e drapeado. Agora, despenca como saia.

A MENININHA DE TRANÇAS

Não são nuvens. São carneirinhos. Carneirinhos zangados de cor cinzenta.

A IMPOSTORA

Nuvens são pedaços específicos de fantasias de gente: uma

barba de homem, um coque de mulher cujo cabelo, longo e frio, desfaz-se sobre nós. Mas eu não posso perder mais essa chance de andar com liberdade por aí, afinal, a visibilidade do Olheirento não deve ser boa numa hora dessas. Vou seguir pelo meio da rua e sentir que a maquiagem escorre.

O VERSIFICADOR

Chove suavemente sobre minh'alma...
Não.
Chove violentamente sobre minh'alma...
Não.
Chove desbragadamente sobre minh'alma...
Não.

A AMADA

Se não estivesse chovendo, eu poderia deixar as janelas abertas, e a roupa secaria ainda hoje. Se não estivesse chovendo, eu poderia sair de casa para fazer as coisas que eu tenho de fazer, e não me sobraria todo esse tempo inútil. Chove, as roupas não secam, eu não posso sair de casa. Assim, não tenho como ver a vitrine onde está dependurado o meu tecido. Para que mesmo o tecido? Para um vestido. Vestido? Para uma festa. Festa?

Meu Esposo e meus Filhos demorarão muito a chegar? Deixa eu ver as horas. Achei que já fosse mais tarde. Quase nada de tempo passou. Terei arrumado a casa rápido demais? Lavado a louça rápido demais? Sobra tempo e falta tarefa: tempo que não costuma sobrar e tarefa que não costuma faltar em todas as tardes de todos os dias da minha vida.

Deitada no sofá, jogo uma almofada no chão. Levanto-me,

vou até uma planta, tiro-lhe o prato de baixo e jogo a água no chão. Vou à mesa de jantar e desarranjo as frutas que ficam no centro; despenco as bananas. Vou ao armário, apanho uns livros e espalho-os sobre a cômoda. Vou até meu quarto e desfaço a cama. Nos quartos dos meus Filhos, também desfaço as camas. No banheiro, faço voltar para a gaveta as toalhas que dependurei mais cedo. Na cozinha, coloco talheres limpos e secos dentro da pia; sobre eles despejo sabão; então abro a torneira.

O OLHEIRENTO

Observo a sra. Amada percorrer os cômodos de seu apartamento, desarrumando o que arrumou mais cedo: revira lençóis, derruba abajures, retira calçados dos armários. Joga papéis avulsos sobre o tampo da escrivaninha, desalinha um quadro, dobra a ponta do tapete e esfarela a terra de uma planta ao redor do vaso. Então contempla, acalmada, a devastadora obra doméstica.

O BEM COMPOSTO

Molhe-se esta calça, mas não se molhem os documentos que vão em minha pasta.

A AMADA

Que esta casa imponha, de novo, as tarefas que já realizei. Daqui a pouco, recomeçarei a arrumação. Agora, vou até a cozinha e tiro a comida da geladeira. Esquento-a no fogão. Sirvo-me. Sento-me na cadeira e repito a refeição da qual, mais cedo, eu me servi.

O BEM COMPOSTO

O cartório está próximo. Mais umas poucas poças, e eu estarei lá.

O OLHEIRENTO

A sra. Amada prepara outro almoço, posta-se diante do prato e come mais um pouco do que comera antes. Em seguida, lava o que já lavou e guarda o que já guardou depois da primeira refeição. Sai da cozinha, vai ao banheiro, escova os dentes, volta à área de serviço, pega o espanador, a vassoura e a pá e recomeça, com calma, a arrumação da casa.

O DECOROSO

Da porta do cartório, acompanho o efeito da chuva sobre a cidade. Que chova, sim, que chova muito, e a enxurrada leve os bobos a se dependurarem nas bordas dos bueiros! Volto-me em direção ao balcão. Que o sol tenha se posto dentro de uma grande nuvem e lá esfrie, e a nuvem, por sua vez, esquente e derreta! Que sol e nuvem consigam destruir-se mutuamente, abandonando homens e mulheres a um mundo sem deuses atmosféricos!

Adorável é a atmosfera deste cartório. São tantos os registros, tantas as pequenas normas, tantos os procedimentos regrados, que chego a me comover. Procuro uma cadeira para novamente assentar e fecho os olhos, ouvindo, como pedras cantadas de víspora, os números das senhas de atendimento. A chuva vai demorar.

Se um dia eu vier a ter um exército, os funcionários de cartório integrarão minha mais preciosa legião. Eu deveria sair daqui e assistir à queda da água comendo croquetes da Quituteira, se é que os croquetes não se molharam. Mas estou aninhado nesta cadeira e entretenido pelas aprazíveis solicitações de serviços cartoriais.

O BEM COMPOSTO

Chego ao cartório. Fecho o guarda-chuva. Apalpo as partes mais molhadas da minha roupa. Ajeito os meus cabelos e pego uma senha de atendimento. Abro a pasta que trago comigo. Os documentos continuam secos. Aguardo. Muitas pessoas se acumulam em frente ao balcão, em pé e nas cadeiras. Passo no meio delas, procuro um lugar vago e assento. Deixo o guarda-chuva fechado ao meu lado. Torço a barra da minha calça. Aliso as mangas do meu paletó.

10.

*Que trata da inesperada solicitação feita
pelo sr. Bem Composto e dos excessos
da sra. Amada*

OS ANDARILHOS

Por acaso, você teria um par de meias para me emprestar?

A QUITUTEIRA

As coxinhas boiam.

A IMPOSTORA

Molhou-se o que é falso, molhou-se também o que é verdadeiro.

O CANDIDATO

Prometo ser a bonança! Prometo ser a bonança!

O PRESTÁVEL

Alguém aí pediu meias? Eu tenho meias para emprestar!

A AMADA

Pronto. A casa está arrumada novamente. Tudo devolvido ao seu lugar e primando por limpeza. Quantas horas serão? Na rearrumação, deixei o relógio virado para o outro lado. Mas... Ponteiros bastardos! Ainda tenho tempo, muito tempo. O que eu teria feito hoje de errado com a medida das minhas tarefas? Tudo terminou tão rápido, duas vezes tão rápido! Se, pelo menos, meu Esposo e meus Filhos chegassem mais cedo...

Novamente, deito-me no sofá. Este dia já foi primoroso, mas agora é fastidioso. Se a chuva parasse, eu ainda poderia sair de casa e gastar na recobra da minha utilidade todo o tempo inútil que ora tenho. Fico, então, tentada a preencher o que resta da tarde com minúcias da organização doméstica. Talvez faça isso: levantar-me do sofá para abrir o baú com os retalhos de tudo o que não costurei nesses anos de ignorância quanto a costurar; transferir para o pote de plástico do banheiro, chumaço a chumaço, o algodão das caixinhas de papelão fino, branco e azul compradas na farmácia; examinar nas cortinas e no papel de parede da sala as áreas descoradas; e um monte de outras ações que, embora as execute, temo não serem suficientes para me ocupar até a chegada do meu Esposo e Filhos.

AS VIZINHAS

A sra. Amada está bem?
A Amada? Não sei. Por quê?

A AMADA

As coisas não podem sobrar, as coisas não podem faltar. As coisas são feitas para serem justas e caberem direitinho naquilo que é o emprego delas. Nem menos, nem mais. Hoje, se não fosse a chuva, eu não teria tanto tempo; não fosse todo o tempo que tenho, não me faltariam tarefas para preenchê-lo; não fosse tudo isso, eu poderia estar agora diante da minha vitrine favorita.

AS VIZINHAS

A senhora caminha pela casa.
Por que a passos tão nervosos?

A AMADA

Que posso ainda fazer com o tempo que me sobra? O que mais sobra nesta casa além do tempo?

AS VIZINHAS

A sra. Amada se chama Amada mesmo?
Não sei. Pode ser apelido.
Por que o apelido?
Porque ela é muito amada.
Quem ama tanto assim a Amada?
O Esposo e os Filhos.
Que bom para ela, então.
Eu sei como é isso.

Isso o quê?

Ser muito amada.

Ah.

Eu também sou muito amada.

Sei.

Sou, sim. Pode perguntar para o meu esposo e para os meus filhos.

O BEM COMPOSTO

Chamam o meu número. Levanto-me.

O DECOROSO

Quem acaba de passar por mim em direção a um guichê de atendimento é o sr. Bem Composto. Que elegância, que prumo, que coincidência, embora a elegância e o prumo estejam um pouco afetados hoje. Foi a chuva, certamente. O alfaiate está molhado da metade do corpo para baixo. A água pinga da linha inferior do seu paletó, escorrendo-lhe pelas barras da calça. É preciso dizer que a pingadeira e o escorrimento são acidentes lamentáveis para um homem com tamanha compostura a zelar. Que o sentido habitual dos fios de seu cabelo seja reparado assim que possível! Penso em levantar-me para chamá-lo, mas sou o Decoroso, e a manutenção do decoro pede que eu permaneça assentado e empertigado. Além disso, levantando-me, eu poderia perder meu lugar no assento. O Bem Composto retira de uma pasta um maço de documentos que entrega ao funcionário.

A AMADA

Qual é a medida certa das coisas? Talvez uma fita métrica me ajudasse nesse cálculo, mas, já disse, não sei lidar com nada de costura... Mas comecemos pelas almofadas. Eu tenho muitas almofadas. Seriam demais? E os porta-retratos? Há aqui uma cômoda cheia de porta-retratos. Porta-retratos demais? E os adornos? Sobre cada móvel desta sala existe, pelo menos, um adorno. Adornos demais? Vou aos quartos dos meus Filhos e ao meu quarto. Depois, aos banheiros. Nada, aparentemente, falta. Mas talvez sobre pelo menos um pouco de tudo que existe nesta casa. O que eu faço com isso? Eu devia ter me aplicado mais à costura e aprendido a usar a fita métrica.

O BEM COMPOSTO

Boa tarde.

O serviço é para o senhor mesmo?

Sim. Os documentos são esses. Vim a este mesmo cartório ontem. O notário já sabe da minha situação.

É reconhecimento de firma?

Também.

O senhor tem firma registrada neste cartório, não tem?

Tenho, sim.

O DECOROSO

De todas as formas de chamar um homem, aquela de que eu gosto mais é bobo. Talvez eu deva aproveitar que já estou no cartório e entintar a minha língua, com a qual carimbo o nome dos meus condenados.

O BEM COMPOSTO

Eu trouxe uma carta, como solicitou o notário, explicando o caso.

Eu conferi no sistema e nos arquivos. Não temos o registro da assinatura que consta no documento, senhor.

Eu sei. Por isso a carta.

Só podemos fazer o reconhecimento se o senhor já tiver registrado sua firma aqui, senhor.

Eu tenho firma registrada aqui, mas de um nome muito antigo, nome que deixei de usar há bastante tempo.

De qual nome é a assinatura no documento que o senhor quer reconhecer, senhor?

Bem Composto é como eu deveria ter sido chamado desde sempre.

O senhor pretende registrar outra firma?

Se for necessário...

Mas o novo nome...

Eu sou o Bem Composto.

O DECOROSO

De todos os homens deste recinto, o sr. Bem Composto é o único que tem garbo comparável ao meu. Não é por outra razão que frequento sua alfaiataria há tantos anos. Mas não sabia que ele tinha outro nome além do adequado, belo e justo nome pelo qual sempre o conheci.

O BEM COMPOSTO

Trouxe mais estes documentos aqui, ó.

Olhei mais uma vez, senhor. Não temos nada com o nome de Bem Composto registrado aqui.

O nome que está registrado aqui eu não uso mais para nenhum fim.

Como assim, não usa?

Não uso. Não quero usar. Não vou usar. Faz muito tempo que me chamo Bem Composto, tempo suficiente para que ele seja um nome meu, autenticamente meu.

Enquanto não for registrado, Bem Composto não pode ser considerado um nome válido.

Não é válido? Bem Composto é um nome com muita compostura. Eu não sou mais chamado da maneira que está registrada neste cartório. Sou chamado da maneira que assino este documento e que quero que você reconheça. Chame o notário.

O notário está ocupado, senhor.

Então leia você mesmo a carta.

O DECOROSO

Como será o antigo nome do sr. Bem Composto?

O BEM COMPOSTO

Leu?

Não entendi a carta, senhor.

Como não entendeu? O conteúdo é claro.

O senhor tem algum documento que comprove a alteração do seu nome antigo para esse nome que utiliza atualmente?

Não.

É um nome falso, então?

Falso é o nome que eu tinha antigamente. Bem Composto é verdadeiro.

Mas o registro...

Então façamos assim: registre-me agora como o Bem Composto, que o nome passará a constar nos seus registros. Isso resolverá a questão.

O senhor não pode registrar um nome falso.

Bem Composto não é falso.

Para a sua assinatura ser reconhecida, o senhor teria de ter uma firma registrada neste cartório com esse nome, senhor. Mas o nome não pode ter firma registrada porque não existe documento que comprove sua existência, senhor.

Vamos criar esse documento agora.

Não existe nada oficial que mostre que o nome Bem Composto exista para que o senhor venha aqui, assine-o, registre-o e só então possa reconhecer uma assinatura semelhante à assinatura que registrou anteriormente.

A carta. Leia de novo a carta.

Me desculpe, senhor, mas a carta não faz o menor sentido.

Eu continuo sendo eu, entende, mas melhor do que já fui porque agora me chamo Bem Composto. Veja estes braços. Veja estes cabelos que o vento jogou para o outro lado. Veja esta calça ensopada. Oficialmente, são meus.

Seus cabelos e sua calça não constam no documento, senhor.

O notário, chame o notário!

Ele não pode atendê-lo, senhor.

O DECOROSO

Esquisita solicitação faz o meu alfaiate!

A AMADA

Para me ocupar, já fiz o jantar e deixei a mesa posta para o meu Esposo e os meus Filhos.

Eu achava que vivia sob medida, mas agora vejo que quase tudo passou da conta.

O BEM COMPOSTO

É o que a carta explica: o nome que vocês têm no sistema eu não quero mais. Sou agora o Bem Composto, e quero que valha um nome pelo outro. Rasguem tudo referente ao antigo nome. Eu já rasguei.

Rasgou o quê, senhor?

Os documentos em que constava o nome antigo.

Se o senhor precisa de firma reconhecida nesses documentos, assine o nome antigo, e nós fazemos o reconhecimento.

Recuso-me a assiná-lo!

Então não posso fazer nada, senhor. Só reconhecemos as assinaturas que foram registradas aqui.

Então tá, tudo bem, eu sei ser razoável. Eu assino como eu costumava assinar para que vocês encontrem o meu registro antigo aí nos seus arquivos. Mas depois, com a carta que eu trouxe, registrem que eu não me chamo mais assim. Deixem aí anotado que aquele nome, por verdadeiro que tenha sido, não tem mais validade.

Como?

Tenho uma assinatura antiga registrada aqui. Mas quero que o senhor confirme que eu não sou mais aquele que assinava esse nome.

Nós não fazemos isso, senhor.

Precisam fazer.

O senhor precisa entrar com um pedido de alteração de nome, senhor, e apresentar justificativas razoáveis.

Minha vontade é uma justificativa muito razoável: eu não quero mais me chamar como já me chamei, nem responder por aquele nome que já foi meu.

Quem vai decidir isso é um juiz, senhor.

Juiz? Por que é que um juiz deveria ajuizar uma vontade que é minha a respeito de um nome que me cabe escolher?

O DECOROSO

O que o sr. Bem Composto tem contra o ofício de juiz?

A AMADA

Que mais será que eu tenho a sobrar?

O BEM COMPOSTO

Como ficamos?

Não é neste cartório que o senhor vai conseguir trocar de nome. De qualquer forma, não podemos fazer o reconhecimento da firma. Sinto muito. Só reconhecemos firma de um nome que pertença à pessoa, e o senhor quer, pelo pouco que eu entendi, que seu antigo nome pare de pertencer ao senhor. Então, não temos o que fazer.

Não é muito o que eu peço.

É impossível.

Simplifiquemos, então: eu assino meu nome antigo e você não o reconhece.

Nós não temos esse serviço, senhor.

Em vez de *Dou fé*, basta carimbar no documento assinado por mim: *Não dou fé*.

Não temos esse carimbo, senhor.

O DECOROSO

Um homem acima da média tem de se conservar dentro dos limites da tradição, da sensatez e da razão. O que é que há hoje com o Bem Composto?

A AMADA

Talvez eu tenha coisas boas a sobrar.

O DECOROSO

Um alfaiate que me sirva não pode fazer solicitações esdrúxulas, nem produzir argumentos insensatos, nem tentar convencer os outros de coisas disparatadas, nem arriscar-se a perder a compostura. Minha toga vem aí!

A AMADA

Sorte é uma delas.

O DECOROSO

Não me lembro de ouvir nada semelhante em muitos anos de visitas ao cartório, nem em visitas à alfaiataria. O alfaiate não deveria estar trabalhando agora? E o pano para a minha veste? Mas mantenho o decoro. Permaneço assentado. Encerrada a conversa com o atendente, o Bem Composto joga no lixo a pasta que levava, passa por mim, abre o guarda-chuva e deixa o cartório.

A AMADA

Que sorte eu tenho, que sorte demais tenho eu.

O OLHEIRENTO

Com o barulho da chuva, mal escuto o que dizem os ordinários, mal vejo o que fazem.

O BEM COMPOSTO

Meu nome é Bem Composto. Fecho o guarda-chuva e ando exposto à chuva impiedosa.

A AMADA

Minha sorte, minha estimada, bendita, preciosa, desmedida, excessiva sorte.

O DECOROSO

Nada na expressão do meu alfaiate se afigura moroso ou indolente. Nada em seu comportamento, nada em seu passado, nada em sua indumentária. Homem irrepreensível, quase tanto quanto eu, é o Bem Composto, e, se com ele convivo todo esse tempo, é porque ele sabe ser tão decoroso quanto eu; se não tanto, quase tanto. Mas não custa lembrar que homens razoavelmente bons podem até existir; homens formidavelmente bons nunca existiram.

A AMADA

Vou para o meu quarto e ponho sapatos para sair. Também visto uma roupa para sair. Pego a bolsa para sair. Xale e sombrinha para sair.

O DECOROSO

Apanho no lixo a pasta jogada fora pelo sr. Bem Composto. Abro-a e leio seu conteúdo.

Tremo. Mas tremo decorosamente.

A AMADA

Saio de casa debaixo da chuva forte que cai.

O DECOROSO

Tenho oferecido aos bobos o que solicitou o Bem Composto neste cartório hoje: tiro-lhes o antigo nome que carregavam e lhes dou um nome novo, pelo qual são sempre referidos e se tornam, a partir de então, condenados homens meus. Bobos não faltam, nunca faltaram, nunca faltarão. Eu sou o bem dos bobos, os bobos são o meu mal; ou eu sou o mal dos bobos, e os bobos são o meu bem.

11.

De algumas consequências da chuva, que continua a cair

O OLHEIRENTO

A chuva amainou, e o horizonte se amplia um pouco mais para mim. Minha onisciência não poderia depender tanto assim da meteorologia! Ao meu lado, o Apregoador está encolhido de frio. Lá embaixo, o Bem Composto chuta com violência o ribeiro que se formou na direção da esquina para onde caminha, fecha o guarda-chuva e expõe o rosto contra a água que ainda despenca das alturas do Destinatário.

Dentro do cartório parece ainda estar o sr. Decoroso. Não creio que carregue consigo vibrião, nem soda, nem faca, nem revólver, nem que deva visitar mais um homem hoje. É provável que espere pelo fim da chuva e vá para casa. Se assim acontecer, terei algum descanso e a oportunidade de me secar com calma.

A Quituteira foi embora. Os Andarilhos eu não sei onde estão. Acho que continuam debaixo de alguma marquise. O sr. Prestável ajuda os transeuntes a atravessar o mesmo ribeiro que o Bem Composto deixou para trás. Quem mais está a se movimentar? É a sra. Amada, que acaba de sair de seu prédio. Que raro vê-la andar sob chuva! Ela sobe a sua rua e parece seguir em direção ao supermercado. De sombrinha na mão, ela não vê que o alfaiate, mirando mais o céu do que a terra e esfregando ora a testa ora a nuca, cruza a sua frente, e com ele a senhora quase tromba.

A lei pautada pelo decoro ensina que não devemos deixar de desconfiar das pessoas, mesmo que elas venham a pagar caro pela nossa desconfiança. É pequena a chance de estarmos errados. As pessoas sempre têm culpa de alguma coisa. Não existe hora errada para vigiar nem para acusar.

Apregoador! Desencolha-se. Vejo daqui que a chuva lavou nossas cusparadas da calçada.

O APREGOADOR

Nossas cusparadas? Mas eram nosso vestígio, nossa marca, nossa memória no passeio público! Em vez de cuspir, nós devíamos ter fumado cigarros, e as guimbas que jogássemos ainda estariam flutuando pela cidade, náufragas e resistentes.

Como estou molhado!

O OLHEIRENTO

Vamos fumar da próxima vez que tivermos vontade de cuspir.

Estamos nos aproximando das seis horas da tarde. Com essa chuva, nem todos vão ouvir a ave-maria pelos alto-falantes da igreja.

O APREGOADOR

Até que eu gosto daquela musiquinha.

Quem for bobo e continua a escapar da lei do sr. Decoroso pode fazer o sinal da cruz desde já e agradecer pelo êxito de mais um dia de fraudulenta liberdade.

O DECOROSO

Chego à porta do cartório. Chove bem menos do que já choveu.

Olheirento! Daí você vê o carrinho da Quituteira?

O OLHEIRENTO

Não, sr. Decoroso! Ela foi embora quando começou a chover.

O DECOROSO

Foi o que eu imaginei. Nesta cidade, não podemos contar nem com croquetes.

Que dia estranho! Êxito na dependura aqui, fracasso na perseguição ali; depois tenho de me haver com aquela esquisitice do Bem Composto no cartório e com essa chuva, que não passa. Detesto molhar-me, mas vou para casa enquanto posso me molhar menos.

Estou cansado. E os abnormes não cansam de proliferar.

Embora recebam todos o mesmo nome, eles não são iguais na bobeira. Hoje eu não quero ver mais nenhum deles pela frente.

Apregoador! Se eu souber que você cantarolou a ave-maria, você vai se arrepender disso! Abnormes! Podem promiscuir-se consigo mesmos! A noite é chão amplo para erguerem sua pocilga licenciosa. Muito choveu, aproveitem a lama! Dane-se tudo, dane-se sobretudo aquilo de que não gosto, que é quase tudo. Tchau.

AS VIZINHAS

Xi...
Que braveza.

O OLHEIRENTO

Lá vai o nosso inquisidor.

O APREGOADOR

O que eu fiz para merecer a reprimenda?

O OLHEIRENTO

Não se esqueça, irmãozinho boboca: aqui se pode acreditar no Destinatário. Gostar Dele, porém, não é recomendado.

O APREGOADOR

Não tenho nada a ver com o Destinatário. Eu só fiz um comentário, um comentário inocente, sobre a musiquinha que toca às seis. Eu não vou cantar nada, nunca cantei. A zanga do sr. Decoroso é injusta.

O OLHEIRENTO

Você não tem que concordar, mano. Foi dito. Apenas copie.

O APREGOADOR

Não venha se fazer de apóstolo fiel desta inquisição, mano. Eu sei bem que você se engraça com Ele, enxergando no contorno dos brilhos do sol supostos halos divinos de luz. A rede que você segura para apanhá-Lo é a sua vela, mano, que você acende todo dia na esperança de que Ele apareça.

O OLHEIRENTO

Não me provoque, mano, que tenho muito trabalho pela frente. Os suspeitos de serem bobos aproveitam essa hora em que o sr. Decoroso se retira para andar com mais liberdade pelas ruas. Mas a chuva volta a apertar. O Bem Composto segue rua abaixo, a sra. Amada segue rua acima... Todos apertam o passo. Já os Andarilhos...

Apregoador, você não vai anunciar a retirada do nosso inquisidor?

O APREGOADOR

Não. Ele zangou comigo.

OS ANDARILHOS

O rio desta cidade sobe o bastante para transbordar?
Às vezes, sobe.
E transborda para nos arrastar para bem longe daqui?
O rio sobe, transborda, mas só arrasta quem está próximo dele.
Nós estamos próximos?
Não. E, mesmo que estivéssemos, nós não poderíamos...
Se fôssemos arrastados, não precisaríamos de barco; se fôssemos arrastados, não nos tornaríamos navegantes; se fôssemos arrastados, continuaríamos sendo os Andarilhos. Se fôssemos arrastados, nós nos tornaríamos parte da inundação.
Vamos ver então como estão as margens.

12.

Encerrado o turno de trabalho do sr. Decoroso, escutam-se sibilos, e a sra. Amada posta-se diante de sua vitrine favorita

O OLHEIRENTO

A natureza, mesmo dispondo de grossas nuvens e possante chuva, é lerda em escurecer, e a cidade, rápida no acendimento de suas luzes. Desnecessários astros! As luminárias que temos já são suficientes. Para o dia, bastaria que mandassem instalar, no lugar do sol, uma grande lâmpada que, sobre todos nós, funcionasse por interruptor colocado junto à porta principal da prefeitura. Ninguém tem mais paciência para esperar pela rotação repetitiva e inútil desta Terra.

A natureza não é muito mais do que um apelo feito pelos nostálgicos à ilusória genuinidade da nossa existência e pode ser, a qualquer momento, substituída por outro artifício que venha a nos servir melhor. Os planetas e satélites então... são como velhos móbiles, fáceis de substituir ou de esquecer num baú infantil. Alguns de nós arranjaram solução bem adequada: o Bem Composto, por exemplo, trocou a lua por um botão de madrepérola costurado num paletó azul-celeste; o Versificador, que jurava ter encontrado nela o jardim de sua etérea musa, mudou de ideia recentemente. Tendo desposado a própria musa, deixou de fitar o satélite, ocupado que estava calculando o impacto no orçamento familiar da chegada do primeiro filho.

AS VIZINHAS

Isso foi mesmo.
Que coisa, né?
Casamento dá despesa.
E filho, então?
A musa do Versificador é bonita, né?
Acho meio sem-sal.
E o paletó do Bem Composto?
Ficou um alinho.

O APREGOADOR

Contanto que haja luz de delação apontada para a cara dos abnormes, tanto faz que ela venha da lua ou da rede elétrica.

A IMPOSTORA

Molhada de chuva, mas precavida contra a vigilância do Olheirento, continuo pelas ruas.

O BEM COMPOSTO

Molhado de chuva, preciso me esquentar. Vou para o mesmo bar de ontem. Se eu beber, como já bebi, talvez caia, como já caí, e perca um dente, a compostura e o nome que não quero mais manter.

O APREGOADOR

São seis horas. Estão ouvindo, citadinos? É a ave-maria. Não vou me animar muito porque, segundo o sr. Decoroso, não pega bem para um alto funcionário da inquisição estimular o culto a um Deus de partida.

A IMPOSTORA

Ah, eu queria tanto ouvir a voz cantante desse filho da paróquia... Um timbre assim não deveria ser desperdiçado apenas repetindo ditados decorosos.

O OLHEIRENTO

Acho que a Impostora voltou a falar alguma coisa... Mas, com a música que vem do alto-falante da igreja, não consegui compreender direito. Como tem fiel espalhado nessa cidade! Será ela mais uma? Impostores fiéis existem aos montes.

UM FIEL

Eu creio.

OUTRO FIEL

Eu creio. Mas tranco a porta de casa com cadeado, não dou

bom-dia para quem não conheço, olho para os dois lados antes de atravessar a rua e não deixo minha mulher sair de saia curta.

UMA INFIEL

O que eu faço de saia curta faço também de saia longa.

O APREGOADOR

Fiéis mesmo são os condenados a se dependurar, com suas mãos, dentes e outras partes do corpo agarrados ao seu suspenso e penoso altar.

A IMPOSTORA

Que comovente exemplo de fidelidade ao sr. Decoroso: mesmo magoado, o Apregoador apregoa em seu lugar.

O OLHEIRENTO

A Impostora é a nossa serpente. A qualquer hora, reconheceremos essa piadista social pelo enrodilhamento de seu corpo fantasiado de ofídio e pela maçã pecadora que deve trazer consigo, ofertando-a às réplicas de Eva e de Adão que encontrar neste centro chuvoso de cidade.

Ruas e gente barulhentas! A sra. Amada tem razão em fechar as janelas de sua casa. Aqui todos falam ao mesmo tempo, e é difícil escutar com atenção uma frase até o final. Quando os ditames do sr. Decoroso forem os únicos enunciados admitidos nesta praça citadina, esse problema estará resolvido.

O APREGOADOR

Esse dia chegará!

O OLHEIRENTO

Como é que o Destinatário fazia, quando ainda dava expediente e cuidava dos destinos humanos, para ouvir até os nossos pensamentos mais secretos e libertinos? Invejável e ambicionada onisciência. Ainda não consigo competir com Quem vem Se aprimorando desde o início dos tempos. Mas estou melhorando.

O APREGOADOR

A existência de alguém como Ele custa muito ao crente: ir ao templo periodicamente, acender vela, recitar orações, ajoelhar-se repetidas vezes, jejuar e arrepender-se. A trabalhosa crença é a ferramenta com que a Divindade Se atarraxa no firmamento de onde costumava governar.

O OLHEIRENTO

Eu, como um olheiro de oposição, comprometido que estou em vigiar os aldeões, dependurado na mesma corda que amarra meu irmão Apregoador, mantenho a rede sempre pronta para o lançamento. Basta que o Destinatário ponha Sua cabeçorra para fora de alguma nuvem, e eu O apanharei.

O APREGOADOR

Os culpados por se consumir já sabem que não devem desperdiçar suas mãos com o terço nem com súplicas diante de gesso pintado de santo. É bem longe do balcão divino que a culpa se negocia. Nisso, como em tudo mais, o sr. Decoroso é didático: acuse qualquer um, e a culpa aparecerá.

O OLHEIRENTO

O Bem Composto caminha para o mesmo bar onde esteve na noite passada. Não para junto aos pontos de ônibus cheios de gente que ele gosta de observar, nem faz menção de julgar a roupa alheia. O alfaiate desvia-se de uma ou outra pessoa que está em seu trajeto e desce a lateral da igreja.

A IMPOSTORA

O Olheirento não tem como saber que sou eu a moçoila de quem o Bem Composto acaba de se desviar. Ando tão molhada na chuva quanto o meu colega de calçada.

O OLHEIRENTO

O Bem Composto deve continuar a beber hoje o que ontem não conseguiu terminar.

O BEM COMPOSTO

Cruzei com uma moça tão molhada quanto eu, vestindo uma roupa que, seca, deve ser boa de esfregar. Mas agora preciso me entreter, agora preciso me esquentar. Assento-me, vem o garçom.

Vou molhar a sua cadeira.

Pode molhar à vontade, senhor. Não tem nada seco nesta cidade hoje.

Grato.

Achei que o amigo não fosse vir.

Não era mesmo dia de vir.

Mudou de ideia bem na hora.

Na hora de quê?

De garantir a mesa. Eu já ia assentar outro cliente aí.

Eu beberia de pé.

O dia não foi bom?

E, como se não bastasse, estou completamente molhado.

Toalha? Guardanapo?

Prefiro um pouco mais daquilo que eu bebi ontem.

A garrafa ficou pela metade.

Me traga essa metade, então.

O OLHEIRENTO

Acima da avenida, na outra direção, a sra. Amada está diante da vitrine onde fica dependurado o tecido que ela deseja para o vestido que um dia ainda vai mandar fazer. Para que festa? Ela ainda não sabe. Mas ela sacode a sombrinha, bate os pés no chão para tirar o excesso de água e fita o pano de sua preferência.

Normalmente, numa hora dessas, a senhora já estaria à espera dos Filhos e do Esposo, que, com a chuva de hoje, devem se atrasar. Mas, se chegarem, será que se contentarão com a mesa posta e o jantar no fogão? Encontrarão algum bilhete com explicações? A mesa posta e o jantar no fogão eu consigo ver daqui; o bilhete, não.

Com cinco passos atabalhoados mas decididos, a senhora

sobe os degraus da entrada da loja. Lá de dentro vem um vende-
dor, a quem a senhora imediatamente pede o pano para comprar,
e ele, de metro na mão, pergunta quanto de tecido ela vai querer.

OS ANDARILHOS

Estamos perto.
Quase chegando.
Você já vê a enxurrada que se forma?
Vejo.
Você acha que essa enxurrada vem do transbordamento da
água do rio?
Não sei.
E se o rio não tiver transbordado?
A gente se joga na enxurrada mesmo.

O OLHEIRENTO

A sra. Amada sai da loja e abre a sombrinha. A chuva au-
menta. E agora já está escuro. Enxergo com dificuldade. Deixa
eu mudar de posição. Vejo daqui... que ela pondera sobre duas
direções a tomar; então, toma uma delas. Começa a caminhar
abraçada ao seu embrulho.

A IMPOSTORA

Passei, há pouco, pelo alfaiate e agora dou com a sra. Amada
saindo da loja de tecidos com um embrulho na mão. Na rua, ela
olha para todos os lados. Dá um passo à direita. Dá um passo à
esquerda. Segue, de súbito, até a primeira esquina.

O OLHEIRENTO

É mesmo a sra. Amada quem dobra a esquina? Não tenho mais certeza. Confundo sua sombrinha com outras tantas.

A IMPOSTORA

Sigo-a. Ela para. Olha, de novo, para os lados. Dobra a esquina. Segue apressada por todo o quarteirão até a esquina seguinte. Dobra-a também e segue. Na altura do mesmo ponto de ônibus por onde sempre passa a Quituteira a caminho de casa, a Amada para de novo e assenta.

O OLHEIRENTO

Perco a senhora de vista!

A IMPOSTORA

Caminho logo atrás da sra. Amada. Será que o Olheirento nos acompanha? Talvez se eu encurtar a minha saia ou lhe mandar uns beijinhos... Lá de cima, ele não pode ter certeza de quem se disfarça e de quem anda de cara lavada. Cá estou eu, e a cara que tenho é verídica ou fantasiada?

O mais importante vigia da inquisição deve ter seus momentos de folga. Gostaria de saber para onde ele olha quando não está a vigiar. Lamentável deve ser olhar para onde se é obrigado. Pelo Olheirento fui chamada de serpente. No entanto, aqui embaixo não tem Éden. Mas sou sibilante, sou perita em me fantasiar e me enrodilho com facilidade. Por que não poderia carregar uma simples fruta? Devo-lhe uma maçã, Olheirento. Pode cobrá-la quando conseguir me reconhecer.

O OLHEIRENTO

Ouço a Impostora. Seu murmúrio, mais uma vez, não vem de dentro de um apartamento. Ela está na rua, e numa área próxima do lugar onde vi a sra. Amada pela última vez, eu acho. Posso apostar, vem de lá. Mas a chuva não me deixa ver quase nada. Cortina impossível! Agora, não me deixa ver nada. No passado, as pessoas se fantasiavam de sereia, de bailarina, de joaninha. Nestes tempos vigaristas, alguém pode se fantasiar, desonestamente, até de si mesmo.

A AMADA

Trazendo meu embrulho de tecido junto ao peito, dobro duas esquinas e assento num ponto de ônibus.

O OLHEIRENTO

Honestidade era exibir barbatana, sapatilha e carapaça bicolor. Honestidade era ter escama, colante e antena. Hoje, a fantasia mais ordinária é também a mais convincente e brilha nesse baile canalha que é a vida. Talvez a Impostora reúna, no fim do dia, amigos tão impostores quanto ela para rirem todos de piadas impostoras sobre mim.

A IMPOSTORA

Daí de cima, Olheirento, você me procura como o Bem Composto procura um alfinete que cai no chão da sua alfaiataria ou que entra nas dobras de sua própria roupa. Mas o alfaiate tem sido mais eficiente ao localizar o metal perdido do que você em me localizar nesta cidade. E não se pode alegar, em sua defesa, que um alfinete se disfarce: quando cai no chão, ele se disfarça de friso, de fresta, de sulco na madeira, de raja, de trama de carpete, de rejunte de cerâmica; quando entra na roupa, ele se disfarça de cós, de cintura, de linha, de pesponto, de cabelo do peito. Mas ainda assim o Bem Composto não passa a vida procurando-o. Ele não faz de cada alfinete perdido a razão de seu trabalho.

O OLHEIRENTO

De onde você fala, Impostora? Exponha-se!

A AMADA

Não sei por que me assentei aqui. Depois de comprar o meu pano, eu devia ter voltado logo para casa.

A IMPOSTORA

Chove ainda, já é noite, e você, Olheirento, não consegue saber de onde eu falo, mesmo estando eu exposta na rua. Sem a minha sibilação característica, como é que você poderia me distinguir de tudo o que ouve, se falo misturada a todas as outras vozes desta cidade? Cada um tem sua pronúncia: uns falam como se grunhissem, outros falam como se gemessem; uns falam como se reclamassem, outros falam como se rissem; uns falam como se chorassem, outros falam como se tropeçassem. Só vocês, serviçais dessa inquisiçãozinha ordinária, é que escolheram remedar a decorosa pronúncia de um homem só.

O OLHEIRENTO

Tenha coragem de abrir mais a boca, tenha coragem de empostar a voz!

A AMADA

Ainda assim, antes de ir embora deste ponto de ônibus, seria bom eu dizer, talvez, algo mais sobre o que sobra, que pensei enquanto caminhava depois de sair da loja...

A IMPOSTORA

Eu apenas sibilo. Para sibilar, não é preciso abrir muito a boca: mesmo que esteja olhando diretamente para mim, você não pode ter certeza de que estou a falar, Olheirento. Eu falo, mas me fantasio de quem se cala. Você tem toda a razão, querido vigia: não existe disfarce melhor do que se disfarçar daquilo que se é. E eu, eu sou a Impostora.

A AMADA

Considerando todas as coisas que eu tenho além da conta...

A IMPOSTORA

A sra. Amada está sentada num banco de ônibus onde também venho a me sentar. Será também fantasia o que ela carrega dentro do embrulho que acomodou no colo? E se eu me vestisse exatamente como se veste a Amada e imitasse todos os seus modos? E se eu fosse, em seu lugar, ter com seus Filhos e com o seu Esposo e me passasse, com competência, por mãe e esposa durante esta noite?

A AMADA

Entre almofadas, porta-retratos e adornos...

A IMPOSTORA

Se o Olheirento não me diferencia das outras pessoas que vê, e ainda diz que estou disfarçada, disfarçada de mim, é que, disfarçada de mim, estou também disfarçada de todo mundo: visto as roupas que todo mundo veste, componho com o rosto as mesmas expressões dos rostos alheios, mantenho os braços onde os outros os mantêm, disponho as pernas como os outros as dispõem, comporto-me, de modo geral, como todos se comportam.

A AMADA

E, misturada à minha sorte, quanta sorte tenho eu...

A IMPOSTORA

O que me difere, então, desta Amada que tenho ao lado?

A AMADA

Penso que, de tudo quanto tenho...

A IMPOSTORA

Temos, ambas, sapatos, bolsa e vestido. Temos cabelo e nos assentamos no mesmo banco. Temos, ao nosso redor, as mesmas pessoas e, em nossa frente, o mesmo ônibus. Estamos, ambas, molhadas da mesma chuva que caiu na mesma cidade onde moramos.

A AMADA

Talvez seja amor o que eu tenha demais.

A IMPOSTORA

Ou não existe impostura minha, ou impostoras somos nós duas.

A AMADA

Tenho amor a sobrar.

A IMPOSTORA

Do que melhor poderia se fantasiar uma mulher que não aguenta mais o amor do que de uma impostora mulher amada?

13.

Que trata da chegada da família da sra. Amada em casa

ESPOSO E FILHOS DA AMADA

Chegamos, mamãe.
Estou com fome.
Eu também.
Estou cansada.
Eu também.
E eu, pai, estou com fome e cansada.
Todos nós estamos!
Mamãe?
Mamãe, chegamos!
Minha esposa amada? Meu amor?
Vou tomar banho.
Deixa eu entrar primeiro.
Nem pensar, nem pensar.
O banheiro também é meu.
Eu falei primeiro.
Estou apertada!

Vai rápido, então.

Vou pegar alguma coisa para comer.

Não vai, não. Sua mãe deve ter preparado o jantar. Amada?

Mamãe?

Amada, cheguei!

Mamãe, onde você está?

Amada?

Mamãe, o papai também chegou!

Filha, onde está a sua mãe?

Não está no quarto?

Estou vindo de lá.

Nem no banheiro? Deve estar no banheiro.

Já olhei. Não está. E no quarto de vocês?

Mamãe?

Amada?

Mamãe?

Nada. Na cozinha você viu?

Não, vou olhar.

Já olhei. Não está.

Não está?

Não está.

Na área...

Minha Amada!

Mamãe!

Não está.

Não está?

Não está.

A IMPOSTORA

Se eu me passasse com competência pela senhora e em
sua casa começasse a morar, teria de me acostumar a usar uma

única e permanente fantasia, a de ser uma mulher amada, e com isso asseguraria para mim uma família de amantes sempre a me querer, me procurar pela casa, me esperar.

A chuva diminui. Permaneço ao lado da senhora. Vaga um lugar ao seu lado; ocupo-o; ela se ajeita, apertando o embrulho. A Amada cheira a sabonete, talco, creme para mãos.

O OLHEIRENTO

A chuva está diminuindo de novo. Com menos água caindo, minha visibilidade melhora. Aonde a sra. Amada terá ido? Perdi-a no meio de tantas sombrinhas e atrás de tantos pingos. As luzes do seu apartamento estão acesas. Seu marido... está lá. Os filhos... o rapaz... uma das moças... e a outra... correm pela casa... com as mãos na cabeça. A sra. Amada ausenta-se. O marido olha pela janela. O filho o acompanha. Uma das moças... pelo ângulo... não consigo ver direito... ah, está no telefone. A outra, na cozinha, parece saltar, com desespero.

Baixo a cabeça e olho para as ruas molhadas. Depois, ergo-a para ver o horizonte sem beleza desta noite. Do interior do apartamento da senhora, ecoam gritos que mais se aproximam ora do comovente ora do ridículo. Neste exato momento, estão mais para o comovente. Não, engano-me: estão mais para o ridículo. Mas quanto não vale ser uma mulher amada numa hora dessas e ter uma prole e um marido gritando por você? Vale até o ridículo.

A AMADA

Preciso voltar para casa.

A IMPOSTORA

A chuva diminuiu, e o ponto de ônibus se esvazia. A sra. Amada levanta-se. Abraça seu embrulho. Vai embora.

O APREGOADOR

Ô Olheirento, por que é que você fica perdendo tanto tempo com a gentarada? Você já viu, já ouviu, viu de novo, ouviu de novo... Agora, relaxe. A inquisição precisa descansar um pouco. Vamos começar torcendo nossas roupas e tirando a água de dentro dos nossos ouvidos? Estamos encharcados. A gente fica cuidando da vida de todo mundo, mas já reparou que ninguém cuida da vida da gente? Quem olha por nós? O Destinatário? Você sabe que Ele não olha mais por ninguém aqui embaixo. O sr. Decoroso? Se a gente não reservar um pouco de tempo para nós mesmos, vamos ficar uns trapos suspensos, se é que trapos nós já não somos.

Você não tem uma tesoura aí? Não? Faz tanto tempo que não aparo meu cabelo... E um cortador de unhas? Também não? Que inútil você é, hein? Faz tanto tempo... Quanto tempo, você sabe? Não sabe? Não se lembra? Que inútil você é mesmo! Mas você é meu irmão, é inútil mas é meu irmão. Não quero ofendê-lo. Só estou dizendo isso porque... Custava ter um cortador de unhas? Está bem, esqueça o cortador. Mas a tesoura... Está bem, esqueça também a tesoura. Olheirento, pare de olhar lá para baixo e vire sua ponta da corda para cá. Anda, não se faça de desentendido.

O OLHEIRENTO

Você não disse que eu sou inútil? Que utilidade eu teria olhando para você? Tenho de continuar a trabalhar.

O APREGOADOR

Você não é inútil, está bem? Não é. Eu falei por falar. Não me leve tão a sério. Vamos, descanse um pouco.

O OLHEIRENTO

Ninguém nos dá importância, porque não somos importantes. Ninguém cuida da gente, porque não somos dignos de cuidado. Se, pelo menos, fôssemos modernos...

O APREGOADOR

Lá vem você...

O OLHEIRENTO

Eu fico vendo essas pessoas, esses prédios, esses veículos, todos os dias, daqui de cima...

O APREGOADOR

O que tem eles?

O OLHEIRENTO

Moderno é quando a gente é novo? Ou é outra coisa?

O APREGOADOR

Ué, você é quem deveria saber, já que deu para falar de modernidade. Quem é que disse que a gente era moderno?

O OLHEIRENTO

Não sei bem quem disse. Disseram por aí. Alguma autoridade, talvez. Se ser moderno é ser novo, então não somos modernos. Veja esta cidade: nosso edifício está aos pedaços; a vizinhança é malconservada; existem montes de carros andando por aí que não deveriam sair da garagem. E não é só o que a gente consegue ver por fora. Sabe o encanamento? Estourado. O esgoto? Entupido.

O APREGOADOR

Mas ninguém nasce de bengala. Não há muitos nascimentos? Mais nascimentos que mortes? Então, nas pessoas, ainda há modernidade.

O OLHEIRENTO

As crianças já estão nascendo gastas; gastas e cansadas; gastas e usadas; gastas e enfraquecidas. E nós estamos ficando velhos.

O APREGOADOR

Nós?

O OLHEIRENTO

Nós.

O APREGOADOR

Há quanto tempo estamos aqui?

O OLHEIRENTO

Há muito tempo.

O APREGOADOR

Bom... se é como você diz... e se você faz tanta questão... sejamos modernos, então! Sejamos modernos enquanto é tempo!

O OLHEIRENTO

Assim, sem mais nem menos?

O APREGOADOR

Tem outro jeito?

O OLHEIRENTO

Bem... acho que não. Sejamos, então!

O APREGOADOR

Tá. Você primeiro.

O OLHEIRENTO

Eu o quê?

O APREGOADOR

Seja moderno, ora. Não foi você quem começou com esse assunto? Não foi você que ouviu, com seus ouvidos de onisciente, que esta cidade deveria ser moderna? Não é você que acha tudo velho e acabado? Estamos atrasados na modernidade. Daqui a pouco, já seremos outra coisa, sem termos sido aquilo que tínhamos de ser.

O OLHEIRENTO

Você lembra como estava a pia do nosso banheiro antes de a gente vir para cá?

O APREGOADOR

A pia do banheiro? Hum... Faz tanto tempo... Não me lembro.

O OLHEIRENTO

Estava entupida. Não descia nada. A gente não era asseado,

284

claro, mas, na última vez que fui me lavar, enxaguei o rosto e a água ficou represada.

O APREGOADOR

Será que aquela água ainda está na pia?

O OLHEIRENTO

Deve estar.

O APREGOADOR

Então é a água da sua última lavação de rosto, antes de se tornar um funcionário do decoro. E a toalha? Você usou a toalha para se enxugar?

O OLHEIRENTO

Não faço a menor ideia. Devo ter usado.

O APREGOADOR

Usávamos sempre a mesma toalha. Nunca lavamos.

O OLHEIRENTO

Depois daquele dia, nos juntamos à inquisição.

O APREGOADOR

Não dá para ser moderno com uma toalha suja dos nossos rostos e uma pia cheia de água remota. São marcas de uma era temível. Não podemos voltar ao que éramos. Não podemos ter em nossa casa prova do que já fomos.

O OLHEIRENTO

Precisamos eliminar a toalha. E desentupir a pia. A única forma de memória aceitável pela inquisição é aquela usada para alimentar a culpa.

O APREGOADOR

Em prol de nós mesmos, em prol da modernidade, em prol da inquisição. Mas, para jogar a toalha fora e desentupir a pia, temos de sair daqui por um momento.

O OLHEIRENTO

O sr. Decoroso não pode saber disso. Apenas um de nós vai. Se ele perguntar pelo outro, o que ficou poderá responder-lhe.

O APREGOADOR

Ou, até mesmo, mentir.

O OLHEIRENTO

Não podemos mentir. Não somos bons nisso. E tem mais: um de nós não pode sair sem o outro. Estamos, cada um, numa ponta da corda. Se um sai, o outro cai.

O APREGOADOR

Bom, se não podemos mentir e não podemos sair...

O OLHEIRENTO

Não podemos.

O APREGOADOR

A toalha vai ter que ficar para depois.

O OLHEIRENTO

E a pia.

O APREGOADOR

E a modernidade.

O OLHEIRENTO

Sim. Mas para quando?

14.

Em que a sra. Amada reencontra a família, e uma briga incomum surpreende a vizinhança

A IMPOSTORA

Fiquei sozinha no banco do ponto de ônibus, a chuva passou, as enxurradas estão encorpadas pelo desaguamento, e a calçada volta a ter os pedestres que se protegiam debaixo das marquises. Daqui a pouco, a sra. Amada estará de volta à sua casa, para ser abraçada e beijada pelo Esposo e Filhos.

O PRESTÁVEL

Alguém quer uma toalha? Uma roupa seca? Um secador de cabelo?

O OLHEIRENTO

Não deixo de achar um pouco de graça na atrapalhação da família da Amada. O filho não para de correr pela casa, como se nalgum cômodo pudesse ainda encontrar a mamãe. Está aflito? Ô se está. Como poderá papar sem a Amada ao lado? Coitadinho dele, do seu papai e de suas duas irmãs. Jantarão, e uma cadeira permanecerá vazia ao redor da mesa. Ou preferirão jejuar? A fome costuma ser um bom teste para o amor.

Mas não... Esperem. Não será mais assim. Preocupa-se à toa o filhinho: sua papa está garantida, e nenhuma cadeira ficará sem uso durante o jantar. Pois justo agora... próxima aos táxis parados na rua de baixo... vem surgindo da esquina a Amada. Caminha trazendo o mesmo embrulho que tinha nas mãos quando deixou a loja de tecidos. O que ela terá feito durante a tempestade?

No sentido oposto ao da senhora, quem vem lá é o Bem Composto. Mais enxuto do que quando o vi, mais cedo, descendo em direção ao bar, e mais trôpego com todos os brindes que fez durante a bebedeira. Vai para casa, certamente, e cruza com a Amada, mas de novo não se olham, pois a senhora anda atenta ao embrulho, e o alfaiate, voltado para os seus tropeções. A senhora entra no prédio onde mora.

A AMADA

Tomo o elevador. Chego ao meu andar. Abro a porta de casa. Corre na minha direção a minha amada recepção.

ESPOSO E FILHOS DA AMADA

Mamãe!
Mamãe!
Mamãe!
Minha esposa! Minha Amada! Minha vida!

A AMADA

Meu Esposo e meus Filhos vêm todos juntos. Rodeiam-me, abraçam-me. Beijam-me.

ESPOSO E FILHOS DA AMADA

Onde você estava? Ficamos desesperados!
Desesperados!
Desesperados!
Desesperados!

A AMADA

Foi só uma saidinha.
Saidinha? Mas você demorou tanto, mamãe!
Você nunca sai de casa a essa hora, Amada. Está muito molhada?
Está, mamãe?

A AMADA

Só um pouco, só um pouco.

ESPOSO E FILHOS DA AMADA

Não, mamãe. Você está muito molhada.
Veja os seus sapatos!
A barra do seu vestido!
Essa hora é a hora de a gente chegar do colégio, mamãe.

E o papai, do trabalho.

Você nunca fez isso antes, mamãe.

A gente está com fome, mamãe.

Muita fome, minha Amada. E mais preocupado ainda do que com fome.

A AMADA

Mas eu deixei a mesa posta!

ESPOSO E FILHOS DA AMADA

Nunca jantaríamos sem você, Amada.

Ficamos preocupados, mamãe.

E com saudades.

Muitas saudades!

Não vamos parar de abraçá-la, mamãe.

Não vamos, Amada.

A AMADA

Mas eu nem demorei muito!

ESPOSO E FILHOS DA AMADA

Demorou, sim.

Demorou demais!

A gente ligou para um monte de gente.

Minha Amada, nunca mais faça isso. Ficamos muito, muito, muito preocupados.

Desesperados!
Não faça, mamãe.
Não faça, mamãe.
Aconteceu alguma coisa para você sair assim, Amada?
Aconteceu, mamãe?
Minha Amada, fale para nós por que você saiu.
Enquanto isso, ficamos abraçados a você.
E beijamos o seu rosto.

A AMADA

Dei uma andadinha pelo Centro. Só isso. Para me distrair.

ESPOSO E FILHOS DA AMADA

Distrair de quê, minha Amada?
Distrair de quê, mamãe?
Você está precisando de distração, mamãe?
Está?
Você pensou em nós o tempo todo, não foi, mamãe?
O tempo todo, mamãe?
E comprou alguma coisa, mamãe?
O que é que você comprou?
Alguma coisa está faltando, minha Amada?
Falta alguma coisa, mamãe?
Falta?
Falta?

A AMADA

Não, não comprei nada de mais. Foi só uma coisinha.

ESPOSO E FILHOS DA AMADA

Coisinha, mamãe?

O que você comprou?

Que coisa você precisava, minha Amada? Nós já temos tantas coisas!

Tantas coisas!

Nosso amor por você aumentou, minha Amada.

Não para de crescer, mamãe.

Está transbordando, mamãe.

A AMADA

Vamos jantar?

ESPOSO E FILHOS DA AMADA

Não queremos parar de abraçá-la, minha Amada.

Não vamos parar, mamãe.

Nunca pararemos!

Deixe o embrulho no chão e nos abrace melhor, mamãe.

Eu seguro o embrulho para você, Amada.

Largue o embrulho, mamãe.

Amamos você, mamãe!

Minha Amada! Promete que não vai mais nos deixar sozinhos?

Promete, mamãe?

Não se preocupe em comprar nada, minha Amada. Eu comprarei para você pelo menos um pouco de tudo que existir.

A AMADA

A comida deve ter esfriado. Vou esquentar. Podem ir para a mesa.

Vamos esquentar a comida com você, minha Amada.

Sempre com você, mamãe.

Com você, mamãe.

Não deixaremos você sozinha um só minuto, minha Amada.

Não deixaremos, mamãe.

Não deixaremos, mamãe.

Não deixaremos, mamãe.

O OLHEIRENTO

Ensina o Decoroso que a bobeira é uma enfermidade mais democrática do que qualquer política municipal. Não custa desconfiar de quem a gente já conhece, mas é também minha ocupação denunciar novos suspeitos e, com a parceria do meu irmão, difundir as verdades da inquisição.

Aquele homem ali embaixo só agora sai da casa lotérica. Ele baixa a porta e aproveita que está curvado, fechando o cadeado, para amarrar os sapatos. Parece o homem feliz? Nem feliz, nem triste. Agora vai para casa jantar, tomar um banho, afagar o cachorro, beijar a esposa e descansar.

O APREGOADOR

Você acha que ele vai deixar do lado de fora da porta de sua casa as injustiças e as amarguras de sua vida?

O OLHEIRENTO

Ele tem amarguras? Sofre injustiças?

O APREGOADOR

Todo mundo tem, todo mundo sofre.

O OLHEIRENTO

Bom, então acho que vai.

O APREGOADOR

Quanta ilusão.

O OLHEIRENTO

Se você acha que aquele homem está equivocado, aproveita que ele também está distraído, mano, desabotoando a camisa e esticando os braços para espreguiçar. Faça-o tremer com a palavra do nosso Decoroso.

O APREGOADOR

É o que farei. Observe e escute.

Ei, você, que vendeu bilhetes de loteria até agorinha! Que fechou o cadeado e agora está amarrando os sapatos! É, você mesmo! Está felizinho? Acha que pode ficar à vontade, já que o expediente e a chuva terminaram, abrindo os botões da camisa e espreguiçando? Você acha mesmo que o sofá da sala pequena do seu apartamento vai lhe dar mais conforto do que o meio-fio desta rua? O senhor preza a sua geladeira e o seu fogão, contra a fome do mundo? O senhor ama a sua cama, de onde testemunha a harmonia do seu recôndito lar?

Pois saiba que cada dobra do seu cobre-leito pertence à cidade; que a sua mão lavada com sabonete pertence à cidade; que seu medo da escuridão, sua vontade de trair sua esposa, sua subserviência ao patrão pertencem à cidade; até mesmo a estima servil do seu cão pertence à cidade. Como o poste, o hidrante e as enxurradas, o senhor pertence a esta cidade. Daqui ninguém escapa! Não se afoite, portanto, a chegar em casa e salvaguardar do mundo seu corpo bento de assalariado, reservando-o à futura felicidade. Seu corpo não é bento. Esqueça a felicidade. O senhor é porcionário do que temos de melhor e, sobretudo, do que temos de pior, que é o que mais temos!

O OLHEIRENTO

Veja como o homem corre!

O APREGOADOR

Então vamos rir do homem!

O OLHEIRENTO

Riamos sempre desse e de outros homens.

O APREGOADOR

Riamos!

Sacudido de rir, ajeito-me na corda do lado de cá. Já disse o Decoroso que em todo homem ordinário há pelo menos um pouquinho de bobeira. Mas devem existir mais modalidades de bobos que ainda não conseguimos classificar. Bobos que correm. Bobos que tomam susto. Bobos que pensam ser felizes. Bobos que sorriem por nada. Bobos que acreditam saber muitas coisas. Bobos que conseguem dormir uma noite inteira. Bobos que afirmam não ter problemas na vida. Bobos que juram não guardar rancores. Não guardar rancores? Que coisa mais sem propósito! Que bobeira! De que serviria um rancor se não pudesse ser guardado?

AS VIZINHAS

Dizem que, toda noite, a senhora é amada pelo Esposo.

Dizem que ele gosta de se despir primeiro e esperá-la.

Dizem que ela se deita no leito conjugal quando escuta seu nome ser repetido entre recitações de amor.

Dizem que, quando ela chega, ele se deita sobre ela e diz, mais uma vez e com a boca colada ao seu ouvido, que a ama.

Dizem que ele sempre pede a ela que o abrace e que, com as mãos suadas, alise suas costas de recitador amante.

A IMPOSTORA

Vago pelas ruas próximas à casa da sra. Amada. Lá em cima, no seu apartamento, as luzes estão a se apagar. Falta a luz do quarto da senhora, que só se apaga quando ela está para se deitar.

Se o Destinatário fosse um Deus ainda proficiente, eu Lhe pediria numa oração ou simpatia que providenciasse alguém a me esperar em casa ainda esta noite. Com ele, eu deixaria as luzes de todos os cômodos sempre acesas, e assim não o perderia de vista um só instante. Então eu me deitaria, talvez como se deita a Amada, para que ele fizesse comigo qualquer coisa além do que eu já faço, que é me disfarçar. Eu deixaria que ele mesmo tirasse a minha roupa, provando para mim, a cada peça retirada, que eu tenho um corpo que pode passar sem elástico, sem zíper, sem miçanga, sem babado, sem brinco, sem lenço no pescoço, sem presilha nos cabelos, sem luvas. Eu viveria muitos dias com essa pessoa que estivesse hoje a me esperar, e mesmo muitos anos, caso ela também quisesse. E, ao envelhecer assim, eu ganharia mais estrias de amor que de maquiagem, e voltaria para casa mais cedo nas tardes e noites em que chovesse tanto, como hoje choveu.

O OLHEIRENTO

Pelo jeito, a Impostora está por perto. Mas onde foram parar os Andarilhos, que caminhavam em direção ao rio para serem arrastados pela água transbordada?

OS ANDARILHOS

Enxurrada!
Enxurrada!

A IMPOSTORA

Quem me toma por Impostora considera que eu tenha,

debaixo deste corpo que aparento ter, um corpo de verdade. Pois, se este corpo que tenho é uma mentira com a qual pretendo enganar esta comunidade, e em especial o sr. Decoroso, então meu corpo não deve pertencer originalmente a mim, como uma joia roubada que eu tivesse passado a usar, atrevida.

Não pertencendo a mim o meu corpo, deve pertencer então a outrem, visto que, nesta altura dos acontecimentos da minha vida e da vida desta cidade, não deve existir mais nada que não tenha propriedade. Se meu corpo é algo que tirei de seu dono de origem, circula por aí gente sem corpo, gente sem rosto, à espera de recapturar o que lhes foi surrupiado.

Acreditando que estejam certos os que me chamam de Impostora, estou disposta a devolver o que furtei. Mas preciso que venham me dizer a quem devolver estas pernas e braços, estes seios e cílios, esta barriga e pés, esta vagina e joelhos, esta bunda e nuca. Que me instruam sobre o que fazer com as partes ilegais que uso diariamente, reclamando posse. Se o que sou não passa de um conjunto de peças de disfarce, recolham-me a um guarda-roupa, desfazendo, numa prateleira de armário ou num cabide, esta minha falsa identidade. E, então, que deem destino ao que sobrou de mim, se o que tiver sobrado também não for falso.

Paro na frente do prédio do sr. Decoroso. Seria eu uma visita muito inconveniente?

O ESPELHEIRO

A mulher que atende pelo nome de Impostora me encomendou muitos espelhos, um para cada canto da sua casa, e pediu que nenhum deles tivesse moldura. Uns eram fixos na parede; outros, móveis; uns, menores; outros, para ver o corpo inteiro. Instalei cada espelho de acordo com as indicações da cliente. Limpei todos eles com capricho antes de ir embora. Ofereci desconto, mas a cliente disse que não era preciso.

AS VIZINHAS

Dizem que os espelhos da Impostora são para ver se todas as partes do corpo que tem são dela mesmo.

Especialmente o rosto.

Dizem também que, de vez em quando, ela cobre todos eles com panos negros, chamando-os de mentirosos, e fica sem se ver refletida durante dias inteiros.

Cobre especialmente os espelhos que, mais de perto, mostram o seu rosto.

Um espelho não diferencia a beleza da feiura.

Um espelho mostra a feiura e a beleza ao mesmo tempo.

Em casa, eu só tenho dois espelhos. Um para o corpo todo, um só para o rosto.

Eu só tenho um. Um espelho para tudo.

A gente nunca deve ficar olhando muito um espelho.

A gente só deve olhar para o espelho na hora de se aprontar para sair.

Quando eu quero saber se estou bonita, eu pergunto para o meu marido.

Eu não pergunto para ninguém. Sei quando estou bonita.

Eu também sei quando estou bonita. É que eu também gosto de saber se o meu marido está me achando bonita.

Meu marido sempre me acha bonita.

Não acha.

Acha.

Não acha.

O OLHEIRENTO

Todos em casa? Quase todos. Mas ainda dá para ouvir, aqui e ali, a coletividade criticar o transporte coletivo. Criticar os abrigos coletivos. Criticar as decisões coletivas sobre o orçamento do município. Os programas de distribuição de remédios. De distribuição de alimentos. As metas coletivas de redução de violência na periferia.

O APREGOADOR

A coletividade não quer mais nada que seja coletivo.

O OLHEIRENTO

Isso posto, vamos ouvir a briga das Vizinhas, que começou de janela a janela e agora avança pelo corredor do andar onde moram. A altercação versa, numa ordem imprevista, sobre feiura, feminilidade, maridos, outras vizinhas, maridos das outras vizinhas, a probidade do Decoroso e a identidade da Impostora; agora, as duas abordam coleta irregular de lixo, visitas inoportunas e o uso das vagas na garagem.

O APREGOADOR

Até aí, nada de novo. Brigas como essa animam corredores de todos os prédios no centro desta cidade.

O OLHEIRENTO

Mas não devemos desperdiçar a oportunidade de observar

que, em arranca-rabo de gente ordinária, os contendores estão dispostos a desembainhar facas de cortar pão e espetos de churrasco para fazer valer diretamente, dispensando advogado e audiência, os direitos que presumem ter.

UMA VIZINHA

Daqui já escuto os gritos.

UM MARIDO DE VIZINHA

Falaram meu nome aí, mas eu não tenho nada a ver com isso.

A SÍNDICA

Novela por novela, prefiro a da televisão, que, aliás, já está terminando.

O PORTEIRO

Eu é que não vou lá separar.

O APREGOADOR

O sr. Decoroso encomendou ao alfaiate uma toga para o exercício da sua lei, mas, nesta cidade, o direito também se disputa com rolinho nos cabelos, e as arenas são pisadas com ódio e sandálias de tira de borracha.

O OLHEIRENTO

Na cara do adversário, erguem-se as pontas dos dedos sujas de esmalte descascado e nicotina: são as mulheres, que conferem o tamanho dos muques e de seus barrigões de grávidas.

O APREGOADOR

De vez em quando, aparecem os maridos, que chegam tropeçando na barra das suas próprias calças de pijama. Quando necessário, entram na confusão também os filhos, conferindo a munição de suas pistolas d'água e atirando com precisão.

O OLHEIRENTO

Eu aposto numa vizinha: tem mais muque!

O APREGOADOR

Eu aposto na outra: tem mais unha!

15.

Quando os cidadãos são conclamados a dormir

O OLHEIRENTO

Ah, agora, sim, as ruas estão vazias. Aquietou-se a fanfarra social. Quanta gente para vigiar! E o Decoroso? Depois que chegou em casa, nem sequer foi à janela. Deve estar sonhando com os próximos réus. Ainda bem. Garantir sua onisciência cansa bastante. Agora posso descansar. Mas nunca dormir. Uma inquisição até descansa, mas não dorme. Feliz do Apregoador, que não precisa apregoar o tempo todo. Como estão os meus olhos? Ardidos de ver. E meus ouvidos? Atrapalhados com tantos zumbidos.

Todas as noites, meu irmão e eu relentamo-nos. No início de nosso tempo de dependura, acompanhando daqui de cima as peripécias do Decoroso lá embaixo, gripávamos com frequência; depois, nos acostumamos ao calor e à friagem. Atualmente, não damos mais que um espirro ou dois. Esta corda que nos amarra é bem mais salubre do que qualquer interior de apartamento desta cidade.

Meu irmão está distraído com algum quarto mal iluminado da vizinhança. Distraio-me com outro, num prédio mais distante. Mesmo durante o sono, suspeitos não deixam de causar suspeição. Se pelo menos arrumassem algum entretenimento, esses trastes! Se contraíssem alguma doença contagiosa e fossem recolhidos para tratamento! Se ficassem apaixonados por artistas da televisão e gastassem os dias escrevendo cartas com declarações e promessas!

Nesta comarca, o tédio não leva à filosofia, mas ao definhamento moral. Todo entediado deve estar ciente de que se candidata a uma vaga de dependurado. Sempre se pode tomar alguma providência para promover o engajamento social e o pertencimento indesligável a esta comunidade. Deveríamos ser obrigados, até mesmo pelas atas de condomínio dos prédios, a agir sempre em função de uma finalidade. Os homens bobos são monstros sem fim.

No quarto para onde o meu irmão olha, há uma mulher vivaz. Onde olho, há um homem deitado na cama. Ali está desde ontem e ali, aposto, continuará amanhã. Esse homem será, um dia, denunciado como bobo. É preciso que a inquisição seja cada vez mais prevenida. O caráter monstruoso polui o corpo físico, e o corpo físico polui o corpo social. Estamos prestes a ter uma sociedade de moles.

Apregoador, não me deixe esquecer de informar o Decoroso sobre a indolência daquele homem. Em que rua fica o prédio dele? Ah, sim. Não está longe do ponto da Quituteira.

A AMADA

Meu Esposo está deitado sobre mim. Recita versos de paixão

de sua própria autoria, abre meus braços para beijá-los e beija-os desde as axilas até o meio dos dedos. Depois, me beija na boca, acomoda os quadris entre as minhas pernas, e a barriga sobre a minha. Ele lambe meu rosto inteiro e pede que eu alise suas costas. Ele gosta de sentir que a palma das minhas mãos está molhada de jubilação.

Mas hoje minhas mãos não se molharam, como de hábito se molham. Meu Esposo intensifica a recitação e avigora os quadris. Justo hoje, quando ele está especialmente amoroso, justo hoje, quando se desesperou por eu não estar em casa à sua chegada, não suo. E, como ele me pedia que o abraçasse e o alisasse cada vez mais, mais, mais e mais, resolvi cuspir na palma das minhas mãos, disfarçadamente, enquanto ele enfiava o rosto entre os meus cabelos, para então poder molhá-lo, como ele gosta, no alisar das suas costas amorosas.

O OLHEIRENTO

A onisciência pretendida pelo Decoroso tem me exigido acrobacia, vigília incessante e perscrutação incansável. Não é fácil. Enquanto ele dorme, tenho de continuar com esse servicinho sobrenatural. Minhas olheiras não param de aumentar. Não tenho olhos para ver tanta coisa assim. Um suspeito ou outro escaparão a cometer seus crimes no interior secreto de quartos e cozinhas. E os meus ouvidos? Que palavrório interminável produz esse povo! E ainda tem gente que só gosta de resolver as coisas no grito.

Na cama da sra. Amada, cessa o ranger de colchão; aos poucos, diminuem as palpitações dos corpos extenuados; escuto ainda beijos; perpetuam-se as declarações de amor. O Esposo deverá dormir muito em breve e encostará, por toda a noite, o pênis amolecido, viscoso e saciado na lateral da coxa da senhora. Ainda uma última vez, antes de pegar no sono, dirá à esposa que ela é a sua Amada.

Vejo as horas num relógio digital instalado na avenida. As Vizinhas já calaram a boca, e agora estamos bem avançados numa rara noite de paz. Apenas morrem os que iriam mesmo morrer e matam os que iriam mesmo matar. Crises, só as de apendicite. Nada disso compete a mim conferir, nem ao meu irmão apregoar. Só os bobos merecem nossa atenção descortês.

O APREGOADOR

Durma, gente enfadonha! Amanhã poderá ser pior do que foi hoje! Tratem de sonhar: é só no sonho que verão horizontes mais belos do que estes que nos cercam!

O OLHEIRENTO

Aqui não tem Guanabara!

PARTE IV

1.

Que trata dos eventos ocorridos durante uma madrugada suspeita

O OLHEIRENTO

Com o fim da chuva e o afastamento das nuvens, eu pude contar, durante a noite toda, doze estrelas cadentes. Foram duas a mais do que na noite de ontem e três a mais do que na de anteontem. Para cada uma fiz três pedidos. Só nesta noite, então, foram trinta e seis pedidos, ao todo. Com os pedidos das últimas noites, são, deixa eu somar, trinta e seis mais vinte e sete de anteontem, mais os trinta de ontem... são noventa e três pedidos. Estou certo? Estou. Noventa e três pedidos. E todos pedem a mesma coisa.

O número de quedas de estrela tem aumentado. Têm faltado pregos lá em cima? Cola, linha? Onde andam os anjos dos serviços gerais? Provavelmente, estão com os salários atrasados. Uma assembleia se organiza? Reivindicam aumento? Equiparação com os rendimentos dos anjos de outra legião? Novas asas, vestes e harpas? Decerto, planejam greve, afinal, o céu tem um patrão inepto. Ameaçado de destituição por Seus próprios funcionários e cada vez mais carente, noite a noite, de astros atrás dos quais possa Se esconder, acredito que, daqui a pouquinho, o Destinatário vá aparecer. Em debandada.

Mas Ele deve ter se mexido de novo no início desta manhã, e Suas sublimes anáguas voltaram a se interpor entre o sol e esta cidade, resultando nestes raios coados e nessa iluminação bacenta que não nos deixa bronzear. Arregalo bem meus olhos e tiro a cera dos ouvidos, espreguiço-me e desembaraço a minha rede. Vejo, por uma fresta de cortina da janela do apartamento, que o sr. Decoroso está desperto e ainda na cama também se espreguiça.

O DECOROSO

Se o Destinatário quiser Se refugiar nesta cidade para Se esconder dos anjos manifestantes, arranjo-Lhe um beiral de janela num dos prédios mais famosos desta capital, com seus grandes planos de vidro no lugar das paredes e os interiores das centenas de lares à vista. Dependurado, Suas vestes se misturarão às cortinas que colorem cada um dos lares, agitando-se juntas, excitadas pelo mesmo vento. Garanto que não O distinguirão. Se muito, tomá-Lo-ão por um imenso mosquiteiro.

Isso dito, bom dia.

O APREGOADOR

Acordem, ordinários! Mais um dia começa. O Decoroso, o Olheirento e eu já estamos despertos. Lavem seus rostos inchados de sono. Escovem seus dentes cariados. Deem de comer aos seus filhos, se têm filhos; comam sozinhos, se não os têm. Subam na balança que fica num canto do banheiro e observem se a sua culpa, homens, pesa junto da sua pança.

Cuidem-se, se não a bobeira aumentará, gradativamente, tanto o volume da papada quanto o da imoralidade de vocês. Se a balança vier a quebrar, mau sinal: será hora de suas casas o Decoroso visitar.

O DECOROSO

Da minha cama, acompanhei o zum-zum-zum infernal da última noite. Não se calam nunca esses citadinos? Como me perturbam! Pois vou eu perturbar um bobo agora. Levanto-me da cama.

Tenho o corpo que deve ter um legislador justo: magro, firme; nem muito alto, nem muito baixo; cabelos negros repartidos de lado; pele pálida e maciíssima; nenhum pelo no peito; nenhuma barba; orelhas pequenas; olhos cuja cor não se pode muito bem distinguir porque eu os mantenho quase sempre apertados, como a querer ver com mais acuidade, e encobertos por um leve e incriminador inclinar de cabeça; expressão superciliosa; tenho nariz fino; lábios finos; testa majestosa; queixo pronunciado; dentes limpos de creme dental e das minhas palavras de justiça; dedos das mãos compridos, para apontar bobos; dedos dos pés igualmente compridos; nádegas módicas; pênis augusto; bolsa escrotal proporcional; pernas rijas e sem cicatrizes de tombos e escalavraduras infantis; pés harmoniosos e de planta limpa, sem calos. O único traço de minha aparência que destoa do conjunto dos meus muito adequados atributos de decoroso inquisidor são as minhas bochechas: a despeito de tudo mais ser reto e continente, sou bochechudinho.

Finda a higiene, vem agora o desjejum.

O OLHEIRENTO

Bochechudinho ele é mesmo.

O APREGOADOR

Infladas, as bochechas do Decoroso participam do anúncio e da aplicação da melhor justiça que pode haver nesta cidade. Nenhuma outra lei conta com tão boa acústica. Eu também inflo as bochechas para as minhas apregoações. Todos os que se comprometem com a difusão da palavra corretora devem cuidar bem da emissão da voz, exercitar a língua, respirar adequadamente.

O BEM COMPOSTO

Eu gosto de rostos vincados.

O DECOROSO

Banho-me. Barbeio-me. Apronto-me. Mais tarde, na alfaiataria, quando for conhecer o tecido que o alfaiate encomendou para a minha toga, examinarei duas tramas: uma de lã, outra da bobeira. Recusar o próprio nome não aparenta compostura, nem decoro. Saio de casa. Do lado de fora, na madeira escura da minha porta, está pregado, com durex, um bilhete escrito à mão. Olho nas duas direções do corredor. Vou ao elevador; depois, à passagem que leva à escada; em seguida, a uma pequena janela de onde se vê um vão de rua. Volto ao bilhete. Quem o assina é a Impostora. Ela terá também entrado no meu apartamento? Abro novamente a porta de casa. Alguma coisa parece fora do lugar?

Há mais bilhetes aqui dentro que eu não tenha percebido? Volto à porta. O pedaço de papel afixado pela Impostora tem perfume, um perfume doce, mas perfume de quê? Nele está escrito...

A IMPOSTORA

Eduque-me, sr. Decoroso.

AS VIZINHAS

Você ouviu isso, vizinha?
Ouvi.
Foi isso mesmo que a Impostora escreveu?
Foi.
Ela não devia ter feito isso.
Isso não se faz, ainda mais com um homem tão decoroso.
Que petulância.
Que atrevimento.
Que provocação.

O OLHEIRENTO

Não pode ser. A Impostora esteve mesmo à porta do sr. Decoroso? Não pode ser. Durante a noite? Não pode ser. Deixou-lhe um bilhete na porta de casa? Não pode ser.

O APREGOADOR

Hum, hum, hum... Que agito é esse, tão cedo? O que se passa? O que disseram lá embaixo? Olheirento? Que tremor é esse? Por que se balança? Por que se desespera? A Impostora? O que ela aprontou? É mesmo? Durante a noite? Tem certeza?

A IMPOSTORA

Decoroso é um nome raro. Não devem existir muitas pessoas decorosas o suficiente para serem chamadas assim. Ele não me persegue tanto? Eu só quero facilitar seu serviço de bedel. Talvez ele possa corrigir-me um pouco... quanto à postura? Quanto aos meus trejeitos de disfarçada? Ele pode me dar algumas lições quanto ao que é falso e o que é verdadeiro.

Quando estive diante de sua porta a escrever o bilhete que deixei, o corredor do andar cheirava a gás. Espero que não venha da cozinha do enraivecido inquisidor nem de nenhum de seus vizinhos de porta, e que o vazamento não resulte num estouro que venha a fazer a imaculada moral queimar nas brasas do mobiliário.

O DECOROSO

Meu calendário não deve obedecer a outra regra senão a de que um dia tem de ser mais justo do que o anterior. Se houvesse um educandário digno nesta cidade, ele estaria ensinando os matriculados a agir na direção do ruim para o bom, do bom para o melhor, do melhor para o excelente, sem nunca vacilar, parar ou retroceder.

Mas retrocedemos.

Meus planos para garantir dias seguintes sempre superiores aos dias passados acabam de sofrer um duro golpe: fui provocado como nunca fora antes, e agora tenho em mãos o bilhete impostor dessa desvairada Impostora. Se ela aqui esteve para perturbar esta vizinhança, deveria saber que eu já a perturbo suficientemente.

O APREGOADOR

Essa não! Vaticinei contra o meu próprio inquisidor: voltou-se contra ele o pior, que eu destinava aos bobos.

AS VIZINHAS

Vizinha.
Eu também gostaria de lhe falar.
Sobre ontem...
Eu não queria dizer tudo aquilo...

O DECOROSO

Trajando sempre fantasia, ela deve ter deixado purpurinas, lantejoulas e dissimulação enfiadas entre as cerdas do meu tapete. Por que não fui acordado a tempo de flagrá-la? Por que não a denunciaram com gritos de sirene?

Olheirento!

O OLHEIRENTO

Estou aqui, sr. Decoroso! Bom dia.

O DECOROSO

Bom dia? É bom mesmo para você? Bom para os ordinários desta cidade? Para mim, Olheirento, este dia não está nada bom. Você imagina por quê? Não, claro que não imagina. Não deve estar a par do bilhete que foi afixado na porta da minha casa durante a noite.

O OLHEIRENTO

Acabo de ouvir algo sobre isso, senhor... das Vizinhas.

O DECOROSO

Ah, das Vizinhas. As Vizinhas já sabem do ocorrido, então. Elas devem prestar mais atenção no que acontece nesta cidade do que você, não é?, que é instruído para esse fim. Você prefere o mexerico à vigilância? Pois bem, confiemos nas Vizinhas. Elas têm razão. A Impostora esteve aqui nalguma hora da madrugada e me deixou um bilhete.

O OLHEIRENTO

Lamento muito o ocorrido, senhor!

O DECOROSO

Ah, por favor, não lamente. Você deve ter outras coisas mais interessantes a fazer durante a madrugada, mesmo que ao longo dela transite até a minha casa uma pessoa que, maliciosamente, se disfarça a fim de causar meu descontentamento e minha ridicularização. Mas peço que não se incomode com isso. Afinal, coisas mais divertidas para xeretar não lhe faltam. O dia está bonito, e você tem sempre uma bela vista daí de cima para admirar.

O OLHEIRENTO

Mas, senhor...

O DECOROSO

Não é preciso que me diga mais nada! Se não for causar-lhe muito incômodo, continue a patrulhar os bobos que, porventura, ainda me escapam. É um pedido sincero que lhe faz um educador que pretende, com heroísmo, corrigir este nosso pequeno mundo.

O OLHEIRENTO

Pelo santo amor do senhor mesmo, sr. Decoroso! Peço-lhe mil desculpas! Não sei o que aconteceu. Eu estive a postos a noite toda. O dia ontem foi exaustivo, e ainda teve a chuva! Fiquei muito tempo sem poder ver nada. E a Impostora, aquela bisca, deve ter usado uma fantasia muito boa...

O DECOROSO

Contam-se aí quantas desculpas? Não seja perdulário. Quero uma retratação, Olheirento. Uma retratação em forma de denúncia: apresente-me um suspeito!

O OLHEIRENTO

Ah... Agora? Agorinha mesmo?

O DECOROSO

Estou esperando.

O OLHEIRENTO

Uma denúncia para o senhor? Alguma coisa? Qualquer coisa? Tem que ser uma coisa bastante importante, né? Bom, eu acho que identifiquei mais um bobo para o senhor. Ele parece mesmo muito bobo e não sai da cama. Mas ainda não tenho total certeza... Talvez com mais alguns dias eu possa certificar-me... Espere! Vejo movimentar-se uma pessoa que vai interessá-lo. É o sr. Bem Composto, que acaba de sair de casa. Sim, estou vendo daqui. Ele anda asseado, aprumado e composto, mas, pela expressão do rosto, parece estar de ressaca ou gripado. Também, depois de ir ontem ao bar de costume com a roupa encharcada da chuva...

O alfaiate segue... Espere até que atravesse a rua e tome uma direção específica. Ele toma o rumo do cartório, onde esteve ontem e anteontem. O Bem Composto dá passos largos e carrega uma pasta mais gorda do que carregou até agora. Não consegui acompanhar tudo que ocorreu entre o senhor e o alfaiate no cartório ontem, mas talvez essas informações possam interessá-lo.

O DECOROSO

Interessam! O alfaiate está indo ao cartório de novo? Ele não deveria estar na alfaiataria cuidando da minha toga? A informação é valiosa. O Bem Composto foi ao bar ontem à noite? Naquela chuva? Isso não é procedimento de uma pessoa bem composta. Ele vai sempre a esse bar? É mesmo? Deixou por lá uma garrafa pela metade para continuar a bebê-la no dia seguinte? Isso não é mesmo procedimento de uma pessoa bem composta.

O OLHEIRENTO

Eu penso o mesmo, senhor.

O DECOROSO

Não pense, Olheirento. Quem pensa aqui sou eu. Apenas vigie. Ou mexerique, se preferir. A informação que me dá exige ação imediata. Voltamos ao caso da Impostora mais tarde. Tenho de ir ao cartório imediatamente.

O OLHEIRENTO

Sim, senhor! Obrigado pela oportunidade, senhor! Ficarei atento, senhor.

O APREGOADOR

Visita atrevida fez a Impostora à casa do sr. Decoroso. Grave piada! É, Olheirento, nessa você...

2.

Do retorno do sr. Bem Composto ao cartório e da negação de todo nome

O OLHEIRENTO

O Decoroso tem um teto só para ele. Eu divido o meu com o Destinatário. Qualquer mexidinha de nuvem, lá estou eu de rede na mão. E todos os cochichos e gemidos que eu tenho de ouvir, vindos de cantos que nem consigo adivinhar quais são? E as luzes dos apartamentos ao nosso redor, que os bobos apagam durante alguma ilicitude? E as sombras dos homens nas ruas, que entram e saem sob as marquises clandestinas deste centro de cidade? É muita coisa para um Olheirento só!

O APREGOADOR

Não era você quem se vangloriava do aprimoramento da onisciência?

O OLHEIRENTO

Preciso me retratar completamente com o sr. Decoroso. Uma delação certeira pode servir. Preciso apenas de um homem mais torpe do que os ordinários que acompanho. Um bobo especialmente bobo, que macule a ordem social como ninguém jamais maculou, vai compensar minha falha na vigília. Será esse homem o Bem Composto? Se for, o Decoroso reconsiderará a má impressão que teve de mim.

O BEM COMPOSTO

Com mais documentos reunidos para protocolar meu pedido de mudança de nome, vou direto ao cartório. Tomara que o Decoroso não resolva passar na alfaiataria pela manhã. Nem o Candidato. Nem mais ninguém.

O OLHEIRENTO

Quem me levou a falhar foi o Destinatário, que tapou meus olhos com a chuva, que distraiu meus ouvidos com o falatório da Sua grande Criação!

O APREGOADOR

Veja se conserta essa bobagem que você fez, mano. Mas agora fique calmo. Já passou. Calma, calma. Não balance tanto a corda. É o seu batimento cardíaco? Respire fundo. Ainda estou espreguiçando, ainda estou me coçando... Eu queria mais uns dez minutinhos de sono...

O OLHEIRENTO

Boceje para o outro lado, Apregoador!

O APREGOADOR

Bocejo, mas pare de balançar a corda, por favor. Você sabe que eu passo mal...

O OLHEIRENTO

Enquanto o Decoroso vai ao cartório investigar o Bem Composto, a Quituteira instala seu carrinho de quitutes; a sra. Amada retira a mesa de café da manhã depois de receber incontáveis beijos do Esposo e dos Filhos e de vê-los partir; o sr. Prestável oferece ajuda ao Versificador na constituição de um verso final; o Candidato discursa longe daqui. A Impostora? Não faço a mínima ideia. Os Andarilhos? Desde a entrada deles na enxurrada, não os vejo mais. As Vizinhas? Fizeram as pazes e trocam receitas.

A IMPOSTORA

Antes eu fosse possessa que impostora: cuidariam de mim com amarras de contenção, calmante e exorcização. Mas não calhou de ninguém vir me possuir. Quem sabe eu não precise apenas de uma inclemente lei bem aplicada? Por via das dúvidas, vou me embelezar.

O DECOROSO

O sr. Bem Composto deseja que seu antigo nome seja apagado de todo e qualquer registro. Mas o nome é uma instituição que não se pode livremente alterar, a não ser quando, em seu lugar, passe a vigorar a denominação que dou a todo infrator desta inquisição: bobo. Até hoje, o nome próprio preservou-se da barafunda produzida pelos bobos. Será o Bem Composto de uma ordem diferente de bobeira? Terei me enganado, durante todos esses anos de convivência, sobre o caráter do homem que costura as pregas das minhas calças? Custo a admitir. Precisarei rever as tipificações da minha lei.

O nome que recebemos de quem nos registra é um dos pilares de uma civilização. Eu não poderia, ainda que desejasse, ter outro nome, pois contrariaria o primeiro contrato social que me foi dado a assinar, à minha própria revelia, ainda quando eu não podia mais que borrar com minhas mãozinhas de bebê gosmento o papel com o timbre de cartório. Pois, quando a civilização assina sobre o indivíduo, não devemos fazer nada além de reconhecer e difundir, orgulhosa e obedientemente, a sua firma.

Chego ao cartório. Lá está o alfaiate! No meio de um bololô de ordinários, sobressaindo com a conhecida elegância que eu tanto me habituei a aplaudir. O Olheirento tinha razão: a pasta que carrega está mais cheia do que a de ontem, que eu levei comigo. Ele se encontra no canto oposto do balcão e chama o mesmo atendente do dia anterior. Aproximo-me lenta e discretamente. Preciso ouvir a conversa com atenção. Não posso crer que um homem de minha confiança tenha se metido numa trama contrária aos propósitos de uma civilização que tão corajosamente tenho defendido com a minha palavra.

O BEM COMPOSTO

Eu trouxe documentos irrefutáveis que provam que eu sou eu mesmo.

E?

Quero registrar essa declaração que afirma, categoricamente, que meu antigo nome não me pertence mais.

Que assinatura consta no documento, senhor?

Eu assino Bem Composto.

Quem é o senhor, de verdade?

Sou esse que você está vendo e que se chama Bem Composto. Toda assinatura que levar o nome Bem Composto deve ser reconhecida. Toda assinatura que levar meu antigo nome deve ser desconhecida, rejeitada, jogada no fogo.

Eu já disse ao senhor...

Não quero aquela assinatura, não quero aquele nome, não quero nada referente ao que já fui. Preciso que vocês reconheçam isto que está bem explicado na declaração que lhe entrego: o que um dia foi meu e que tantas vezes confirmei na forma de uma assinatura medonha não me diz mais respeito, não me representa, não me nomeia. Quero ser tão somente o Bem Composto, que é o que eu, verdadeiramente, sou. Chame o notário.

Ele pediu para dizer que o senhor o aborrece com essa história, senhor. Vou chamar o nosso assessor jurídico.

O DECOROSO

Dou um passo à frente em direção a uma mesa com uma garrafa de café e copos de plástico. Mas não posso beber no mesmo recipiente que bebe o frequentador comum deste cartório. Chega o assessor jurídico acompanhado do atendente. O Bem

Composto explica-lhe o caso todo novamente, mantendo a elegância mas com um evidente sinal de cansaço.

O OLHEIRENTO

Continuo a acompanhar os diversos acontecimentos desta cidade. Eu também me sinto cansado.

O APREGOADOR

Nem parece que eu dormi. Sinto-me tão cansado... E minha garganta... não está boa. A chuva de ontem... Tenho pigarro.

A QUITUTEIRA

Ainda estou no começo do trabalho. Não vendi nada até agora. Que cansaço!

A AMADA

Paro a arrumação da casa e me deito no sofá. Estou cansada.

O BEM COMPOSTO

Isso é tudo, assessor.
Deixa eu ver se entendi direito. Vamos começar lá do começo. O senhor foi registrado na ocasião de seu nascimento, certo?
Certo.
E esse registro ocorreu em cartório, certo?
Certo.

O senhor tem a sua certidão de nascimento?

Ela foi destruída recentemente, assessor.

O senhor pode pedir uma segunda via.

Por que eu pediria? Não quero via nenhuma, nem primeira nem segunda. Trouxe uma declaração e uma versão nova da certidão. O senhor quer vê-la?

Foi o senhor mesmo quem fez a certidão?

Sim. Mantive todos os dados da antiga. Só mudei o meu nome. Veja.

O senhor nasceu nesse ano mesmo?

Sim.

Na cidade indicada?

Sim.

E esses são os nomes dos seus pais naturais?

Sim.

E o seu nome era...

Não é mais. Meu nome agora é Bem Composto. Leia aí.

Tome aqui sua certidão. Ela não tem valor legal, senhor.

Terá quando este cartório carimbá-la.

Nem este cartório nem cartório nenhum vão carimbá-la, senhor. Um documento dessa natureza não pode sofrer alterações, e o senhor não pode emiti-lo nem forjar uma cópia. Se o senhor deseja alterar o seu nome, essa alteração só poderá ocorrer por sentença judicial e dependerá de enquadramento nos casos de exceção. Citando ainda a lei, posso lembrá-lo de que as exceções estão relacionadas ao acréscimo de apelidos notórios, à correção de erros gráficos e à exposição ao ridículo, entre outros casos. Isso depende de um processo, de um juiz e da consistência dos seus argumentos, senhor.

O DECOROSO

Rançoso fica o meu paladar quando ouço grandes estultices proferidas por um homem que primava pela irrepreensível compostura. Acho que terei de beber esse café vulgar.

O OLHEIRENTO

Ah, como eu queria um café, rico ou vulgar, qualquer café.

O APREGOADOR

Um café para me despertar...

A AMADA

Não quero mais café.

A QUITUTEIRA

Tenho só refrigerante.

O BEM COMPOSTO

Se algum juiz ouvir meus argumentos, serei atendido?
Depende do que o senhor alegar.
E se eu nada alegar além da minha vontade de ser chamado por outro nome e não pelo nome de batismo?
Receio que o senhor passe por bobo.

Bobo, assessor?

Um bobo diante da lei, senhor.

O DECOROSO

Além da minha, pode outra lei chamar um homem de bobo?

O BEM COMPOSTO

Meu nome antigo nunca me serviu para nenhuma coisa boa, assessor. Se eu não puder ter outro, então não quero mais ter nome nenhum.

Sem um nome, como é que vão chamar o senhor? Como inscrever o senhor em alguma coisa? Ou enviar para o senhor uma carta? Anunciá-lo na chegada a algum lugar?

Quem precisa do meu trabalho sempre me procura. Quem precisa me enviar alguma encomenda sabe o meu endereço. Ninguém mais me conhece. Não me candidatei a nada. Não vou a lugar nenhum onde, por alguma razão, eu seria anunciado. Não quero que me chamem por quem já fui, assessor.

Não?

Não.

Pela lei, senhor, todos têm direito ao nome. Esse nome foi definido na data do seu registro, logo depois de o senhor nascer.

À minha revelia, portanto.

Aos cuidados dos responsáveis legais pela manutenção e garantia dos direitos do nascituro, de acordo com o texto do mesmo código, senhor.

A lei diz que temos direito ao nome, mas não a obrigação de tê-lo.

O nome civil é um ordenamento jurídico, senhor, que constitui um direito de personalidade.

Mas a personalidade identificada pelo meu nome quer renunciar, desde já, a esse direito.

Os direitos de personalidade são irrenunciáveis, senhor.

Então eu renuncio à personalidade inteira, assessor.

O nome é uma instituição importante. O nome é aquilo que fica para a posteridade.

A posteridade é um prato a ser servido quando eu também tiver virado comida, assessor.

Então o senhor abdica...

Eu abdico da personalidade, se for preciso, e então posso abdicar do nome. Devolvo-o a quem insiste em conservá-lo. Toma ele de volta! Ou sou o Bem Composto, um homem com compostura, irmão do decoro, ou não sou nada. Se a sua lei não me favorece, assessor, serei então um bobo por recusar o próprio nome. Mas, se é para sê-lo, serei bobo diante do maior de todos os juízes, bobo apenas diante de quem vale a pena ser bobo. Submeto-me a uma lei maior do que todas as outras leis: submeto-me à inquisição do sr. Decoroso.

3.

Sobre a instalação da dúvida no interior da inquisição

O OLHEIRENTO

Rendição. Voluntariedade. Submissão.

O APREGOADOR

A inquisição celebra a adesão espontânea de um homem à lei do decoro! Mas...

O OLHEIRENTO

Mas, como se não bastasse a estranheza que os homens bobos do sr. Decoroso sempre nos provocaram, agora teremos de nos acostumar à estranheza de um de seus mais insuspeitos servidores?

A IMPOSTORA

Vejam só o que se escondia por baixo da compostura...

O APREGOADOR

A estranheza não tem mesmo casa. A estranheza se vale de qualquer recurso para fazer sua fulgurosa e imprevisível aparição.

O OLHEIRENTO

Fulgura a estranheza agora nos botões do alfaiate.

O APREGOADOR

Como está o nosso inquisidor?

O OLHEIRENTO

Espantado, muito espantado. Há um pouco de sorriso em sua boca e muita dúvida na altura dos supercílios. Vamos aguardar que a fisionomia se defina.

AS VIZINHAS

Foi isso mesmo que ouvi?
Eu ouvi também, vizinha.
O Bem Composto escolheu o tribunal que o julgará.
Bem que eu achei esquisita essa história de nome.

O DECOROSO

Da compostura para a esquisitice; da esquisitice para a absurdidade; da absurdidade para a suspeita; da suspeita para a submissão.

O OLHEIRENTO

Predomina o sorriso no rosto do nosso inquisidor!

O DECOROSO

Adianto-me para abraçar o Bem Composto. Venha para a minha lei, compostura!

O APREGOADOR

Vão se abraçar o decoro e a compostura sob a lei da nossa inquisição!

O DECOROSO

Mas esperem um pouco!

O OLHEIRENTO

Opa!

O APREGOADOR

Que foi?

O DECOROSO

Como poderia eu celebrar que um notável homem cheio de compostura se voluntariou a uma inquisição que pune a bobeira?

O OLHEIRENTO

Foi-se o sorriso do Decoroso, Apregoador. Retorna a dúvida!

O DECOROSO

Por outro lado, não parece sábia a decisão que o alfaiate toma quanto a tornar-se meu bobo?

O APREGOADOR

Retorna a dúvida, Olheirento? E como fica o abraço?

O OLHEIRENTO

Não fica! Cesse a apregoação!

O DECOROSO

Volto ao lugar onde estava, sem que o alfaiate tenha percebido a minha aproximação. Um abraço não seria mesmo uma manifestação decorosa, ainda mais pelas costas. Preciso ponderar, preciso ponderar... Voluntariar-se a ser julgado por mim e segundo as minhas leis faria do sr. Bem Composto um homem sabiamente bobo ou bobamente sábio?

A IMPOSTORA

Verdadeiramente falso ou falsamente verdadeiro?

O VERSIFICADOR

São muitas as versões disponíveis para explicar a raiz da torpeza, e ninguém consegue dizer claramente se são sábias ou se são bobas. Criaram
A microfísica, para que fosse atômica
A odontologia, para que fosse oral
A música, para que fosse harmônica
O espirro, para que fosse viral
A moeda, para que fosse econômica
A psicologia, para que fosse normal.
Basta! Vejam-me apenas
uma sílaba, para que seja tônica, e
um opiáceo, para que seja legal.

O DECOROSO

Estarei diante de uma variação imprevista da abnormidade? Estará o alfaiate começando a se consumir pelo nome? Terá praticado uma modalidade ainda mais terrível de crime, fraudando o contrato social por omitir de seu texto o nome próprio que o vincularia ao nosso destino humano, civilizado e comum? Ser ou não ser bobo?

O OLHEIRENTO

A dúvida é um perigo.

O DECOROSO

Mas, se o Bem Composto for condenado, o que farei com a sua compostura, com o elogio que faz ao decoro, com o voto sincero que me dá como juiz? Dependuro? Não caberão num só beiral. Precisarei de cabides!

O APREGOADOR

A dúvida retorce tanto o rosto de um homem, que o transforma em máscara.

A IMPOSTORA

Que o inquisidor desta comarca a conserve até, pelo menos, o próximo Carnaval!

O DECOROSO

A bobeira nunca foi uma escolha ponderada e racional por parte de abnormes. Ela é um adoecimento, um transtorno progressivo, a falência da ponderação e a crise da racionalidade. Mas, ah, como eu gostaria de receber em minha inquisição um homem com tanta compostura.

O OLHEIRENTO

Então, receba-o!

O DECOROSO

Mas, ao mesmo tempo, como gostaria de afastá-lo de todas as alturas desta cidade.

O APREGOADOR

Então, afaste-o!

O DECOROSO

Como eu gostaria de condenar, mas como eu gostaria de absolver! Como eu gostaria de punir, mas como eu gostaria de cuidar!

O OLHEIRENTO

Mas uma lei não pode ficar vulnerável a contradições.

O APREGOADOR

Ou a lei diz sim, ou ela diz não, sob ameaça de não poder dizer mais nada.

O DECOROSO

Um mundo civilizado deveria ser aquele em que a estranheza estivesse domesticada. Mas ela insiste em reaparecer sob fantasias mais diversas do que as utilizadas pela Impostora.

A IMPOSTORA

Essa turma de homens ordinários é mesmo uma pândega.

O DECOROSO

Vou embora do cartório. Escondam-se, futuros réus! Quando a lógica e a moral capengam, minha lei vem para consertá-las. Mas, quando a minha lei capenga... Preciso de alguém para condenar. Minha lei! Minha preciosa lei! Minha magna lei! Quero, imediatamente, um homem torpe; quero, obrigatoriamente, um homem prostrado; quero, inevitavelmente, um homem fraco; quero, indubitavelmente, um homem bobo.

AS VIZINHAS

Os meus filhos têm nome de santo.
O nome do meu filho começa com a primeira letra do nome

do meu marido. O nome da minha filha começa com a primeira letra do meu nome.

Eu também gosto de nome que começa com as letras D, J, C, N e S.

Eu gosto de nome composto.

Não deixo colocarem apelido nos meus filhos.

Nem eu, nem eu. Dá um trabalho danado colocar neles um nome que preste, e vem alguém e inventa uma coisa horrorosa.

Eu já quis trocar de nome uma vez. Grace. Igual à princesa.

A atriz.

Atriz e princesa.

Muito pequeno.

O quê?

O nome. Se fosse eu, trocava por uma coisa maior.

Maior como?

Ah... como Elizabeth.

A atriz?

Que fez a Cleópatra. Que, aliás, é outro nome grande.

4.

Que trata de uma condenação de emergência

O OLHEIRENTO

Sai o sr. Decoroso do cartório.

O APREGOADOR

Quando a lei do nosso inquisidor treme, treme também a nossa corda.

O DECOROSO

Na rua, não permanecerei muito tempo. Vou logo entrar num prédio residencial que fica no final do quarteirão. Não trago comigo água com cólera, nem soda cáustica, nem faca, nem revólver. Não darei mais oportunidade aos bobos de tomar decisões sobre si. Alfaiate nenhum, nem mais ninguém, porá em risco os pressupostos da minha inquisição nem o império dos meus ditos.

Vou até um homem que não me confunda com argumentos, vou até um homem que não me confunda com decisões inesperadas. Depois, avançarei com a minha lei em mãos na direção de outros homens. Ninguém falará por mim. Eu falarei por todos. Ninguém aqui será condenado sem o meu julgamento. Quem estabelece como viverão sou eu.

Bobos e suspeitos de bobeira existem aos punhados. Conheço o endereço de muitos deles. Ainda assim, mesmo que eu desejasse de improviso encontrar um bobo nunca dantes denunciado nem investigado, bastaria escolher uma porta de apartamento para abrir e um homem nojento para apontar. Se, por acaso, eu errasse de endereço, seria pouco provável que no endereço errado eu não encontrasse um homem de quem pudesse, pelo menos, desconfiar. Tolices são fenômenos esperados nessa farsa que é a nossa vida citadina. Se um bobo falta, outro surge em seu lugar.

Atravesso a portaria. Aperto o botão do elevador. Subo. No andar em que desço, pouca luz entra pelos basculantes do corredor que dão para o vão interno do prédio. É pena que aqui não haja plantas. Gosto delas sempre que cultivadas em vasos, avisadas de que poderão continuar a ser plantas desde que não ultrapassem o limite que vai, em geral, do sofá ao televisor. Subalternas e obedientes, sob o risco de punitiva poda, as folhas não ousam tocar no aparelho: antes eram natureza; agora são, no máximo, unidades portáteis de flora subserviente. Pela mesma razão, gosto dos cães na coleira, dos peixinhos-dourados que vivem nos aquários, de passarinhos na gaiola, de tartarugas criadas em baldes, e de hamsters, em caixas de supermercado, comprimidos, todos eles, no tempo e no espaço organizados por uma civilização que os sequestrou de seus lares de origem e os oprimiu ao longo da história das espécies.

O homem que visitarei mora no final do corredor. Caminho

em direção à porta. Não daria tempo de o Arrombador vir fazer o seu serviço, nem eu tive oportunidade de chamá-lo. Forço a maçaneta. A porta não abre. Raspo a sola dos pés no tapete. Quanto mais crespo, melhor. A porta é aberta. Surge, diante de mim, uma mulher vestindo uma longa e rosa camisola que a cobre desde o pescoço até os tornozelos. Não a conheço. Não sei de quem se trata. Ela se adianta.

O senhor...
A senhorita está sozinha?
Quem é o senhor?
A senhorita não me conhece?
Não. O senhor estava tentando abrir a porta?
Eu perguntei se a senhorita está sozinha.
O meu noivo...
O seu noivo? Onde se encontra o seu noivo?
O meu noivo?
Acordei-a com minha chegada, eu presumo. A senhorita parece sonolenta.
Mais ou menos...
A senhorita dorme sempre até tarde?
Bem...
Não importa. Sou um homem do decoro. Vim ver quem suponho ser o seu noivo.

Onde vive um bobo, normalmente não vive mais ninguém. Quando muito, uma mãe; ou um cão que, em geral, tem o mesmo senso de lealdade das mães.
Eu gostaria de falar com o seu noivo.
Ele ainda está dormindo.
Na minha presença, acordará.

Ela me indica o sofá. Assento-me.

Quem arrumou esta sala?
Ah, fui eu.
E por que motivo fez isso?
Eu gosto de cuidar da casa.
Você mora aqui?
Mais ou menos.
Você e o homem que está dormindo no quarto são noivos há muito tempo?
Quem é o senhor, mesmo?
Eu sou o Decoroso. E a senhorita é...
A noiva.

O OLHEIRENTO

Apregoador, no apartamento do bobo, há uma mulher com quem o Decoroso conversa.

O APREGOADOR

O que ela diz?

O OLHEIRENTO

Que é noiva do réu.

O APREGOADOR

Seja precavido, sr. Decoroso! Enrubescimento oportuno de

noiva disfarça a autêntica palidez; recato disfarça promiscuidade; doçura disfarça salinidade. Ela pode ser outra impostora!

A IMPOSTORA

Impostoras não faltam nesta cidade. Mas eu sou a verdadeira.

O DECOROSO

Eu perguntei quando a senhorita e o seu noivo noivaram.
Há cinco anos, aproximadamente.
E têm data para casar?
No ano que vem, se Deus quiser.
Deus?

Ela me mostra a aliança, contendo pequena e fosca pedra. Bobo noivo, bobo brilhante! Depois, retorna a mão às costas, junto da outra. O interior do apartamento desta cúmplice disfarçada de mocinha está mais bem cuidado do que as áreas comuns do prédio: a cortina é bordada; a mesa de centro tem um vaso com flores verdadeiras e novas; as almofadas estão dispostas corretamente no sofá; os enfeites, organizados sobre a cômoda. Conheço como se montam essas cenas de engano.

A senhorita sabia que eu vinha?
Não sabia nem quem era o senhor.
Agora já sabe.
O senhor é o Decoroso.
A senhorita se acha esperta?
Não. É que eu gosto da casa arrumada.
A senhorita se considera uma mulher sensível?

Acho que sim.

Frágil?

Sim.

Zelosa?

Sim.

Sensibilidade, fragilidade e zelo são a face apresentável e simpática das verdadeiras esquivez, ardileza e manipulabilidade. Será o que esconde essa noiva de bobo? Talvez. É provável. É quase certo. Assentada no sofá, com as mãos agora cruzadas sobre as pernas, respondendo às minhas perguntas, essa mulher me atrapalha, e sua camisola é mais ultrajante do que o vibrião que nada nas águas que costumo oferecer a um réu na véspera das condenações.

Sensibilidade, então?

É, sou uma mulher sensível.

Vamos ver, então, se o seu futuro marido é sensível como você.

Eu disse para o senhor que ele está dormindo.

E eu digo que ele acordará.

Deixamos a sala de visitas e caminhamos por um corredor onde há fotografias mal tiradas do casal. A porta do banheiro está aberta. Limpo é o banheiro. A porta do outro quarto está aberta. Limpo é o quarto. A última porta é a do recinto onde o dorminhoco, supostamente, fica. A esposa estende um dos braços, e eu me adianto.

Na cama, ninguém dorme. De cócoras sobre o beiral da janela, entretanto, encoberto em parte pela cortina que esvoaça, encontra-se um homem a exibir seus vacilantes pendores para trapezista. Incomum apresentação para um tipo de homem que,

346

via de regra, denega todas as suas faculdades de homem! Embora fosse aquele com quem eu vim ter, ele não se mostra como eu esperava.

Aos pés do vulto de mórbido ginasta, a noiva se atira. No chão, numa performance meio a tombo meio a desespero, com os braços estendidos na direção do atual cúmplice de bobeira e futuro cúmplice de altar, ela se deita. Está entre mim e o noivo, que tende ora para o interior do quarto ora para o exterior, indeciso quanto a permanecer, indeciso quanto a saltar. A noiva implora-lhe.

Desça daí! Desça daí! Fique! Fique!

Implora a noiva sem necessidade, creio, pois a questão é menos de decisão que de equilíbrio: quanto tempo o homem aguentará, exposto ao vento e à vertigem, ficar naquele beiral? Pedindo-lhe, aos gritos, que fique, a esposa é quase comovente. Sua camisola rosa, que me pareceu ridícula à primeira visão, parece-me ainda mais ridícula à segunda, nessa pose de desvario conjugal: sua voz é estridente e lacrimosa; seus gestos são agudos e extremos; suas mãos encrespam o tapete que fica junto à cama, justo onde eu gostaria de raspar, por alguns segundos, a sola dos meus sapatos.

Perto da cama, com a mulher estirada entre mim e meu até então réu, temi que o início do processo de condenação tivesse de ser adiado ou, até mesmo, cancelado. A ameaça real da morte desse marmanjo de pijama exige o pronto exercício da minha lei. Dirijo-me a ele. Sou obrigado a elevar a minha voz para superar o choro feminino.

Você me permite falar-lhe um pouco?
O quê?

Falar-lhe. Você me permite?

Sobre?

Sobre a situação em que se encontra.

Você tem que ser rápido.

Você, não. Senhor. Comigo o tratamento certo é senhor.

Ah, o senhor. O senhor vai ter que ser rápido.

Por quê?

Não aguento mais segurar o meu peso.

Você pesa quanto?

Eu? Ah... estou para mais de cem quilos.

É muita gordura para um corpo do seu tamanho, não é?

Está ventando muito. Além disso, tem a posição.

Posição?

Esse beiral... Não é fácil ficar aqui.

O que tem ele?

É muito estreito para os meus pés.

Eis mais um que desmerece os esforços do primeiro macaco a descer de uma árvore e aplicar-se no andar ereto. Ele desrespeita a civilização e me desrespeita. Se essa sua noiva fosse uma espécie mais nobre de Eva, ela não lhe daria uma maçã do pecado, mas uma banana.

O APREGOADOR

Toma uma banana para você, abnorme!

O DECOROSO

A noiva grita. Eu prossigo.

Nem gordura, nem vento, nem sua posição, nem beiral estreito. O que você tem é culpa.

Culpa?

A culpa faz mais volume do que sua pança.

Como o senhor sabe que tenho pança, se não pode vê-la daí?

Do mesmo modo que sei que tem culpa. Eu o conheço. Você é bobo. Você é culpado pela bobeira que tem.

Culpa do quê?

Me diga você.

Sei por que o senhor veio até aqui.

Por que vim?

Para me condenar.

Se você sabe que vim para condená-lo, é porque tem culpa.

O senhor é o Decoroso, não é?

Sou.

O senhor faz parte de uma inquisição, não faz?

Eu sou a inquisição.

Não vou ser condenado.

Por que não?

Vou me atirar lá embaixo.

O noivo olha na direção da rua. Enquanto isso, eu pulo a noiva e fico mais próximo da janela. Não gosto de gritar. O grito adultera minha voz. A adulteração da voz prejudica a proclamação da pena. A noiva disfarçou bem o crime cometido nesta casa, arrumando-a e cuidando da aparente higiene do noivo. Cúmplice! Infelizmente, não posso condenar as mulheres, nem mesmo pela ridicularia a que se prestam.

Vou falar-lhe mais de perto.

Não tente me salvar.

Não estou aqui para salvá-lo.

349

Não quero ser condenado.

Você vai jogar-se logo? Se não for atrasá-lo, gostaria de lhe fazer algumas perguntas.

Estou para morrer.

Pular do oitavo andar deste prédio não resultará noutra coisa.

O senhor não poderá mais me matar.

Não vim matá-lo.

Achei que o seu trabalho fosse matar pessoas.

Eu não mato. Eu primeiro investigo; depois julgo; então, sentencio.

O senhor vai me julgar?

Seu julgamento já ocorreu, e à sua revelia. Encontramo-nos na hora da sua condenação.

Por que fui julgado?

Por ser o homem que é.

Não sei o que isso quer dizer.

Se fosse possível despregar do seu corpo indecente a sua alma corrupta, eu o faria imediatamente.

Deixe-me sozinho.

Numa cidade em que somos obrigados a viver juntos, o um está atado ao dois, o dois está atado ao três, o três está atado ao quatro, e o quatro está atado ao todo. Quando o um se desgarra, desgarra-se o todo. Nada é só seu.

O senhor é considerado um inquisidor, não é?

Sou um inquisidor.

O que se deve fazer para ser um inquisidor?

Compromissar-se com a saúde da moral. Legislar. Agir.

E se eu admitir que não sou um homem inocente?

Concordaremos. O que mais?

Sou um homem muito triste.

350

Minha lei exulta. Minha lei se regozija. Minha lei celebra. Tenho pressa em aplicá-la e restaurá-la ao que sempre foi: eminente. Pois o homem triste é um homem bobo. Passemos, de imediato, ao julgamento. Não sairei desta casa sem deixar atrás de mim um dependurado.

Você acha que consegue se segurar mais um pouco?
Não sei quanto tempo eu aguentarei.
Por que aguenta?
Não sei.
Por que não se solta?
Não sei.
Por que não sai daí?
Não sei.

A noiva diminui o choro. O vento diminui de soprar. O homem já se encontra na posição correta para ouvir a sentença e começar a penar, suportando-se, entre aqui e lá. Que sua oscilação sofrente seja educativa e interminável.

Serei breve a partir de agora.
O senhor crê na minha inocência ou na minha culpa?
Nunca na inocência. Sempre na culpa.
E a minha tristeza?
Você é culpado pela sua tristeza, bem como por tudo o que é e o que faz: subtrair-se do convívio social; descumprir seus compromissos de cidadão; desapegar-se dos valores desta cidade; abster-se das práticas cotidianas em geral; decair; perder o ânimo; perder a compostura; perder o decoro; perder a ambição; descuidar-se de si; ignorar os outros; ignorar a sociedade inteira; estupidificar-se; comportar-se como nem um bicho se comportaria; deixar de ser um homem que se possa chamar de homem.

351

Você só disfarça sua pequenez porque tem uma noiva devota e chiliquenta ao seu dispor, providenciando para que nesta casa e no seu corpo não transpareça a sua miséria. Mas é importante lembrar que pelo comportamento da noiva você também é culpado. Meu veredicto poderia se resumir tão somente a isto: é um homem; está condenado. Se a sua noiva discorda do que eu acabo de dizer, ela que me conteste.

A noiva permanece calada.

Se você discorda do que eu acabo de dizer, conteste-me, bobo.

O homem permanece calado.

Sou um bobo, então?
É um bobo.
O que será de mim?
Você ficará onde está.
Neste beiral de janela?
Exatamente.
E se eu me soltar e cair?
Então não o chamarei de nome algum, porque, morto, não haverá razão nem oportunidade para chamá-lo.
Sou tão triste!
A tristeza é a presença da abnormidade.
Do quê?
Daquilo que desvia o seu caráter e o seu corpo do vínculo social e de um cotidiano que poderíamos considerar normal e ordeiro, afastando-o de bons hábitos que todos nós devemos cultivar e considerar como o bem.
Divino?

Não. O meu bem. Você pode e talvez até deva acreditar no Destinatário, mas saiba que Ele balança tanto quanto você. Agora, mantendo-se acocorado onde está, vire-se para fora.

Para fora?

Você esteve voltado, durante muitos anos, para a direção contrária à desta sociedade que o pariu. Você tem se comportado de modo reprovável, omitindo-se em relação ao exercício moral e às suas responsabilidades civis, e o resultado disso é que será condenado agora por mim. Você não se excita com nada, nem mesmo com o cigarro e com o jogo, nem mesmo, aposto, com sua noiva. Veja a pose que ela é forçada a fazer para tentar comovê-lo. Ela é ridícula, você é ridículo, tudo isso é ridículo.

A noiva interrompe o choro e levanta a cabeça do chão.

Basta de ridículos. É chegada a hora do maior de todos os acontecimentos. A partir deste momento, o seu horizonte não se encerrará no seu guarda-roupa ou na televisão. Se belo ou não, você decidirá. Há muito para ver. Não faça de conta que essa cidade não lhe diz respeito. Vire esse seu bandulho de encantoado para a cidade à qual pertence.

Ai!

É a minha lei que o encurrala, herege!

A noiva ergue os ombros, apoia as mãos no chão e assenta.

Senhorita, não sou especialista em moral feminina. Você me confundiu e atrapalhou muito com sua camisola, choro e casa arrumada. Não atrapalhará mais. Decida-se, portanto, quanto ao que fazer. Existem opções. Se a senhorita decidir se manter ligada ao noivo, tornar-se-á, para sempre, cúmplice de abnorme, ou seja, mulher de bobo, não sendo designada como nada mais do que isso. Lembre-se de que um bobo remediado não deixa de ser bobo, e a senhorita pode preferir levantar-se e procurar melhor emprego para a sua vida. A senhorita também é livre para permanecer estirada no chão.

A noiva fica de pé e ajeita a camisola. Chego à janela, próximo ao condenado. Peço à noiva que se aproxime também.

Que bom que se levantou. Vejo que não gosta tanto do chão assim. É um bom sinal. Já que está de ânimo renovado, vire-se na direção do seu noivo e me ajude a condená-lo.

Ajudo.

Afirme que ele é culpado.

Você é culpado!

Que é doente.

Você é doente!

Que chegou a hora de ele penar.

Você vai penar no tribunal do decoro!

Volto-me para ele.

Bobo, a sua noiva quer você no mesmo lugar em que eu o quero. Mantenha as mãos firmes; ajeite os pés no beiral.

Quanto tempo ficarei aqui?

Quem decide sou eu. Sua preocupação é manter-se dependurado.

Não sei se vou aguentar muito.

Aguentará.

Como sabe?

Sei porque, condenado, você está sob minha lei. E minha lei prevê a sua sobrevida, o cumprimento de sua pena e a sua reeducação. Sem o vivo, não há lei que se possa aplicar nem lição que se possa ministrar.

Bom, então já estou como o senhor quer.

Razão pela qual vou proferir a sua condenação.

Ajudo-o de alguma maneira?

Ajude-me sofrendo. Agora fique calado.

O OLHEIRENTO

O sr. Decoroso aponta o homem com a mão direita.

O APREGOADOR

Silêncio na urbe! Vamos ouvir a condenação!

O DECOROSO

Condeno-o, bobo, com o poder conferido pelo meu próprio ditado, a permanecer, pelo tempo equivalente ao da longevidade da sua culpa, acocorado no beiral estreito da janela do seu quarto de dormir, como forma de puni-lo pela corrupção de seu caráter, crime este que incide sobre a saúde da sua moral, desviando-o do comportamento considerado, por mim, normal, digno e exemplar. Ao ferir, com a sua conduta, esta sociedade e a mim, o Decoroso, você se candidatou à pena que começa a cumprir. Agora vai conhecer a norma à força, abnorme, à força dos seus próprios membros. Dou-lhe uma razão consistente para a tristeza que diz sentir. Dou-lhe vivo sofrimento para ocupar o lugar de tudo o que negou com a sua abstinência. Você terá bolhas na sola dos pés; dormência nas pernas; dores terríveis nas articulações dos joelhos e tornozelos; vertigem; náusea decorrente da vertigem. Você deve moralidade e comprometimento a esta cidade: pague, tristonho!

O OLHEIRENTO

Pague!

O APREGOADOR

Tristonho!

O DECOROSO

Antes que eu me retirasse, a noiva do condenado aproximou-se de mim.

O senhor me disse que eu poderia fazer outra coisa em lugar de ficar com o meu noivo.

Eu disse que a senhorita poderia fazer o que quisesse da sua vida. Não legislo sobre a mulher.

Eu posso fazer o que eu quiser, mesmo?

Se eu não tivesse vindo a este apartamento, o seu noivo poderia estragar sua hominalidade até atingir o estado de boi, e a senhorita poderia, se quisesse, acompanhá-lo em estado de vaca; e vocês poderiam continuar a viver juntos neste decorado curral, contando mais anos de noivado. Mas eu aqui vim, e o processo que levaria o homem a boi foi interrompido. Logo, fica vedada a sua chance, pelo menos por ora, de ser vaca. Arrume alguma coisa útil para fazer.

É que eu...

A dependura do seu noivo deve interessar mais a mim que à senhorita. Coisas muito importantes ocorrem todos os dias nesta cidade. Assuste-se com o preço dos aluguéis, tenha medo dos ladrões, lamente a chuva que caiu ontem, leia o horóscopo, tome café na padaria. O bobo está ocupado com sua pena, e a pena pertence apenas ao penitenciado.

Nesse caso...

Nesse caso, a senhorita vai sair da minha frente, para que eu não precise ver essa sua camisola nem mais um minuto sequer.

Está bem.

Obrigado. Agora fique quietinha, que eu vou concluir.

Sem mais para o momento, retiro-me, o Decoroso, deste tribunal estabelecido na presença de uma noiva malvestida e de uma cortina que esvoaça, com a certeza de que a Justiça ocupa este quarto com mais substância e integridade do que encontramos em cada página de jornal que circula durante a manhã nesta cidade. Eis a minha lei de volta à forma! Nada mais me confunde: aí está um bobo inconfundível.

Antes de eu sair do quarto, o condenado me chama.

O senhor terminou?

Terminei.

O que será de mim?

Por que se preocupa? Você está sob o melhor dos códigos.

E se meu corpo não aguentar?

Aguentará. Seu corpo agora dita o meu provérbio.

Não posso recorrer da sentença?

Minha lei é soberana, e é por isso que você se encontra dependurado neste alto andar de prédio, superior às outras legislações. Seu corpo de bobo tornou-se um corpo de letra, a letra da minha lei. Saiba que o brasão do decoro é o homem dependurado. Adeus, bobo, e obrigado. Condená-lo me fez muito bem.

5.

Sobre a queda

O DECOROSO

Saio do prédio. Desejo que esse condenado sofra com exemplaridade, e que o incômodo causado pela exposição de seu corpo não seja tão grande assim a ponto de distraí-lo da dor moral.

Guardo da condenação do bobo, em especial, a imagem de seus calcanhares vermelhos pressionados contra a moldura da janela onde passará a próxima temporada de sua vida. A noiva, deitada na cama, permanecia atenta à leitura do jornal do dia, que já ia pela página 4 do caderno de variedades.

A presença testemunhal da noiva será inútil durante o transcurso da pena, mas penso que já era inútil mesmo antes da condenação. Se eu condenasse mulheres como condeno homens, talvez essa mulher viesse a fazer companhia ao marido, e os dois punidos, lado a lado no mesmo beiral, poderiam amar-se como se amam os casais que redescobrem, tardiamente, o amor.

Apregoador, ouça isso: o condenado já sabia quem eu era!

O APREGOADOR

Será que as minhas apregoações estão sendo, finalmente, ouvidas?

AS VIZINHAS

Aqui da área de serviço e das nossas janelas a gente ouve o Apregoador em alto e bom som.

A QUITUTEIRA

Não me canso de ouvir uma voz tão bonita.

A IMPOSTORA

Do meu couto ou debaixo da aba do meu chapéu, eu escuto sempre as apregoações. Aliás, escuto também a conversa das Vizinhas, as zangas do Decoroso e, de vez em quando, até o barulho das tesouras do Bem Composto.

O DECOROSO

Rejubilo-me! Já estava na hora de mais pessoas saberem de onde vem o decoro: o decoro vem de mim! Serei temido por antecedência. Quando eu chegar a cada tribunal, o réu já estará à espera da minha justiça. Que meu alfaiate reveja sua decisão e seus propósitos; que ele se enquadre e volte à linha; que não produza mais documentos, nem estranheza. A lei desta inquisição, implacável, pisa todas as dúvidas.

Tenho vontade de antecipar os pulinhos de contentamento, mas sou paciente. Ando pelo quarteirão seguinte até alcançar distância suficiente para apreciar, de longe, o cumprimento da pena pelo meu condenado. Fecha o sinal, atravesso mais uma rua. Quantas pessoas na direção contrária a me impedir! Alcanço a outra calçada. Viro-me a tempo de testemunhar o bobo, do alto de seu edifício, de mãos dadas com a noiva, saltar da janela onde penava.

A IMPOSTORA

Já não era sem tempo.

PARTE V

1.

Das decorrências de uma morte

O OLHEIRENTO

Conversaremos sobre esse condenado que caiu?

O APREGOADOR

Melhor não.

O OLHEIRENTO

Muito alarde a queda causou na vizinhança. Mas o sr. Decoroso está em silêncio.

O APREGOADOR

Então, não seremos nós a falar.

O OLHEIRENTO

Você acha que...

O APREGOADOR

Um homem caiu, e isso é tudo. A inquisição continua.

O OLHEIRENTO

Apregoe alguma coisa.

O APREGOADOR

Eu?

O OLHEIRENTO

Você não é o Apregoador?

O APREGOADOR

Tá, eu falo, eu falo.

Povo desta comarca! Não há motivo para alarme, não há motivo para temor! Todos os dias, caem homens das mais variadas alturas pelos mais variados motivos. Vamos reconhecer neste a coragem de ter se juntado a esta cidade de modo indivisível. Corpo e calçada são agora uma coisa só, e ambos sujeitos à lei maior que nos educa: a lei do Decoroso.

A IMPOSTORA

Se um condenado caiu, é porque a lei do Decoroso não foi forte o suficiente para mantê-lo suspenso.

O APREGOADOR

Foi a Impostora quem disse isso?

A AMADA

Todo dia eu escuto, mesmo com as janelas fechadas, uma mulher sibilando pela vizinhança.

A QUITUTEIRA

Quem sibila nesta cidade é sempre a Impostora.

O OLHEIRENTO

Foi a Impostora quem disse aquilo.

O APREGOADOR

O sr. Decoroso permanece em silêncio.

AS VIZINHAS

Começarão todos os homens a cair?

A AMADA

Como será uma impostora?

A QUITUTEIRA

Impostora é uma mulher que se fantasia de mulher.

AS VIZINHAS

Não estou gostando nada desse silêncio.
Do silêncio do Decoroso.
Se os homens condenados caírem...
... o que será da lei que os condenou?

O OLHEIRENTO

Atenção! Ouço o abotoar enérgico de um paletó; ouço o alisar de muitos fios de cabelo; ouço o amarrar de cadarços de sapato; ouço o redobrar de um lenço no bolso.

O APREGOADOR

Fale, nosso inquisidor!

O DECOROSO

Ninguém mais vai cair! Nem os condenados, nem a minha lei! Uma vez julgado por mim, o homem carregará sua pena, seja para as janelas, varandas e telhados desta cidade, seja para o meio-fio, asfalto e bueiros. Se não há mais corpo para sofrê-la, não importa. A lei transcende o corpo e vive para provar sua eternidade!

Bobos bárbaros! Eu ainda conhecerei o interior repelente de suas casas. E vocês, menos ingratos do que esse que descendeu junto da noiva malvestida, ainda me agradecerão por tê-los salvado de fenecer diante dos olhos exclusivos de si mesmos. O Apregoador apregoou: a inquisição continua!

O OLHEIRENTO

Ecoa o dito do nosso inquisidor.

O APREGOADOR

Dito bem ditado!

O OLHEIRENTO

Do nosso supremo ditador.

O DECOROSO

Saia da frente, manada, que vou para a alfaiataria. As ruas estão cheias, e as pessoas conversam. Olhem para mim, olhem aqui para o meu decoro! A reconversão de um educando ao convívio social é lenta, de término imprevisível e muitas vezes frustrante. Às vezes, a educação me cansa, e penso que todos poderiam ter a vida que quisessem, desde que bem longe de mim. Como é difícil fazer parte de um mesmo e odioso grupo, e ainda por cima chamá-lo de sociedade!

Viemos do alto, bem macacos, em direção ao chão, mas agora eu obrigo os piores tipos a se dependurar de novo. É preciso refazer, com mais competência, o caminho onde a humanidade abandonou pelos e clava. Macaqueiem os condenados e vejam se tiram daí uma importante lição!

Entro no corredor do prédio, cumprimento o porteiro, conhecido de tantas vezes em que aqui estive. Será que a correspondência que chega para o alfaiate vem com o seu nome antigo impresso no envelope? Volto ao porteiro e olho sobre o seu ombro esquerdo, em direção aos guichês com os números das salas e lojas dos proprietários dali.

A IMPOSTORA

Eduque-me.

O OLHEIRENTO

Aí está! Ouviu? É a Impostora, Apregoador. Eduque-me, ela disse.

O APREGOADOR

Conseguiu descobrir de onde veio?

O OLHEIRENTO

De algum lugar muito próximo, como sempre. Mas esse

sussurro... Como é que ela consegue? Falar de todos os lugares, falar de lugar nenhum! Lá? Não sei. Acolá? Talvez...

A IMPOSTORA

Você não estava esperando uma oportunidade para se retratar completamente da mancada da última noite, Olheirento? Aqui está ela: diga ao sr. Decoroso que eu quero que ele me conheça. Quero me encontrar com ele e saber do que é feito o seu decoro. Quero me encontrar com ele e que ele saiba do que é feita a minha impostura.

O OLHEIRENTO

Ouviu a proposta que ela faz, Apregoador?

O APREGOADOR

Ouvi, ouvi, agora ouvi claramente. O sr. Decoroso...

O OLHEIRENTO

Foi à alfaiataria. De lá, não consegue ouvir esta conversa.

A IMPOSTORA

Esperarei pelo Decoroso esta tarde, na casa do homem que ele condenou ontem a se dependurar pela boca. Esperarei atrás dos lençóis postos por sua mãe para secar na área de serviço.

A AMADA

Que voz suave tem essa Impostora.

A QUITUTEIRA

Muitas fantasias ela também tem.

O APREGOADOR

Anotou o que a Impostora disse, Olheirento?

O OLHEIRENTO

Anotei: encontro da Impostora com o Decoroso, atrás dos lençóis que secam na área de serviço da casa do bobo condenado ontem, aquele dependurado pela boca na própria varanda.

Vamos, use a sua voz para chamar o Decoroso.

O APREGOADOR

Agora? Não acho estratégico.

O OLHEIRENTO

Não?

O APREGOADOR

Não. O Decoroso foi até o alfaiate para conferir o pano da futura toga e para investigar se o Bem Composto adoece ou não de bobeira: já são emoções em demasia.

O OLHEIRENTO

É verdade. Tem razão. Concordo. Não é estratégico. Esperemos, então.

A QUITUTEIRA

A sra. Amada abriu e fechou as janelas do seu apartamento e decidiu deixá-las nem completamente abertas nem totalmente fechadas.

A AMADA

Tenho amor demais.

Mas, ao contrário das outras coisas que me sobram, posso dizer uma coisa muito boa sobre o amor.

O amor tem de muito bom...

O BEM COMPOSTO

O sr. Decoroso vem conhecer o pano para a toga. Está para chegar a qualquer momento. Estranho que não tenha vindo ainda. O porteiro me disse que ninguém me procurou. Além do Candidato e do Decoroso, quase pessoa nenhuma me procura mais. Tenho muito tecido. Muita linha. Agulhas, alfinetes, giz. Tenho moldes, tesoura, fita métrica. Que roupas farei com tudo isso? Tanto melhor que não me procurem. Quanto menos for chamado, menos risco corro de que digam meu antigo nome. Chamem-me apenas de Bem Composto. Não basta? Não serve? Não é verdadeiro? Então não me chamem de nada.

A AMADA

Mas dizer sobre o amor, de improviso, enquanto eu molho as plantas, que não têm nada a ver com isso...

Eu poderia começar dizendo... Não. Isso não. Vamos ver... Vou começar de novo: o amor... o amor é bom porque...

O BEM COMPOSTO

Guardo minha pasta de documentos. Apanho a lã recém--chegada. Deixo-a dobrada, macia e imaculada sobre a mesa. No espelho grande, fico a olhar para mim mesmo. Sou este, sou isto. Assim está suficiente. Se eu estivesse para receber herança, se eu tivesse desbravado terra desconhecida e fosse glorificado pela minha nação, se eu tivesse um filho, talvez ainda valesse a pena possuir o nome que um dia eu tive. Mas não fui, não tive, não fiz.

O JUIZ

Não constam testamento, nem nação, nem filho em favor do sr. Bem Composto.

A QUITUTEIRA

Frito nova remessa de quitutes. Daqui vejo o rosto sério da sra. Amada, quando se aproxima da janela.

A AMADA

Umas poucas frases sobre o amor, vamos lá... Eu tenho muito amor, e esse amor...

Vou pegar mais água e mudar de planta.

2.

Sobre a compostura, a lei e o amor

O DECOROSO

Por uma fresta desleixada do veludo, vejo o reflexo do Bem Composto num grande espelho que ele tem na alfaiataria. Está aí dentro meu servidor mais elogiado, que agora me vê pelo mesmo reflexo com que se mostra. Então se aproxima o homem que, não querendo mais o nome que já teve, propõe perder todo e qualquer nome. Bobo? Vejamos.

O Bem Composto afasta a cortina e abre a porta. Pesada cortina. Porta rangente. Terão sido feitas para esconder, por todo esse tempo, sua bobeira? Cumprimento-o. O alfaiate tem modos severos e grave suspiro aos quais respondo com suspiro ainda mais grave e modos severíssimos. Onde estará a gorda pasta levada há pouco ao cartório, maior do que aquela que levei comigo e que tanto me assombrou? Aposto que guardada nalguma gaveta sinistra, no alto de uma prateleira temível. Olho em torno: em que etiqueta, em que cabeçalho, em que folha de cheque, em que receita médica, em que apólice de seguro ainda resistirá uma amostra exposta do seu nome rejeitado? Onde o Bem Composto conserva, ao menos, uma toalha com as iniciais bordadas, uma folha de papel timbrado, um carimbo sem tinta, um anel gravado, uma carta de amor jogada próximo ao rodapé deste recinto, uma tatuagem que, a cada dia, se apaga? O alfaiate torna a suspirar.

Passa bem, alfaiate?

O BEM COMPOSTO

Um pouco esbaforido. Vim correndo para a alfaiataria, senhor.

O DECOROSO

Correndo de onde?

O BEM COMPOSTO

De problemas.

O DECOROSO

Resolveu-os?

O BEM COMPOSTO

Ainda não. É coisa boba, senhor.

O DECOROSO

As nossas coisas podem sempre ser bobas, Bem Composto. Umas mais que outras, mas todas bobas. As mais bobas são sempre as mais perigosas. Espero, pelo menos, que o seu problema não tenha feito o senhor...

O BEM COMPOSTO

Perder a compostura? Não perdi, senhor.

O DECOROSO

Tem coisas que, se a gente perde, não encontra mais. Perder a compostura imagino que seja como perder um alfinete: tão logo se perde, já se sente a espetada. Mas vim aqui para saber sobre o tecido para a minha toga...

O BEM COMPOSTO

Está na mesa. Eu o deixei separado para o senhor.

O DECOROSO

Posso tocar nele, eu suponho.

O BEM COMPOSTO

É claro, senhor.

O DECOROSO

Não vou marcá-lo?

O BEM COMPOSTO

Este é um pano puro como é puro um homem do decoro.

O DECOROSO

Com mãos espalmadas, cobiço a minha encomenda, enquanto o Bem Composto se afasta e colhe um alfinete da própria lapela. Curvo-me para tocar a desejada peça de pano. O Bem Composto ajeita uma régua. Eis o pano e, ao fundo, um homem de aparente e invejável compostura. Magnífico e inocente, sem dúvida, é o pano, mas... e o homem?

Admirar ou desprezar este homem, este e não outro homem, que está diante de mim?

Avanço os meus punhos sobre o pano, enquanto o alfaiate mira o seu braço esquerdo e retira da manga outro alfinete para repô-lo à caixa. Enrola uma fita métrica, depois vai à luminária da mesa, acende-a e volta ao lugar onde estava.

Absolver ou acusar este homem, este e não outro homem, que está diante de mim?

Tocam o tecido as minhas duas mãos da Justiça. Esta é a vestimenta do decoro. O alfaiate volta-se para os fundos da alfaiataria, dando-me as costas, e desabotoa o paletó. Entre as suas maneiras e as do tecido, confundo-me. Como se chamou um dia este homem para que prefira a anonímia? Quando é que começou a se tratar por Bem Composto?

Amar ou odiar este homem, este e não outro homem, que está diante de mim?

A AMADA

Mas, como eu dizia, quero dizer algo bom sobre o amor. Além da sorte de ser muito amada, é claro...

O DECOROSO

A questão não é mais se o alfaiate é bobo ou não é, mas se, em sua presença, sou ou não sou um inquisidor.

O OLHEIRENTO

A sra. Amada está falando sobre o amor, enquanto molha as plantas. Sua voz é quase inaudível com o barulho da água caindo na terra dos vasos. Que as Vizinhas se ocupem dela, enquanto tento ouvir o que acontece na alfaiataria.

O DECOROSO

Dentro do pano, minhas mãos começam a tremer: é minha lei que se inclina da dúvida daninha ao espasmo.

A AMADA

Que não me entendam mal, afinal, não estou reclamando. Quem sou eu para reclamar? Sou uma mulher de sorte, que sorte tenho eu de ser tão amada...

O DECOROSO

Espasmada na trama indissolvível da minha dúvida, espasmada na trama carnuda da lã da minha toga.

AS VIZINHAS

A sra. Amada fala.
Fala baixinho sobre o amor.

O DECOROSO

Retiro minhas mãos do pano.

A AMADA

É que esse amor...

O DECOROSO

Vou-me embora da alfaiataria. Caminho até a porta. Afasto a cortina.

AS VIZINHAS

É mesmo a voz de uma mulher muito amada.

O DECOROSO

Abro a porta, mas o alfaiate ainda tem tempo de me pedir...

A AMADA

É que esse amor...

O BEM COMPOSTO

Quero ser seu bobo, sr. Decoroso.

AS VIZINHAS

Ainda há muitos vasos com plantas para a sra. Amada molhar?

Ela molha as plantas devagar.

O OLHEIRENTO

O sr. Decoroso sai da alfaiataria. Trancou-se a porta depois da sua passagem, e a cortina tornou a se fechar.

A AMADA

É que esse amor, que ninguém me ouça, nem me julgue...

O OLHEIRENTO

Ao chegar à calçada, o nosso inquisidor volta-se subitamente para o interior da galeria. Mas para. Gira o corpo. Retorna à rua. Atravessa-a.

O APREGOADOR

Ainda um grande pano, muito menos nobre do que a lã de uma toga encomendada e mais pesado do que a cortina do Bem Composto, cairá sobre esta cidade. Mas os homens, coxos sobre os muitos tablados onde costumam pisar, não ouvirão aplauso algum.

A AMADA

E que eu possa ser perdoada pelo que disser...

O OLHEIRENTO

O sr. Decoroso anda depressa pela rua oposta.

A AMADA

Eu não preciso de tanto amor.

O APREGOADOR

O sr. Decoroso anda cheio de raiva e desprezo.

A AMADA

Talvez, no lugar do tecido que eu comprei, eu devesse ter comprado outro, desmerecedor de nota, imperceptível, e com ele me disfarçar de não ser ninguém, como uma parede, uma cristaleira e uma tábua de passar roupa não são ninguém.

AS VIZINHAS

São muitas as avencas para a sra. Amada molhar.
Além de violetas de muitas cores.

A AMADA

Então eu seria amada apenas na modesta medida em que uma tábua de passar roupa, uma cristaleira e uma parede podem ser amadas.

AS VIZINHAS

A água que a senhora despeja nas plantas está a terminar.
Haverá derramação hoje?

A AMADA

Eu troco amor por outra coisa qualquer.

AS VIZINHAS

Esse deve ser o último vaso.

Na terra, não se escuta caírem muitas gotas mais.

A AMADA

Eu não quero ser amada.

3.

Em que Olheirento e Apregoador ponderam acerca dos erros

AS VIZINHAS

Astigmático?

É. O Olheirento. Não soube?

Não.

Disseram por aí que ele não vem enxergando muito bem.

Com astigmatismo, se enxerga menos?

Um pouco embaçado.

Bem feito!

Para ele aprender...

... a não xeretar.

Ele que espere.

E verá.

Verá embaçado, mas verá.

E o irmão dele?

O Apregoador?

Esse é outro.

Que passa boa parte do dia dormindo. No início, aterroriza-va a gente. Agora, deu para engasgar.

Engasgar?

Engasgar. Coisa de garganta.

Rouquidão?

Muita. E tosse.

Pigarro?

De manhã, então...

O OLHEIRENTO

As horas passam. A Impostora já deve estar esperando na casa do bobo. Seja o que o Destinatário, esse malquerido, quiser. Perdi o inquisidor de vista. Ele saiu tão rápido da alfaiataria... Lá está ele, lá está ele. Com a Quituteira.

Sr. Decoroso! Preciso lhe falar.

O DECOROSO

Esse dia vai mal. Muito mal. Não estou com muito humor, nem com muita paciência, nem com muita disposição, nem com muito nada. A melhor coisa que me aconteceu até agora foram esses pastéis da Quituteira. Tem certeza de que o que vai falar é importante?

O OLHEIRENTO

Tenho, senhor. É importante, sim. O senhor vai gostar. Ou

não vai gostar muito, mas será importante mesmo assim, e o senhor vai aprovar que eu lhe conte. Eu garanto.

O DECOROSO

Não quero ficar de conversinha, olhando para cima, em plena rua de cidade, com um pastel de queijo em cada mão. Fale rápido.

O OLHEIRENTO

Falarei tudo de uma vez e rapidamente. A coisa aconteceu assim: enquanto o senhor estava na alfaiataria tratando com o sr. Bem Composto, a Impostora tornou a falar. Aos sussurros, como sempre. Provocativamente, como sempre. A surpresa foi que ela quer, desta vez, conhecê-lo e conversar pessoalmente com o senhor. Ela diz que esperará pelo senhor esta tarde na casa do homem que foi condenado ontem a se pendurar pela boca. Esperará atrás dos lençóis estendidos na área de serviço. Pronto. Isso é tudo.

O DECOROSO

Isso é tudo? Tudo? Não me iluda com tudo. Tudo, na verdade, não é nada! Ou uma isca, se tanto. Encontro? Na casa de um bobo eu só entro para baixar lei e decretar pena. E entre os lençóis estendidos na área? Que vulgaridade! Já não chega de sermos vulgares?

O OLHEIRENTO

Não sei, senhor.

O DECOROSO

Não, eu sei que não chega. Somos homens, e a vulgaridade nos acompanhará até o final.

O OLHEIRENTO

Até o final, senhor.

A AMADA

Que tipo de fantasia veste a Impostora?

A QUITUTEIRA

A Impostora se fantasia de tudo.

O DECOROSO

Os mesmos rostos indolentes, nós os encontramos todos os dias, e não são para esbofetear. Você não se cansa de vê-los aí de cima? Eu me canso aqui embaixo.

A AMADA

Ela pode se fantasiar de Quituteira?

A QUITUTEIRA

Ela pode se fantasiar até de Amada.

O DECOROSO

Já está na hora de encontrá-la, Olheirento?

O OLHEIRENTO

Daqui a pouco.

O DECOROSO

Então tenho tempo para dois pastéis. Você continua com a rede em mãos? Nada impede que o Destinatário, de Quem não falamos há algum tempo, dê as caras durante o dia. Afinal, esta inquisição se prepara para inquiri-Lo inquirindo os homens. Ele terá, em algum momento, de explicar o motivo dessa nossa farsa humana. Afinal, na pomba em que costumava voar o Espírito Santo hoje não cabe nada além de piolhos. Tristes tempos. Infelizmente, são os nossos tempos. Adiante.

O OLHEIRENTO

O sr. Decoroso limpa as mãos num guardanapo da Quituteira; a sra. Amada põe um só prato na mesa; o Bem Composto não deixou a alfaiataria desde a saída de seu único cliente desta manhã.

Creio haver movimentação suficiente no céu para supor que o Destinatário esteja se ajeitando sobre as massas de ar quente e seco que chegam hoje a esta cidade. Empunho a rede. Basta que Seu supremo dedo mindinho fure uma nuvem para que eu O capture.

Os místicos desses nossos arredores, entretanto, há muito não se agitam. Devem estar ocupados com o almoço, no que estão certos. Uma só distração com o acendimento do incenso ou com a posição dos cristais, e o arroz pode queimar. Mas serei só eu o vigilante? O resto está indiferente?

Aproveite para aparecer, Destinatário, e devore os indiferentes! Eles tornarão a prestar atenção no Senhor quando mastigados. Depois, num grande banquete pela renovação da fé, todos nós que tivermos nos salvado da Sua gulodice vamos comê-Lo, celebrando a restaurada comunhão com o Senhor e exibindo, no lugar das hóstias, fiapos Seus presos no meio dos nossos dentes!

AS VIZINHAS

O Decoroso vai encontrar a Impostora?
Foi o que eu ouvi.
O que será que ela vai aprontar?
Ah, não sei. Daquela ali a gente pode esperar quase tudo.

O OLHEIRENTO

Apregoador! Ô Apregoador! Você nunca me escuta de primeira. Parece que faz de propósito. Esqueça as moças dos apartamentos vizinhos e chegue para cá um momento.

O APREGOADOR

Tem que ser agora?

O OLHEIRENTO

Tem.

O APREGOADOR

Você sempre gostou de me atrapalhar.

O OLHEIRENTO

Mais cedo, assistimos à queda de um condenado; em seguida, a inquisição foi forçada a recuar diante do alfinete e da compostura do alfaiate; e agora o sr. Decoroso vai se encontrar com a Impostora.

O APREGOADOR

Estou sabendo, mano. Eu também presto atenção nas coisas. Infelizmente, eu vivo ao seu lado. Não dá para não ouvir a sua conversa. Dá, no máximo, para ficar distraído.

O OLHEIRENTO

Estou com medo.

O APREGOADOR

Não é a primeira vez.

O OLHEIRENTO

E se der tudo errado?

O APREGOADOR

Não seria a primeira vez também.

O OLHEIRENTO

Mas desta vez tudo, Apregoador, absolutamente tudo pode
dar errado, errado de muitas maneiras, se é que já não está dando.
Não existe nada mais diverso do que o errado.

O APREGOADOR

Avaliar isso não é da sua alçada.

O OLHEIRENTO

É, sim. E da sua também.

O APREGOADOR

Da minha? Por que da minha?

O OLHEIRENTO

Você está nisso tanto quanto eu, meu caro, desde o início desta inquisição. E o que fizemos de grande? O que fizemos de notório? Quando decidimos quem trabalharia de vigia e quem trabalharia de locutor, você ficou de locutor porque tinha uma voz bonita, e eu fiquei de vigia porque enxergava bem. Mas agora eu estou com astigmatismo. E você...

O APREGOADOR

Eu o quê?

O OLHEIRENTO

Deu para engasgar.

O APREGOADOR

Engasgar? Eu? Que absurdo. Que ofensa. Que infâmia.

O OLHEIRENTO

Você deu para engasgar, sim. Não finja. Você está engasgando cada vez mais. Além disso, você tosse e tem pigarro. Sua voz está sempre rouca.

O APREGOADOR

Se você me chamou para me destratar desta maneira, não

me chame mais. Cada um fala do seu canto da corda, e pronto. Daqui para a frente, a gente conversa o mínimo possível.

O OLHEIRENTO

Mano, espera.

O APREGOADOR

O quê?

O OLHEIRENTO

Quantas vezes já fizemos tudo errado?

O APREGOADOR

Não quero falar sobre isso.

O OLHEIRENTO

Quantas, mano?

O APREGOADOR

Muitas.

O OLHEIRENTO

É o que eu acho também.

O APREGOADOR

Você errou bem mais do que eu.

O OLHEIRENTO

Eu? Você acha? Errei sempre?

O APREGOADOR

Sempre, não. Sempre é muito. Você errou algumas vezes. Eu ajudei você a consertar os erros. E nós tivemos grandes acertos. Eu acertei mais vezes, claro.

O OLHEIRENTO

Nós acertamos, sim. Mas foi há muito tempo.

O APREGOADOR

Qual é o problema de ter sido há muito tempo? Não conta?

O OLHEIRENTO

Faz muito tempo que estamos aqui.

O APREGOADOR

Aqui não é mau. Temos uma vista. Somos equilibrados.

O OLHEIRENTO

Você acha que, desta vez, estamos fazendo certo?

O APREGOADOR

Não sei. Não temos como saber.

O OLHEIRENTO

O Decoroso é um homem justo.

O APREGOADOR

É um homem probo.

O OLHEIRENTO

É um homem limpo.

O APREGOADOR

É um homem reto.

O OLHEIRENTO

E decoroso.

O APREGOADOR

Mas...

O OLHEIRENTO

Será um homem?

O APREGOADOR

Olheirento.

O OLHEIRENTO

Sim?

O APREGOADOR

Um homem é só isso mesmo. Com decoro ou não.

O OLHEIRENTO

Nós estamos ficando velhos, você sabe. Às vezes, eu fico com vertigem de tanto olhar. Não sei mais por que fico olhando tanto. As pessoas fazem as mesmas bobagens de sempre.

O APREGOADOR

Por que você olha tanto? Eu já lhe falei. As pessoas não valem muito a pena.

O OLHEIRENTO

E, mesmo que melhorem muito...

O APREGOADOR

Não serão outra coisa além do que já são.

O OLHEIRENTO

Mesmo o nosso inquisidor?

O APREGOADOR

Mesmo.

O OLHEIRENTO

Você acha que eu...

O APREGOADOR

Acho.

O OLHEIRENTO

E você?

O APREGOADOR

Também acho.

O OLHEIRENTO

Não apregoe isso não, tá?

O APREGOADOR

Não apregoarei.

O OLHEIRENTO

O sr. Decoroso acaba de deixar o carrinho da Quituteira e segue para o apartamento onde se encontra a Impostora.

O APREGOADOR

Você já consegue vê-la na área de serviço?

O OLHEIRENTO

Ainda não.

O APREGOADOR

Parece-lhe que esse encontro dará certo?

O OLHEIRENTO

Não.

O APREGOADOR

Mesmo assim, não vamos abandonar o nosso inquisidor, está bem?

O OLHEIRENTO

Não vamos abandoná-lo.

4.

A respeito da nudez e do revés

A QUITUTEIRA

Vai embora o meu inquisidor. Quem ele encontrará, dizem, costuma usar brinco, bracelete, peruca e sandália de salto.

O VERSIFICADOR

Esta não é uma boa hora para poesia. Depois, quem sabe.

O PRESTÁVEL

Está atravessando a rua aquele decoroso homem. Ficarei aqui para qualquer eventualidade.

O DECOROSO

Duvido que essa mulher que brinca de se fantasiar, se for

mesmo uma mulher, tenha resolvido se ajoelhar diante do decoro e, se o fizer, duvido que a ajoelhação não seja mais um de seus fantasiares. É difícil lidar com uma falsa quando ela é consciente da falsidade. Tudo corre o risco de ser deboche, e os debochados, neste caso, seremos eu, minha lei, meus ditos, minha inquisição.

O APREGOADOR

Os números odiáveis desta peça bufa que é o dia a dia desta cidade não param de suceder-se. Faz mesmo sentido chamá-la de existência? Se não fossem as mocinhas das áreas de serviço e das cozinhas que consigo observar daqui nas horas de folga, com suas mãos cobertas de lúbrica espuma de detergente, eu já teria desistido.

O DECOROSO

Atravesso a rua e chego à portaria do prédio do meu condenado. É impressão minha ou aquele passante olha para mim? E esse morador que sai apressado? Passo a portaria e tomo o elevador. No ar da cabine, há perfume; aspiro-o; no chão, purpurina; piso-a; e chego ao andar onde pena o meu dependurado. No corredor, junto à parede, caída, está uma fita brilhante de cetim; arrasto-a com a sola do meu sapato até poder vê-la sob luz melhor; na maçaneta da porta arrombada do apartamento, apoia-se um bracelete dourado; observo-o de perto; toco-o; apanho-o com cuidado e desconfiança; meço-o em meu punho; largo-o no chão; abro a porta e entro.

Do interior de um dos quartos, ecoa um salmo lido pela mãe que retornara à casa do bobo. Na mesinha de centro da sala, um copo cheio de água sua, gelado que deve estar, enquanto

queima, no cinzeiro, um comprido cigarro corado de boca. Vou
à varanda. O bobo que condenei permanece dependurado, aplicado na mastigação interminável da balaustrada. Ele percebe
minha aparição, geme baixinho, fecha os olhos e posso jurar que
ri em meio à baba que lhe escorre entre os prodigiosos dentes.

Da sala, pé ante pé, chego à cozinha. Do que riu o condenado há pouco? Sobre a pia, encontro um par de luvas finas com
botões de madrepérola; uma peruca está entre o pano de prato e
o detergente; há esmalte vermelho derramado sobre a tampa do
bule; riscas de rímel nas chávenas de café; cílios entre gumes de
facas, colar espalhado sobre o pão, unhas postiças com colheres,
anéis dispersos na fruteira, brincos espetados numa folha velha de
alface; por todo o resto do cômodo, distribuem-se outros adereços
de uma colombina em desmanche.

O OLHEIRENTO

Na área de serviço, os lençóis escondem a Impostora. Mas
consigo ver, na cozinha, peruca e mancha de esmalte.

O APREGOADOR

Que a inquisição não exponha sua cabeça à derrota.

O OLHEIRENTO

No interior do apartamento, a mãe do bobo passa ao salmo
seguinte.

O APREGOADOR

Peruca? Esmalte? Salmo? Mãe? Profetizo um revés.

A MÃE

Salvai-nos, Senhor, pois desaparecem os santos, e a lealdade se extingue entre os homens.

O DECOROSO

Avanço pela cozinha.

O OLHEIRENTO

Percutem no piso de lajota as solas duras dos seus sapatos.

O APREGOADOR

Sugerem cascos de cordeiro numa baia de sacrifício.

O DECOROSO

Depois da cozinha, fica a área de serviço.

O OLHEIRENTO

O brilho forte do sol ilumina os lençóis estendidos nos varais para secar.

O APREGOADOR

Melhor seria se conseguíssemos diminuir um pouco a rutilância local ou se contássemos com alguma sombra a nosso favor.

A MÃE

Uns não têm para com os outros senão palavras mentirosas; adulação na boca, duplicidade no coração.

O DECOROSO

No fundo da área, encoberta por arremedos de dossel retirados há pouco de uma máquina de lavar, está uma mulher.

O OLHEIRENTO

Vejo-a também daqui!

O DECOROSO

Eis quem caçoa da minha lei.

O OLHEIRENTO

Tem aspecto de estátua sensual, mas com trejeitos de imaculada.

O APREGOADOR

Vençamos, juntos, nosso espanto.

O OLHEIRENTO

A inquisição aponta a Impostora com o dedo indicador da mão direita. Começa o inquirimento.

O DECOROSO

O que você quer de mim?

O OLHEIRENTO

Escuta-se a voz do mais justo entre os justos.

O APREGOADOR

Mas receio que tenha soado como um balido.

A MÃE

Que o Senhor extirpe os lábios enganosos e o falar dos soberbos.

O OLHEIRENTO

A Impostora avança um passo.

O APREGOADOR

Aconselho o recuo em prol da preservação do decoro.

A IMPOSTORA

Espero que o senhor, sr. Decoroso, não ache indecorosos estes meus ombros nus, nem estes joelhos, nem todo o resto nu do meu corpo que os lençóis ainda cobrem.

O OLHEIRENTO

Cai no chão da área um dos lençóis.

O DECOROSO

O que você quer de mim?

O APREGOADOR

Soa o segundo balido.

A MÃE

Aqueles que dizem: dominaremos pela nossa língua, nossos lábios trabalham para nós, quem nos será senhor?

O OLHEIRENTO

A Impostora avança novamente.

O APREGOADOR

Enquanto há decoro, é prudente recuar.

A IMPOSTORA

Se o senhor abrir a geladeira, verá que tem, numa prateleira, comida azeda; noutra, meu corpete de seda preferido.

O DECOROSO

O que você quer de mim?

O APREGOADOR

Soa o terceiro balido.

A MÃE

Responde, porém, o Senhor: por causa da aflição dos humildes e dos gemidos dos pobres, levantar-me-ei para lhes dar a salvação que desejam.

O OLHEIRENTO

Verga o dedo do nosso inquisidor.

A IMPOSTORA

O senhor sabe melhor do que eu o que fazer com um corpo, sr. Decoroso, dependurando, por toda a cidade, homens castigados pela sua palavra. Nossos edifícios são agora decorados com as extensões do seu corpo de inquisidor, como membros espalhados de uma única carne legal.

O OLHEIRENTO

Outro lençol é abandonado.

A MÃE

As palavras do Senhor são palavras sinceras, puras como a prata acrisolada, isenta de ganga, sete vezes depurada.

O DECOROSO

O que você quer de mim?

O APREGOADOR

Quarto balido.

O OLHEIRENTO

A Impostora mantém-se coberta apenas pela ponta de um

lençol. O sr. Decoroso dá dois passos para trás, recuando até o limiar da cozinha.

A IMPOSTORA

Pergunte-me, Decoroso, se ainda fantasio ou se estou expurgada de todas as minhas fantasias.

O APREGOADOR

Está a ceder o decoro, como cederam os lençóis.

A MÃE

Vós, Senhor, haveis de nos guardar; defender-nos-eis sempre dessa raça maléfica.

O OLHEIRENTO

A Impostora afasta de si a última ponta de lençol.

O APREGOADOR

Horroriza-se a inquisição.

O OLHEIRENTO

É um único e indubitável corpo de mulher; corpo dilúcido,

explícito e libidinoso; corpo este, e não outro, com que ela se disfarçou e nos confundiu desde sempre.

A IMPOSTORA

Se não quiser mais ouvir as minhas provocações e o meu deboche, o senhor pode ditar a minha condenação, estipular minha pena, apontar a beirada de prédio onde devo me agarrar, e me chamar de boba.

O APREGOADOR

Está silenciado o cordeiro.

A IMPOSTORA

Quero ser uma donzela consagrada ao tirano.

O OLHEIRENTO

Curva-se o sr. Decoroso.

A MÃE

Porque os ímpios andam de todos os lados, enquanto a vileza se ergue entre os homens.

O APREGOADOR

Tomba a inquisição.

O OLHEIRENTO

Está no chão o mais justo entre os justos.

O APREGOADOR

Rasteje, senhor, rasteje para longe daí!

O OLHEIRENTO

Escuta-se a gargalhada do bobo condenado na varanda que abocanha.

A IMPOSTORA

Vem me julgar, vem me condenar, vem me dependurar, sr. Decoroso!

5.

Em que corre o inquisidor pelas ruas da comarca

O OLHEIRENTO

Ele corre.

O APREGOADOR

E como corre.

O OLHEIRENTO

Gargalha a Impostora. Gargalha o bobo. O salmo finda.

A AMADA

É ela quem ri tão alto assim?

A QUITUTEIRA

É ela.

AS VIZINHAS

Eu sabia que ia acontecer uma coisa assim.
Eu também sabia.
O que a gente vai fazer?
Prestar atenção, prestar atenção. Está ouvindo a risadaria?
É dela, é dela.

A AMADA

Será de impostura esse riso?

A QUITUTEIRA

Ou será de verdade?

O OLHEIRENTO

Passa rua, sobe calçada, corre avenida, corta praça: o sr. Decoroso atravessa o centro da comarca sem olhar para trás. Ele vai misturado na multidão, trombando nos pedestres. Entra numa galeria que dá para a rua de cá e sai pela porta que dá para o lado de lá. É impossível acompanhá-lo. Não consigo ver tanto. Minha vista embaça. Tenho astigmatismo. É ainda ele lá longe?

O APREGOADOR

O inquisidor acaba de deixar os limites deste nosso entulhado quintal que atende por centro de cidade!

O OLHEIRENTO

Apregoador! Apregoe qualquer outra coisa mas não essa debandada!

O APREGOADOR

Apregoar o quê, Olheirento? O negócio agora é correr.

A IMPOSTORA

Um Decoroso fujão, um Olheirento astigmático e um Apregoador engasgado formam desta cidade a malograda e fugidia trindade.

AS VIZINHAS

Da área de serviço do apartamento do condenado, a Impostora não sibila mais.

Agora ela exclama o que bem quer em alta, bela e insolente voz.

Eu é que não vou sair daqui.

Nem eu.

Sei lá o que esse povo vai fazer...

Povo imprevisível.

Aqui é bem melhor.
A gente ouve tudo.
Sabe de tudo.
E não tem que se expor.
O Decoroso correu mesmo!
Passou chispando pela nossa porta.
Aonde você acha que ele foi?
Ah, não faço a menor ideia.
Cafezinho?
Fresco?
Acabei de passar.

O OLHEIRENTO

Não gosto do que a Impostora diz.

O APREGOADOR

Deixa ela falar. Por que impediríamos?

O OLHEIRENTO

Ela está falando mal da gente.

O APREGOADOR

E nós somos coisa que valha? Quando alguém fala da gente,
só pode falar mal.

O OLHEIRENTO

Não temos para onde ir, nem lugar para nos esconder. Não podemos nem correr como o sr. Decoroso, afinal, estamos numa corda. Não movimentamos nossas pernas...

O APREGOADOR

Há muito tempo.

6.

Quando se discute sobre o horizonte e o futuro

O APREGOADOR

Olheirento, você acha o nosso horizonte belo?

O OLHEIRENTO

Ele me parece um tanto embaçado. Mas pode ser efeito do meu astigmatismo. Por quê?

O APREGOADOR

Eu acho que o horizonte não é tudo isso que dizem. Mas o resto da cidade também não é.

O OLHEIRENTO

Talvez, se retirássemos de todas as ruas as placas com os seus nomes, poderíamos nos esquecer desta cidade um dia.

O APREGOADOR

É preciso que se passem muitos anos para não lembrarmos mais como as ruas e o resto das coisas se chamam.

O OLHEIRENTO

Bom, então sugiro deixar os nomes das ruas e do resto das coisas onde estão e agir como o Bem Composto: recusemos nossos nomes e nos esqueçamos de nós mesmos.

O APREGOADOR

É uma boa medida, coisa de que o alfaiate entende bem. E talvez ele saiba, mais do que todos nós, manter a linha.

O OLHEIRENTO

Você acha que a hora é boa para trocadilhos?

O APREGOADOR

Não acho que seja uma hora boa para nada. O sr. Decoroso se empenhou tanto para que fôssemos uma cidade coesa e população vinculada, mas agora constato que nós e a cidade somos um congregado de negativas. Não convencemos como a extensão ou complemento dos nossos colegas: somos seu limite, somos sua contestação. Uma cidade e sua população constituem uma consensual ilusão de que sejamos uma só e indivisível coisa.

O OLHEIRENTO

Pelo menos, a Impostora parou de gritar, enrolou-se num dos lençóis que caíram no chão da área e foi embora. Atrás dela, a mãe do bobo não tardou a sair. Desde então, continuo a procurar o sr. Decoroso pelas ruas desta cidade que ainda consigo enxergar. Não o encontro: para casa ele não voltou; para a alfaiataria também não; com a Quituteira não está.

Os transeuntes estão calmos. Os carros não avançam os sinais. Não houve acusações de furtos, nem de estelionatos, nem de traições nas últimas horas. O Apregoador não tem mais o que apregoar, nem eu a quem vigiar. Em breve vai anoitecer. Qual será o nosso futuro eu não sei: o Decoroso não está mais aqui para ditá-lo.

O APREGOADOR

E, para a sua decepção, mano, terminaremos esta farsa sem termos sido modernos.

O OLHEIRENTO

Você também queria ser moderno.

O APREGOADOR

Não como você. Aliás, não sei o que você viu na modernidade para ela lhe interessar tanto assim.

O OLHEIRENTO

É que eu queria me tornar aquilo para o qual vínhamos nos preparando havia muito tempo.

O APREGOADOR

É verdade que nos preparamos. E muito.

O OLHEIRENTO

Decidimos ficar dependurados na corda por nossa própria conta. Pregamos. Vigiamos.

O APREGOADOR

Tomamos vacina. Aprendemos tabuada. Procuramos usar os pronomes corretamente.

O OLHEIRENTO

Nossa educação foi em vão. Nosso empenho foi em vão. Agora que o Decoroso foi embora, ninguém nesta cidade aprenderá mais nada.

O APREGOADOR

Nada.

O OLHEIRENTO

São uns moleirões, os citadinos.

O APREGOADOR

Somos moleirões também.

O OLHEIRENTO

Para que servem as nossas aptidões agora?

O APREGOADOR

Como propriedade, temos só a nossa corda.

O OLHEIRENTO

E essa rede de apanhar ninguém.

O APREGOADOR

O Destinatário não deu as caras. Não nos queimou com raios, nem nos recolheu como filhos. Não patrocinou nossa guerra, nem incitou possíveis inimigos a nos destruir.

O OLHEIRENTO

Não há modernidade sem uma grande guerra que a inaugure, eu penso. E para onde correu aquele que foi o nosso general, nosso inquisidor, nosso ditador, nosso Decoroso?

O APREGOADOR

Com esses homens frouxos que são todos, com esses homens frouxos que somos...

O OLHEIRENTO

Não é possível, sem auxílio celeste ou líder terrestre, guerrear.

O APREGOADOR

Já que nunca seremos modernos, o Destinatário deveria, pelo menos, nos trazer um cavalo para ferrar.

O OLHEIRENTO

Um tear com muitos fios para urdir.

O APREGOADOR

Deveria levar-nos ao córrego para pescar.

O OLHEIRENTO

A um pasto para carpir.

O APREGOADOR

O que você fará com essa rede, mano?

O OLHEIRENTO

Usarei com alguma mariposa.

O APREGOADOR

Por que não usa para prender o cabelo?

O OLHEIRENTO

Meu cabelo?

O APREGOADOR

Está grande, ó. Você ficou muito tempo sem cortar.

O OLHEIRENTO

Ficaremos aqui muito tempo ainda?

O APREGOADOR

Algo me diz que estamos perto do fim.

7.

Sobre caramelos e uma esquecida fantasia de mulher

A QUITUTEIRA

Que lindo é o rosto dela. Parecia de boneca de louça. E os ombros? Pareciam de sabonete. E os cabelos? Brilhavam como se fossem fios de náilon. E os pés? E ela toda, a andar assim pela rua, com um lençol ainda úmido da lavação?

A AMADA

Bem diante da minha janela, muita coisa aconteceu. E quem antes sussurrava agora ri alto. Se a Impostora não precisa mais do seu sussurro, talvez possa eu, no lugar dela, sussurrar.

O BEM COMPOSTO

Largo a fita e o giz. Amparo, com a mão estável, a outra mão, que começa a tremer. Quando o tremor cessa, largo-me. O tecido

do Decoroso está medido e riscado. Vou ao banheiro. Lavo-me.
Quero ir embora para a minha cadeira no bar. Lá darei início a
uma nova garrafa. Deixo a alfaiataria. Despeço-me do porteiro.
Ganho a rua.

A AMADA

Saio rápido de casa. Tomo o elevador. Cruzo a portaria, deixo o meu prédio, passo pela Quituteira, atravesso a rua e entro no
edifício em frente. Pego o elevador. Piso a purpurina que estava
espalhada no chão. Enquanto sobe o elevador, ajoelho-me. Passo
as mãos sobre o pó metálico, afasto a gola do vestido e abrilhanto
o meu peito.

O BEM COMPOSTO

Eu gostaria que, quando falassem de mim, houvesse muito
a ser contado. Que se lembrassem, por exemplo, de quando,
criança, eu me enchi de caramelos, e meus dentes ficaram pregando uns nos outros, e escorreu pelo meu peito sua calda doce,
que eu não consegui engolir. Que se lembrassem de que comi
os caramelos antes do almoço, e que por isso tomei uma bronca,
tomei uma surra e depois tomei banho. Mas que valeu a pena
tê-los comido aos montes, numa época em que comer caramelos
antes do almoço era uma façanha perante as outras crianças, e
que trazer a pontinha dos dedos ainda melada de açúcar mesmo
depois da água e sabão equivalia a uma medalha de honra ao
mérito infantil.

Pois eu gostaria que minhas histórias fossem contadas do
episódio dos caramelos para cá. Mas, para que contassem essas
histórias, teriam de dizer o nome com que fui batizado, e esse

nome eu não quero que digam mais. Então, é melhor que nada se conte, e os caramelos, que os comam outras pessoas com nomes mais queridos do que o meu.

A AMADA

No chão, diante da porta aberta da casa deixada há pouco pela Impostora, há uma fita de cetim e um bracelete dourado; apanho-os e entro na sala. Na varanda, resmunga um homem dependurado pela boca. Sigo até a ainda perfumada cozinha e lá recolho tudo o que restou de uma mulher que se fantasiava de mulher.

Antes de partir, bebo um copo cheio de água deixado na mesa de centro da sala. Pego, no cinzeiro, o cigarro que ainda queima. Mordo-o sobre a ponta marcada de batom. Trago-o até apagar. Então, parto.

O BEM COMPOSTO

Bem Composto é o meu nome. Se eu não puder tê-lo, não terei então nome nenhum. Por que não quero mais ser chamado como já fui? Porque nunca me chamaram para contar nada de bom. Nunca me chamaram para me dar nada. Nunca me convidaram para festa. Nunca pronunciaram meu nome com paixão, não o procuraram nas placas das ruas ou nas páginas da lista telefônica. Nunca o gritaram mais alto do que os outros nomes, nunca o sussurraram na minha orelha. Nunca o alternaram com assovio, nunca veio seguido de aplausos. Nunca o soletraram para que fosse escrito com correção, nunca serviu de inspiração a poeta nenhum. Não lhe deram muitas qualidades, não o relacionaram a grandes acontecimentos, nem a lembranças que merecessem ser guardadas. Ninguém o imitou no batismo de um filho. Ninguém o imprimiu no verso de uma camisa de futebol. Ninguém o mencionou num discurso de homenagem. Ninguém riu quando ele foi pronunciado, ninguém chorou.

Agora eu sou o Bem Composto, um homem de compostura. De Bem Composto já podem me chamar.

O OLHEIRENTO

Céu descorado. Aqui e ali, esgarçou-se. Se não for remendado, em breve as pontas cairão sobre a cidade, e veremos o que é que fica por trás do azul.

O APREGOADOR

Talvez sua rede ainda tenha divina serventia.

O OLHEIRENTO

Nossa corda está puída como o céu, Apregoador. E nós, puídos como a corda. Sinto-me fraco. Meus músculos já não servem para muita coisa, e percebo que, de tanto ficar dependurado aqui, meus órgãos internos escorregaram uns sobre os outros. Sou um amontoado de vísceras, que só não vazam do meu corpo e caem lá embaixo porque ainda tenho um cu firme para retê-las. Você não sente o peso de si mesmo, mano?

O APREGOADOR

Sabe as coisas que nós temos em nosso interior, Olheirento? Com o tempo, aumentaram-se com pedras, gânglios, hérnias, aneurismas, varizes, edemas, coleções, tumores, remorso, vergonha e ódio. A qualquer hora, começaremos a cair pelo que nos vai dentro, e só então, murchos, sofreremos uma mísera descensão fachada abaixo até a rua, onde hão de nos aguardar um fiscal da prefeitura, a reclamar da porcaria que fizemos com a nossa decadência, e um lixeiro calçado de luvas, a abrir um saco plástico descartável onde seremos depositados.

Apregoamos, denunciamos, comentamos, ofendemos, vociferamos, concordamos, discutimos, invocamos, gracejamos, confessamos: fizemos tudo quanto se pode fazer com a palavra, para agora dependermos tanto, quase somente, daquilo que pode nosso esfíncter, adiando, enquanto conseguirmos, o nosso desfazimento. Deixe vir a noite encobrir-nos.

8.

Quando anoitece e uma mulher se apronta para sussurrar

O OLHEIRENTO

A noite avança rapidamente. Sem lua ou estrelas, não vejo quase nada lá em cima, só lá embaixo, com os postes nas ruas e as luzes dos apartamentos acesas. Não devemos estar mesmo longe do fim, e é para onde aponta a nossa bunda que isso terminará.

A AMADA

Veio a noite, e meus Filhos, muito cansados, jantaram, despediram-se de mim e já foram dormir. Meu Esposo beijou-me a testa, a orelha, e agora está na cama, nu, deitado de costas, com os braços abertos à minha espera.

Fora do quarto, em silêncio e escondida, visto minha fantasia de impostora sobre minha fantasia de mulher amada: bracelete dourado, fita de cetim, esmalte, rímel, cílios, peruca, corpete, brincos, colar, luvas com botões de madrepérola, unhas e anéis.

Como estarei? Uma autêntica mulher? Não tenho espelho comigo para saber. Mas estou pronta para sussurrar.

O OLHEIRENTO

A sra. Amada caminha fantasiada até o quarto escuro, prestes a ser tomada pelos beijos e versos do Esposo. Seus Filhos ressonam, felizes de terem os pais que têm. Ao meu lado, o Apregoador não dorme. Daqui a pouco, entraremos pela madrugada. A Quituteira, o Bem Composto, o Versificador e todos os outros ordinários desta farsa estão quietos.

O APREGOADOR

O sr. Decoroso continua foragido.

Se os homens ordinários foram feitos à imagem e semelhança do Destinatário, então o Destinatário é ordinário também. Se são do Destinatário dessemelhantes, sendo dessemelhantes também entre si, assemelham-se ao Destinatário pela dessemelhança que os caracteriza igualmente, fazendo Deste, mais uma vez, um ordinário.

O Destinatário será ordinário de toda maneira. Não temos por que esperar Dele mais do que esperamos de nós mesmos. Mais vale a um condenado manter os braços estendidos para prender-se às beiradas e extremidades onde se dependura do que desperdiçá-los à espera do sorteio celestial dos milagres.

O OLHEIRENTO

Apregoador, nalgum apartamento do centro desta cidade, uma porta é chutada.

O APREGOADOR

Não foi o Destinatário, certamente, quem a chutou.

O OLHEIRENTO

Ouço passos sobre um piso com tacos soltos.

O APREGOADOR

Que se soltem todos os tacos do chão, a água dos canos e a pintura das paredes!

O OLHEIRENTO

Vibra a ponta de um dedo no ar.

O APREGOADOR

Reto, probo, justo e decoroso dedo! Exulto por saber que está em riste mais uma vez!

PARTE VI

1.

Que trata do abobamento do Senhor

O DECOROSO

Diante de mim, apresenta-se de borco um homem com maneiras de quem dormita depois de uma comilança. Mas sei que este homem, apesar da balofice, nem come tanto. Se não engorda com comida, está gordo de quê? Um abnorme, cujo vício é a consumpção de si mesmo, só pode estar cheio daquilo que lhe é mais próprio, e fica extenuado de remastigar, permanentemente, sua corpórea e anímica composição. Felizmente, a flacidez cobre seu veio mais feio, e me aproximo.

Acendo a luz do seu abajur. O homem ajeita-se na cama, contrai o corpo e adota posição semelhante à de um bebê torturado em berço sujo. Chamo-o. Para todo bobo, sou o sineiro que o desperta. Chamo-o novamente, e ele se vira em minha direção, com cabelos amassados, dentes escuros, peito pelado e tez coberta de unto.

Este é mais um homem desagradável de encontrar, encantoado neste lar escroto; é mais um homem dono de uma gula irrefreável de se consumir; é mais um homem insatisfeito com a já conhecida pequenez de ser um homem, e vai decidido a se tornar coisa pior, é mais um homem que resolveu desligar-se da vida social e investir nesse projeto desonrante de ser o que é; é mais um homem doente, é mais um homem criminoso, para quem a minha lei foi formulada; é mais um homem para eu punir, para eu educar, para eu remediar.

Lamento muito que este homem tenha decidido ser bobo. Lamento mais ainda que eu, nas condições em que me encontro, desditoso, e que se encontra a minha inquisição, desbaratada, não possua outra escolha senão dividir com ele a mesma cama fétida onde se aninha. Essa cama será o meu parlatório, e é daqui, onde já assento, que pretendo realizar meu último ditado.

Foi anunciada, há muito tempo, num púlpito vizinho, a instalação da minha inquisição nesta cidade. Retomo eu a palavra pública para comunicar seu fechamento. Espero ser escutado acima da cabeça dos meus fiéis servidores, Apregoador e Olheirento: espero ser escutado lá de onde uma cabeça maior e luminífera deveria sobrevir. Mas Quem mora mais alto Se distraiu, desviou-Se, abobou-Se. Não temos muita esperança de que Ele sobrevirá.

Não precisamos de mais provas de que o Destinatário Se tornou um bedel aposentado, preferindo jogar sideral dominó a dispor as nossas existências terrenas, trocando nossas almas desordenadas pelo duplo-seis em vez de nos receber em Seu endereço final. Talvez Ele tenha Se refestelado numa curva acolhedora da abóbada do céu; talvez esteja brincando com aviões e alterando a meteorologia. O fato é que Se mantém longínquo e entediado, à revelia dos nossos anseios e das nossas necessidades. Ainda assim, confesso, continuo a acreditar piamente nesse Deus a Quem nos acostumamos a chamar de Destinatário. Entretanto, tendo Se

recusado terminantemente a ser o nosso destino, passo a chamá-
-Lo, apenas e bobamente, de Senhor.

Acredito no Senhor, bem como acredito no abobamento do
Senhor.

O APREGOADOR

Eis, de volta, o nosso Decoroso!

O OLHEIRENTO

Ele dita a lição que esperávamos ouvir!

O DECOROSO

Todas as provocações, desprezamentos, caretas, acusações e
tentativas de deposição do Senhor feitas ao longo da nossa farsa
cotidiana constituem nosso balar de ovelhas desafortunadas.

Não tenho mais esperanças de que o Senhor me responda e de
que desça em nosso socorro: ou nos perdemos do Pastor, ou foi
o Pastor Quem nos perdeu nessa praça árida e cheia de feras que
é a vida ordinária.

Pelo visto, os ateístas seguem outro raciocínio. É legítimo,
mas não os acompanho. Se o Senhor não existisse, seríamos então progênie do pai anônimo e impessoal que é a contingência,
e primos, portanto, do acidente, do acaso e da coincidência: para
os almoços dessa família eu não quero ser convidado.

Continuo, portanto, a despeito da Sua indiferença e do Seu
desamor, a acreditar na existência do Senhor. Faço-o também

por ter concluído que Ele integra, de maneira incontestável, a boba e crescente seleção de criminosos e doentes do caráter que minha lei busca descrever.

Acredito piamente no Senhor, acredito no abobamento do Senhor.

É sempre bom que tenhamos, diante de qualquer dilema, um sim ou um não, um certo ou um errado, e não nos desencontremos na dúvida. Uma única indecisão pode agravar, séria e irreversivelmente, a bobeira de um homem, estragando-o para sempre. Pois eu tenho me dedicado ao certo, ao justo e ao ordeiro. Será esta madrugada canalha, sucessora de um dia mais canalha ainda, a medalha que mereço pelos serviços que prestei ao remédio da moral? Se assim for, não pode haver orgulho no meu peito condecorado, mas rancor e ressentimento. Meu heroísmo, só eu achei que o tinha. Porém, não o tenho, nunca o tive. Minha inquisição era resoluta; tornou-se duvidosa; e agora caiu, vexaminosa.

Acredito piamente no Senhor, acredito no abobamento do Senhor.

Se estamos próximos do final, este será o nosso apocalipse dos bobos: rachará o plástico da Terra; o fogo será de papel celofane vermelho e amarelo; as estrelas, pisca-piscas que sobraram do Natal. Se tudo o que eu disse até agora não teve muita eficácia, não foi por falta de esforço. É que me faltaram recursos; achei que os possuísse; enganei-me.

Durante os meus anos de catequese, repetimos com afinco, meus crentes irmãos citadinos e eu, o alfabeto que começava em Alfa e terminava em Ômega. Mas percebo agora que foi pouco:

restritos a não mais que duas letras para iniciar e findar a nossa história, descobrimo-nos carentes do que deveria rechear-lhe o meio.

Diante disso, cuidamos do meio por nossa própria conta e o batizamos de civilização. Contudo, quando fomos uni-la ao início e ao fim que o Senhor soletrara precocemente em Seu Livro, não havia mais conciliação possível: foi-se o Livro para um lado, fomos nós para outro. Carregando conosco o meio que desajudados inventáramos, tornamo-nos homens sem começo nem término, a perguntar indefinidamente por nossa origem e a rezar interminavelmente por nosso destino. Restou-nos ser, os homens, uma turma de meios-termos, de médios, de mais ou menos, olhando para o céu à espera de resposta e completude.

Aqueles que condeno, Senhor, embora não manifestem quase nenhuma crença, são os que mais desesperadamente O procuram em vida. Eles foram do ordinarismo à bobeira buscando conhecer, pela consumpção de si mesmos, ao menos uma das extremidades de suas vidas medianas: ou o fim ou o início, o que quer que viesse primeiro, desde que lá o Senhor estivesse. Definhar é um desejo de saber, definhar é um desejo de encontrar.

Acredito piamente no Senhor, acredito no abobamento do Senhor.

Antes de ser um inquisidor, eu quis ser testemunha, mas não havia mais o que testemunhar. Os milagres, os desfibriladores e os antibióticos se encarregavam de empreender; as grandes obras de criação couberam aos engenheiros civis; nas águas diluvianas mergulharam oceanógrafos ou banhistas em férias; o firmamento reduziu-se ao cosmos, tendo sido medido e pesado pelos astrônomos como se fosse um legume de feira. Assemelhar-me ao Senhor foi a minha mitologia: meu céu de estrelas, meu Urano, meu desastre, minha sereia, meu naufrágio. Do que adianta buscar semelhança quando o modelo falta, insistentemente, às malformadas cópias?

Acredito piamente no Senhor, acredito no abobamento do Senhor.

Porque o Senhor escolheu apenas uns poucos para chamar à Sua presença, tive eu de começar a reunir os restantes, um a um, entre os homens ordinários mais esquecidos e mais decadentes desta localidade. Agora são todos bobos, e seus nomes de origem não se conhecem mais. Eu deveria condenar o Bem Composto, chamando-o de bobo de agora em diante, garantindo-lhe que nunca mais seria nomeado como um dia já foi. Entretanto, não consegui sequer investigá-lo adequadamente. Sua linha sinuosa de alfaiate mostrou-se mais resistente do que a linha dura da minha lei. E eu, que tinha o não ou o sim sempre comigo para empregar em qualquer decisão, rebaixei-me à já xingada dúvida; ali, espasmei.

Tudo o que mais sei é chamar alguém de bobo. Que palavras poderiam nos compreender melhor do que essa e, quem sabe, nos levar a ser mais que os homens que somos? Eu nunca as soube, não as aprendi e não consegui, mesmo contando com um rico vocabulário impregnado de fervor acusatório, formulá-las.

Acredito piamente no Senhor, acredito no abobamento do Senhor.

Um homem sem princípio não pode pleitear o fim. Talvez seja essa a razão pela qual temos tanta dificuldade em morrer. Pois nós, Senhor, que passamos toda a vida à procura desventurosa de uma convincente explicação sobre a nossa procedência, envelhecemos. Precisamos agora de um fim que nos arrebate, que nos acalme, que nos acolha, que nos silencie. O Senhor tem mania de imensidão; nós somos pequenos.

Devo declarar que foi para inquiri-Lo que me tornei um inquisidor. Na ausência do Senhor, pus-me a inquirir Seus outros descendentes, meus irmãos. É do lado de um deles que me encontro agora. Veja como ele é repelente! Veja como ele é torpe! Veja como é sórdido, Senhor! Mas, para que também veja que o tratarei como a um igual, meto as mãos nos seus cabelos, beijo suas bochechas, encosto minha testa em suas mamas fofas. Veja, Senhor, como me recosto nesse corpanzil desconsiderado, que foi reservado para pasto do caráter virulento que aí dentro está acondicionado.

Talvez tenhamos esperado tempo demais por alguma matéria Sua visível e tateável, exigindo até que o vigia Olheirento segurasse por todo esse tempo uma rede com a qual poderia pescá-Lo. Percebo agora que nos esquecemos de nos perguntar sobre o que faríamos com o Senhor, caso aparecesse, se estenderíamos a nossa mão clemente em direção à Sua, ou se assim agiríamos apenas para torcê-La e maculá-La com nosso cuspe cheio de mágoas. Com nossos corpos e almas, que temos sempre conosco, também não sabemos exatamente o que fazer, se cuidamos deles, como eu acho correto fazer, ou se os enxovalhamos, como faz todo abnorme.

Mesmo assim, eu acredito piamente no Senhor, acredito no abobamento do Senhor.

Mais fácil seria, mais uma vez, caluniá-Lo, agredi-Lo, queimá-Lo por meio de Suas barbadas réplicas, que governam altares improvisados nos cantos das salas de estar das casas dos fiéis. Mas os que O combateram estão hoje enterrados em vala vizinha à dos seus adoradores, e os dois times sugam as raízes da mesma terra. Não quero ser um valentão contra o Senhor. Quero ser um medroso, um fraco, um pidão, um filho. Seja o Senhor, pois, o valentão, o forte, o concedente, o papai: chute a porta da minha casa, aponte-me o dedo na cara, estapeie-me; empurre-me no chão, escarneça de mim com impiedade sobrenatural; cuspa em mim; arraste a minha pele macia e cuidada até estragá-la na lixação do pior piso desta cidade; trate-me por réprobo, por bastardo e, depois, por querido, por dileto. Some a minha aniquilação à dos amados que o Senhor aniquilou ao amar; então venha me colher como a uma frutificação que, machucada pela mão imensa e brusca do coletor, ainda pode ser comida com alguma delícia.

O Senhor pode ver daí de cima que tenho envoltos, numa das mãos, os cabelos do bobo. Pois veja também que apanho na outra os meus próprios cabelos. Tome aqui então, como evidência da minha dedicação ao Senhor, uma parte dos meus fios, que costumo alinhar com tanto cuidado pela manhã: arranco-os com o couro cabeludo e, com mãos humildes, deixo à Sua disposição este fresco escalpo. Eis o meu ofertório, Senhor. Abandonará outro filho sangrando?

Mesmo abandonado, mesmo ferido, mesmo descabelado, eu acredito piamente no Senhor, pois acredito no abobamento do Senhor.

Era para o Senhor ser nossa máquina de somar ordinários, era para o Senhor ser nosso único resultado: nosso dois, nosso mais, nosso dois, nosso quatro. Seríamos partes, e o Senhor, o todo a nos unificar. Ausentando-Se o Senhor, permanecemos soltos, aprendizes de uma matemática frustrada, obrigados a fabricar uma cola bem grudenta que impedisse a nossa completa dispersão. Nossos amores são incertos, inconstantes, ocasionais, enquanto o Senhor poderia amar-nos certamente, constantemente, ininterruptamente. Sem a Sua religião, como faremos, os ordinários e eu, tão ordinário quanto os outros, para nos religarmos num só povo? E o que será feito desta cidade sem resgate, sem luz beatificadora, sem redenção? Antes tivéssemos cometido muitos e mais violentos atos imorais, suficientes para que o Senhor nos molhasse com enxofre, numa chuva punidora que mereceríamos por termos descumprido o pacto que nos reunia sob uma mesma lei e sobre uma mesma praça. O Senhor acha que somos bonzinhos? Nós fazemos muitas coisas erradas: praticamos adultério, subornamos guardas, mentimos para o patrão. Venha nos constranger, Senhor! Venha nos humilhar! Venha nos afogar com dilúvio. Venha queimar este torrão municipal com pingos de incêndio, numa grande queimação de reprimenda! Venha nos danar, Senhor!

Mesmo enraivecido, mesmo cansado, mesmo capenga, eu acredito piamente no Senhor, acredito no abobamento do Senhor.

Sei que não tenho muito além do meu corpo vestido com terno lanoso e negro, similar a uma ovelha malquista do Seu rebanho. Mas é do interior desse mesmo corpo que o Senhor, se preferisse, em vez de aparecer de dentro de uma nuvem, poderia advir, como advém um adoecimento progressivo: uma dor de estômago, o repuxo de uma perna, um soluço após a refeição, um pigarro insistente; então, progredindo, desenvolvendo-Se, avolumando-Se, o Senhor passaria a corresponder à dormência de um braço inteiro, a uma cefaleia de três dias, à aguda ardência durante a micção; depois, imperioso e irresistível, o Senhor Se ocuparia de uma das minhas metades, a da direita ou a da esquerda, e a paralisaria, como num violento derrame.

Com o olho bem aberto da metade ativa do meu corpo, eu assistiria, admirado, à última etapa da manifestação de Si: ocupando cada vez mais o meu organismo, valendo-Se de um metabolismo veloz como o de alguns tumores, o Senhor, já pela altura da minha glote, devoraria os analgésicos em meu lugar e, com eles, toda a água que eu tomasse para engoli-los. Aos poucos, tudo o que fosse meu passaria à Sua posse, e assim continuaríamos até a chegada do dia em que, perdido definitivamente de mim, eu me encontraria inteiramente no Senhor, remontado no divino Verme que teria me comido por dentro, famigerado, íntimo e paterno.

Abraço o bobo. Como cheira mal quem se apega ao leito por semanas. Mas é ele quem me ampara nesta madrugada amarga. Infelizmente, e contra a minha esperança e a minha fortuna, que um Senhor exista ou deixe de existir não tem feito nenhuma diferença. Se Ele não reage em reconhecimento aos esforços da minha inquisição, não tenho mais por que ser inquisidor.

Talvez os homens desta cidade passem bem melhor sem mim, sem visitas às suas casas, sem dedos a apontar para eles. A bobeira é muito mais forte do que a minha capacidade de curá-la. A queda do condenado junto de sua noiva já me advertia da falibilidade de uma norma que, confundida nas tramas do Bem Composto, foi ao chão, mais tarde, ante os pés de uma mulher sem disfarce.

O Senhor não me ensinou a vencer a impostura, e, quando a impostura se apresentou, confiada, nua e consagrada à minha lei, eu não tinha palavra à qual recorrer para ordenar que ela se dependurasse, culpada e boba, numa altura desta cidade. Perdi, perdi para um corpo inconquistável, e peço à sua dona, encarecidamente, que volte a revesti-lo com as roupas e adereços que usava para me despistar. Vista-se, por favor, Impostora. O que ali se testemunhou foi a deposição do meu decoro, foi o silenciar do meu ditado. Tenha, eu lhe peço, piedade do derrotado: cubra--se. Não posso, não consigo, não suporto, não admito, não tolero colocar-me diante de uma mulher descoberta.

Senhor, eu vejo agora que minha lei foi a minha doença, que minha lei foi a minha infração. A maior abnormidade, reconheço, é a deste inquisidor: bobo sou eu. Fica sendo este o meu depoimento prestado, fica sendo esta a minha confissão.

2.

Da repercussão dos últimos proferimentos do sr. Decoroso

A IMPOSTORA

Ora, vejam só.

O OLHEIRENTO

Ouviu o que ele disse?

O APREGOADOR

Preferia não ter ouvido.

A IMPOSTORA

Terá o ex-inquisidor se colocado de joelhos para se confessar?

A AMADA

Levanto-me da cama onde ainda dorme o meu Esposo e ajeito minha fantasia de impostora, minha fantasia de amante, minha fantasia de amada. Vou até a janela.

O BEM COMPOSTO

Em alto e bom som, escutei o meu nome proferido por um homem conhecido pelo decoro. Eu sou o Bem Composto.

O PRESTÁVEL

Quem acordou precisa de alguma coisa? Um leite morno? Uma lanterna acesa?

A IMPOSTORA

E, quanto a me vestir de novo, verei o que posso fazer...

O CANDIDATO

Quem discursou?

A QUITUTEIRA

Devo preparar uns quitutes? Ainda é madrugada, mas discurso sempre dá fome.

AS VIZINHAS

Ouviu, vizinha?
Lá do meu quarto, dá para ouvir tudo.
Do meu também, do meu também.

O VERSIFICADOR

Acorda, cambada, a hora soou
Já vou me vestindo, e bem depressinha
Sapato, cueca, camisa e japona
Mel, vitamina e fruta fresquinha
Com uma dose de risperidona.

O APREGOADOR

Quem deveria despertar o povo desta cidade era eu. Mas ainda nem amanheceu!

O OLHEIRENTO

No quarto onde está o sr. Decoroso, vejo que há movimento. Ele se levanta da cama e vai até a janela. Seu cabelo está desalinhado, e seu terno, amassado do corpo do homem abnorme ao lado de quem se deitou. Ele chega até a janela.

A IMPOSTORA

O Decoroso deve estar a se desfazer, dito a dito, ato a ato, num desalinho progressivo.

O BEM COMPOSTO

Então é como um paletó que perde uma manga, depois a outra; uma lapela, depois a outra; um bolso, depois o outro. Mas para tudo isso eu tenho agulha e linha.

A AMADA

Será que a Impostora vai dar pela falta das roupas que deixou naquela cozinha?

AS VIZINHAS

A lei do bom vizinho diz que não se deve fazer barulho durante a madrugada.

A lei do bom vizinho diz que não se deve acordar a vizinhança.

Aqui, nesta cidade, não tem lei.

Também não tem bom vizinho.

Você consegue ver onde está o sr. Decoroso?

Não.

E a Impostora?

Também não.

Venha tomar um café bem forte, que a continuação disso a gente não pode perder.

3.

Acerca do patrimônio dos bobos

O DECOROSO

Não sabemos onde termina esta cidade e o que há para além dos quarteirões que conhecemos. E se estivermos numa beirada erma, perto de cair, e não no centro, como sempre achamos? E se esta cidade, pelo contrário, não tiver fim? E se existirem outros lugares com outros centros, com gente gloriosa, e não ordinária, a habitá-los? E se isto que habitamos e que nos acostumamos a chamar de cidade nunca tiver sido uma cidade, mas um país inteiro, e o tivermos habitado sem saber que vivemos, por todo esse tempo, sob uma bandeira nacional?

Ignoramos muita coisa. O que nos resta é o que está à nossa volta, e é a isso que temos de nos filiar. O Versificador alardeou o amanhecer, mas permanece escuro. Este dia não desponta como uma luminária e brilha; ele desponta como uma hérnia, e dói.

452

AS VIZINHAS

Vizinha, por que é que a gente não vai dar uma volta?

Na rua?

A gente fica o tempo inteiro aqui dentro dos nossos apartamentos. Vamos tomar um ar.

Numa hora dessas?

O que é que tem? O sol não vai demorar a aparecer.

É perigoso.

Já deve ter muita gente lá fora.

Gente desconhecida.

Mas a gente conhece todo mundo.

Então deixa eu pegar a minha bolsa.

O DECOROSO

Levante-se, meu querido bobo. Estou decadente, mas nossa farsa não terminará sem uma última condenação. Afinal, não se pode escolher outra coisa senão esta sociedade; não se pode escolher outra coisa senão esta urbe; não se pode escolher outra coisa senão o corpo e a alma com que nascemos e que adulteramos com a nossa conduta; não se pode escolher outra coisa senão a conformidade à lei. Vamos, ajoelhe-se na cama. Agora me dê as mãos. Minhas regras foram malogradas, mas ainda nos servirão para uma derradeira tarefa.

AS VIZINHAS

Vamos sentar naquele banco ali?

Espera que vou estender um lenço para a gente não se sujar.

Daqui dá para continuar acompanhando tudo, né?

Dá.

E a Impostora, hein?

Parece artista de televisão.

E o sr. Decoroso?

É um tipo, não é?

É. Mas eu tinha a impressão de que ele era mais alto.

O DECOROSO

Não quero ser um homem reclamão. Minha queixa é por estar vivo, minha queixa é por ser isto a vida, minha queixa é por ser eu quem eu sou. Como todos os meus condenados, perdi a minha medida. Talvez haja um grau mais desprezível da bobeira, e ela se revele nesse disparate que se tornou a minha vida: sem glória, sem brilho, sem vitória.

O OLHEIRENTO

Do quarto de apartamento onde se encontra, o sr. Decoroso se dirige a todos nós.

O DECOROSO

Fiquem sabendo, citadinos, que a Impostora, essa que tanto se fantasiou, não passa de uma falsa farsante! Eu, pelo contrário, eu sou o verdadeiro farsante! Que ela não se gabe mais dos penduricalhos que usa: eu uso muito mais! Essa é minha vida, esse é o meu trabalho, esse é o meu nome: eu sou um falso inquisidor, eu sou um falso homem, eu sou um bobo, eu sou o Decoroso!

Espalhei no interior das casas dos bobos copos de água contaminada, e os vibriões que nadavam ferozes foram desprezados; goela abaixo também não desceu a soda cáustica; carne nenhuma foi trespassada pelas facas que tratei pessoalmente de amolar; ninguém disparou contra si as balas que meti no interior dos revólveres. Não deixa de intrigar que um bobo, descuidado de tudo à sua volta, cuide justo da preservação do estômago, dos pulsos e das têmporas que, arrombados, poupá-lo-iam de continuar a ser bobo.

Por não nos suicidarmos, juntos ou em separado, infames e proscritos, vencidos mas insistentes, ridiculamente insistentes como são os dependurados, é que ficamos nesse estado de agonia anuente. Nem mesmo o Olheirento e o Apregoador, que concordam comigo e têm uma corda à disposição de seu enforcamento, combinam em fazer o laço, insistindo em equilibrar-se, inconhos, naquelas duas pontas perpétuas. Que o Senhor Destinatário tenha permitido que nos tornássemos esta turma de medrosos e curvados, sem ao menos colocar-Se diante de nós para justificar o nosso curvar, não posso compreender nem aceitar.

Deveríamos ter sido capazes de, não conseguindo arrancar a bobeira de nós, arrancarmo-nos dela. Mas não fomos, e resultamos nisso: pança sobre músculo; frouxidão sobre tenacidade; parvoíce sobre argúcia; vício sobre saúde; esmorecimento sobre vigor; renúncia sobre gana; abnormidade sobre norma. A bobeira é, no final das contas, nosso mais autêntico patrimônio, nossa resiliente recusa àquilo que de nós se esperava; ela é nossa discórdia quanto a sermos homens, nosso desacordo quanto a sermos sãos; ela é nossa conjuração de fracassados; nossa improvável e horrível identidade comum; nossa derrotada fraternidade.

Nossa vontade é fraca e inútil, mas foi com ela que tivemos, por todo esse tempo, de nos haver. Não somos um povo, embora nos chamemos de povo, não somos cidadãos, embora nos consideremos cidadãos. Somos sozinhos e nos associamos, quando muito, numa súcia de homens desgarrados, sem propósito, sem juventude nem herança. Se for mesmo confirmada a partida definitiva do Senhor Destinatário, é recomendável pensarmos mais seriamente sobre o que poderá ser esta cidade: se um brinquedo usado encostado no canto do cosmos; se um animal doméstico relegado a uma galáxia de fundos; se, um dia, talvez, alguma outra coisa.

4.

Quando começa a derradeira condenação do sr. Decoroso

OS ANDARILHOS

Onde estamos?

Não sei.

Você conhece este lugar?

Não. Nunca estive aqui.

Você está muito molhado?

Estou. E bebi muita água.

Foi uma enxurrada e tanto.

Você acha que...

Que conseguimos?

Que saímos da cidade?

Não estou vendo ninguém que costumava ver.

Nem os prédios, nem os carros, nem o horizonte.

Então acho mesmo que...

AS VIZINHAS

Como isso tudo vai acabar?

Como tudo acaba: de um jeito ou de outro.

Você gosta de morar nesta cidade?

Não tem outra, tem?

Não sei, não sei. A vizinha do andar de cima disse que já foi para o litoral.

Litoral?

Lá, onde fica a Guanabara.

Existe mesmo uma Guanabara?

Dizem que é linda.

Melhor do que aqui?

Isso eu já não sei.

Até que aqui não é ruim.

O OLHEIRENTO

É assim que vai acabar esta farsa?

O APREGOADOR

Que de farsa, afinal, não sei se teve muito.

O OLHEIRENTO

O pior da farsa é quando ela se revela menos farsante do que nós pensávamos.

O APREGOADOR

Esperamos muito que a verdade fosse revelada após o soar dos clarins e o afastar das nuvens do céu do Destinatário. Depois, esperamos que viesse dos veredictos do sr. Decoroso.

O OLHEIRENTO

No final das contas, a verdade é uma coisa boba.

A IMPOSTORA

Depois de todos os animados episódios vividos nesta cidade, os saltos dos meus sapatos ficaram gastos; as penas dos meus chapéus perderam o viço; meus colares estão prestes a arrebentar; a maquiagem está no fim; algumas perucas desfiaram, e uma das minhas principais fantasias está a servir num outro corpo de mulher... Se eu nunca mais vestir as coisas que eu já vesti, perco a impostura? Talvez eu passe uma hora na costureira. Talvez eu possa visitar um alfaiate.

O BEM COMPOSTO

Ainda tenho uma toga para fazer, uma toga magna, com a melhor lã até hoje encontrada, lã negra especialmente encomendada para uma vestimenta plena de decoro e compostura.

A AMADA

Ainda tenho de ser amada.

A QUITUTEIRA

Tenho quitutes para fritar.

O PRESTÁVEL

Tenho que prestar.

O CANDIDATO

Tenho uma candidatura.

O VERSIFICADOR

Ainda tenho estrofe
Rima
E um pouco de codeína.

O ARROMBADOR

Tenho muitas portas para arrombar.

A MENININHA DE TRANÇAS

Tenho bolas para fazer, tenho bolas para estourar.

OS PASSANTES

Temos de passar, passar, passar, passar, passar.

O DECOROSO

E eu ainda tenho uma condenação a proclamar. Um pouco de silêncio, por favor, nas ruas e apartamentos! Serei breve. E, como todo bobo confesso e julgado, não permanecerei longe do convívio social. A culpa será um bom laço e um instrumento eficiente para me manter integrado à força à comarca. Esta falida inquisição penará do mesmo modo que penaram os hereges que aqui tiveram seus pecados condenados: permanente e incessantemente.

Venha, bobo, ajude seu semelhante. Aproxime-se da janela. Apoie as mamas no beiral. Agora, ajude-me a passar para o lado de fora. Coloque-se diante de mim. Isso mesmo. Vamos nos dar as mãos. Segure-me com o máximo de firmeza que conseguir. Não me solte. Obrigado. Passaremos uma grande temporada assim: você pisará o chão; eu nada pisarei. Vou proferir a minha condenação.

Condeno-me, o Decoroso, doravante incluído no odioso panteão dos bobos pelas razões já expressas em minha confissão, a dependurar-me nas alturas deste prédio durante todo o tempo de vigência da minha culpa, exposto à atmosfera desabrigada desta cidade e suspenso unicamente pelas palmas das mãos de um homem torpe. Lamento os xingamentos, lamento os dedos que apontei. Podem xingar-me à vontade, podem apontar-me por desforra. De tudo isso serei merecedor. Saibam vocês, citadinos, que tremularei com pesar e arrependimento: eis, hasteado, o que restou da minha lei. Se ela não serve para mais ninguém, servirá para mim. Proferida a sentença, desfaz-se este tribunal, e eu começo a penar devotado ao meu último dito.

Pronto, ordinários! Podem recomeçar com o palavrório.

5.

Que trata de um salto e tanto

O OLHEIRENTO

Pende o último condenado.

O APREGOADOR

Suspenso está o decoro.

O OLHEIRENTO

Mas vejo que se dependurou com suficiente garbo, retidão e decência.

O APREGOADOR

Com brio, com intrepidez, com heroísmo.

O OLHEIRENTO

Salve o sr. Decoroso!

O APREGOADOR

Salve o nosso maior bobo!

O OLHEIRENTO

Eis a sua proeza de derrotado.

O APREGOADOR

Eis a sua façanha de vencido.

O OLHEIRENTO

Fica sendo o pesar o seu louro.

O APREGOADOR

Fica sendo o arrependimento a sua glória.

O OLHEIRENTO

Mano, sentirei saudades de ver e de ouvir.

O APREGOADOR

E eu, de apregoar.

O OLHEIRENTO

Acho que é assim que nós terminamos.

O APREGOADOR

De quê?

O OLHEIRENTO

De sermos o Olheirento e o Apregoador.

O APREGOADOR

Se assim é, não temos mais nada para fazer aqui. Podemos descer.

O OLHEIRENTO

Você lembra como se sai daqui?

O APREGOADOR

Como se sai? Não lembro nem como cheguei até aqui.

O OLHEIRENTO

Não conseguiremos mais andar.

O APREGOADOR

De fato, nossas pernas atrofiaram.

O OLHEIRENTO

Eu só vejo um caminho.

O APREGOADOR

Vai ser um salto e tanto.

O OLHEIRENTO

Está preparado?

O APREGOADOR

Preparado? Eu? Um homem? Claro que não.

O OLHEIRENTO

O que vamos fazer com a nossa corda?

O APREGOADOR

Com a corda? Ora, um trapézio!

O OLHEIRENTO

Então, comecemos a balançar.

O APREGOADOR

Mais galeio!

O OLHEIRENTO

Uma pirueta?

O APREGOADOR

E outra!

O OLHEIRENTO

Um mortal?

O APREGOADOR

Não existe salto imortal. Olhe lá para baixo para saber direito onde a gente vai...

O OLHEIRENTO

A gente cai onde tiver de cair!

O APREGOADOR

Vamos no já?

O OLHEIRENTO

Vamos no já. Diz você, que apregoou durante toda esta farsa.

O APREGOADOR

Atenção, então! Lá vai: um, dois... Preparado?

O OLHEIRENTO

Preparado? Eu? Um homem? É claro que não!

O APREGOADOR

Já!

Epílogo

AS VIZINHAS

Você sabe cantar alguma coisa?

Eu era boa no hino nacional.

Nacional? Temos uma nação?

Talvez tenhamos, já que temos um hino.

É mesmo. Eu não tinha me dado conta. Você sabe cantá-lo?

Hum... não mais.

Ficamos sem hino, então.

Já não podemos contar com o Destinatário...

Nem com um homem decoroso para ser o nosso inquisidor.

Sem hino, nem Deus, nem decoro...

Como é que a gente fica?

E o que será desses homens dependurados por aí?

Talvez a gente tenha que ficar aqui um pouco mais, esperando, para ver o que acontece com eles.

Vamos esperar também para ver o que acontece conosco.

A gente espera junto.

Não junto demais.
Nem de menos.
Ficar junto já é uma coisa e tanto.

UM BOBO

Quanto a mim, que desde o início desta farsa permaneço dependurado na antena que encima o meu prédio, relutando em fazer da altura e da queda o meu matadouro, hospedando na testa dois bernes cada vez mais condizentes com tortos chifres de boi, e a ver outros homens bobos como eu se dependurarem pela vizinhança, acho que é chegada a hora de berrar.

ESTA OBRA FOI COMPOSTA PELA SPRESS EM ELECTRA E IMPRESSA EM OFSETE
PELA GRÁFICA RR DONNELLEY SOBRE PAPEL PÓLEN SOFT DA
SUZANO PAPEL E CELULOSE PARA A EDITORA SCHWARCZ EM AGOSTO DE 2013

A marca FSC® é a garantia de que a madeira utilizada na fabricação do papel deste livro provém de florestas que foram gerenciadas de maneira ambientalmente correta, socialmente justa e economicamente viável, além de outras fontes de origem controlada.